뽑기 게임에서 살아남는 법

임제열 퓨전 판타지 장편소설

WISHBOOKS FUSION FANTASY STORY

KB012976

 4

임제열 퓨전 판타지 장편소설

초판 1쇄 찍은 날 | 2020년 12월 11일
초판 1쇄 펴낸 날 | 2020년 12월 18일

지은이 | 임제열
펴낸이 | 권태완 우천제

기획 | 위시북스
편집책임 | 한준만
편집 | 위시북스

펴낸곳 | ㈜케이더블유북스
등록번호 | 제25100-2015-43호
등록일자 | 2015. 5. 4
KFN | 제2-64호

주소 | 서울시 구로구 디지털로31길 38-9, 401호
전화 | 070-8892-7937 팩스 | 02-866-4627
E-mail | fantasy@kwbooks.co.kr

ⓒ임제열, 2020

ISBN 979-11-293-7028-0 04810
        979-11-293-6632-0 (set)

Wish Books

임제열 퓨전 판타지 장편소설

WISHBOOKS FUSION FANTASY STORY

4

뽑기 게임에서 살아남는 법

뽑기 게임에서 살아남는 법

CONTENTS

Chapter 1

[고급 전투 인형(52단계)을 처리했습니다.]
[고급 전투 인형(53단계)이 등장합니다.]

"후우."

시간이 많이 흘렀다. 얼마나 흘렀는지는 굳이 계산하지 않았다. 아니, 계산할 시간조차 없었다.

쿠구구구!

흔들리는 석실과 함께 나오는 강철 인형. 나는 다시 창을 들었다.

끼르르륵!

온몸에 기름칠이라도 한 듯 유려하게 움직이는 인형이 앞으로 내달려 왔다.

까앙! 까앙!

나는 창을 들어 놈의 공격을 하나하나 신중하게 쳐냈다. 공격마다 묵직한 충격이 느껴지는 게, 과거 약해 빠졌던 그 나무 인형과는 차원이 달랐다.

[주인님! 잠깐 뒤로 빠져봐!]

뿔하피가 외쳤다.

'호루스의 깃털 폭파'의 쿨다운이 가득 찬 거다.

"오케이."

나는 창을 강하게 휘둘러 놈을 뒤로 밀쳐냈다. 그 후, 재빨리 뒤로 빠졌다. 그와 동시에, 뿔하피의 깃털 조각들이 비산했다.

슈슈슉! 슈슈슉!

마치 유도탄처럼, 인형에게 때려 박히는 깃털.

콰가가가강!

굉음이 석실을 울렸다. 강력한 폭발에 인형이 삐거덕거리며 정신을 못 차린다. 나는 곧바로 뛰어나가 놈에게 창을 찔러 넣었다. 완벽한 마무리였다.

[고급 전투 인형(53단계)을 처리했습니다.]
[고급 전투 인형(54단계)이 등장합니다.]

또다시 흔들리는 석실.

'……빌어먹을.'

욕이 나왔다. 아직까지 상대하기 어려운 건 아니다. 스킬 쿨다운이 돌거나, 조금 집중해서 싸우면 금방 처리가 가능했다. 그러나, 문제 되는 건…….

'쉬는 시간이 없어.'

탑 9층 개미 웨이브가 떠올랐다. 육체적으로는 멀쩡하지만, 정신적으로 피곤한 그런 거. 게다가 이놈들은 경험치도 안 준다. 지루하게 짝이 없는 일의 반복이었다.

'적어도 끝이라도 알려주던가.'

기약 없는 전투. 끝을 모르는 전투. 그것만큼 사람을 지치게 하는 건 없다.

[모찌(Lv.36):오빠, 지금 몇 단계야?]

시야 한쪽에 주예린의 글이 올라왔다. 그나마, 이 채팅창이 있어서 다행이었다. 심심하지라도 않았으니까.

[비운(Lv.41):54. 죽겠다. 넌?]
[모찌(Lv.36):벌써, 54까지 갔어? 나 아직 42단계인데 슬슬 힘드네. 우리 용용이도 지쳤나 봐.]

용용이는 주예린이 아그니스에게 붙인 애칭이다.

[비운(Lv.41):괜히 무리하지 말고 한계다 싶으면 포기해.]
[모찌(Lv.36):오케, 아마 이거 잡으면 포기할 듯.]

주예린이 42단계가 한계면, 나는 꽤나 높게 올라온 건가 보다. 태생 5성짜리 몬스터의 한계가 42층이라는 말이니…….

[병아리콩(Lv.25):……저 사람들 무슨 말 하는지 이해 가는 사람?]
[조류족성애자(Lv.23):모르겠음. 탑 이야기인 것 같은데……?]
[몬스터콜렉터(Lv.26):나 탑 30층까지 깬 적 있음. 다 기억도 남. 근데 저건 유추 못 하겠음. 무슨 단계? 그런 거 탑에 없는뎅.]
[병아리콩(Lv.25):벌써 30층 이상 올라간 거면 말 안 되겠지?]
[몬스터콜렉터(Lv.26):ㅇㅇ 그건 절! 대! 네! 버!]
[아리아리동동(Lv.23):애들아, 소수정예는 그냥 이해하려 하지 말자, 그게 편하다.]

모를 수밖에 없었다. 77층까지 올라 설계도를 확인한 팀이 우리 '소수정예'밖에 없었으니까. 형들, 그리고 주예린을 제외한 그 어떤 고인물도 '히든 피스'의 존재를 알진 못할 거다.

'후, 채팅방 말고 개인 연락망이 있었으면 좋겠는데.'

우리의 대화를 남들에게 고스란히 보여줘야 한다는 게 썩 좋은 기분은 아니었다. 어쨌든 지금은 뭐, 별수 없는 거니까.

까앙!

54단계 역시 강철 인형이었다. 기민하게 움직이는 놈에게 '무명'(無名)을 사선으로 휘둘렀다. 검푸른 오오라가 튀어 나갔지만, 놈은 한 명. 스플래시 데미지로 이득을 볼 수는 없다.

까아앙!

튕겨 나가는 인형. 다시 집중했다. 심호흡하고 놈의 움직임을 주시했다. 놈의 스텝은 빨랐다. 상하좌우로 정신없이 움직였다.

'……깝치네.'

이번엔 찌르기. 정확히 놈의 관절 부분을 찾아야 한다. 경험상 그게 가장 잘 먹힌다.

나는 창을 놈이 움직이는 방향으로 겨냥해 찔렀다. 마치 붓을 들고 먹을 칠하듯 창끝이 움직였다.

그리고 결과는-

푸숙!

정확히 놈의 팔 관절에 걸렸다.

'나이스.'

역시, 놈의 약점은 관절. 부드럽게 들어갔다. 나는 한 걸음 앞으로 나아가 더 깊숙이 찔러 넣은 후, 손목을 비트는 회전력과 함께 위로 힘주어 뜯어냈다.

파드득!

떨어져 나가는 놈의 팔.

이제 놈은 밥이다. 두 팔로도 안됐는데 한쪽 팔로 날 상대할 수 있을 리 없다.

'많이 늘었어.'

아델에게 배웠던 베르트랑 창술이 떠올랐다.

하지만, 분명 지금 사용하는 창술은 그 위 단계였다.

기본적인 보법과 창술, 그리고 내 감각이 합쳐져 새로운 창술을 만들어내고 있었다.

['만류귀종'(S급)의 레벨이 1 상승합니다.]

'응?'

갑자기 뜨는 메시지.

뭐야, 캐릭터 스킬에도 레벨이 있었어?

처음 겪어보는 일이었다. 모든 무술의 끝은 하나로 통한다는 스킬. '만류귀종'. 그렇다면, 지금, 이 과정이 무의 끝으로 가는 과정이란 걸까?

'어쨌든 좋은 일이야.'

뭐든, 발전한다는 거니 나쁜 일은 아니다.

이렇게 된 거면, 이 기회에 창술 연습이나 더 해야겠는데? 일단, 이놈부터 마무리하자.

파각!

나는 허리를 돌려 인형의 목을 베어냈다.

그러자, 우수수- 무너지는 구성품들.

[고급 전투 인형(54단계)을 처리했습니다.]
[고급 전투 인형(55단계)이 등장합니다.]

쿠구구구-

이번에 나온 인형은 강철 두 마리였다.

괜찮았다. 계속 1:1만 해서 지루한 상태였는데, 조금 더 난이도가 올라간 기분이다. 창술 훈련이라 생각하니 갑자기 마음이 편해졌다.

"댐벼, 새끼들아."

그렇게 계속 단계를 깨나갔다. 창술도 다양한 방법으로 발휘해 봤고, 뿔하피와 합체족들의 스킬 숙련도 쌓았다.

'섬창'(殲槍)이랑 광전사 모드는 사용하지 않았다. 쿨다운이 하루인 스킬들. 이건, 정말 위급할 때 사용할 생각이었다.

[모찌(Lv.36):오빠!]

[비운(Lv.41):ㅇㅇ?]

[모찌(Lv.36):요즘, 왜 이렇게 불러도 대답이 없어!]

[비운(Lv.41):바빠서. 지금도.]

모찌에게 다시 연락이 온건 62단계인가 그랬던 것 같다. 나는 급하게 창을 휘두르며 간신히 채팅을 쳐냈다. 아직까지 그 정도의 여유는 있었다.

[모찌(Lv.36):아, 오케이. 지금 몇 단계야?]

[비운(Lv.41):62]

[모찌(Lv.36):……미친! 어디까지 올라가려고. 적당히 해, 이싸람아!]

[비운(Lv.41):무슨 일인데.]

곧이어, 주예린이 낭보를 전해왔다.

[모찌(Lv.36):안심해도 될 듯. 일행들 다 무사히 잘 있어.]
[비운(Lv.41):오, 지금 어딘데.]
[모찌(Lv.36):그 보물상자 있는 곳. 여기서 다들 오빠 기다리는 중이야. 출구도 있는데, 오빠가 와야 열리는 거 같아.]
[비운(Lv.41):오케이, 알겠다.]
[모찌(Lv.36):그래서 언제 올 건데?]
[비운(Lv.41):몰라, 올라갈 수 있을 때까진 올라가 봐야지.]
[모찌(Lv.36):……이 괴물. 알겠어, 우린 여기서 비상식량 좀 까먹으면서 기다릴게.]

아직 탑을 나갈 수는 없다. 다섯 개의 보물을 찾아야 하기 때문이다.

시간이 계속 흘렀다. 나는 정신없이 인형들을 사냥했다. 어느 순간부터 뿔하피는 전투에 참여하지도 않았다. 석실 하늘에 떠서 걱정스러운 표정으로 날 바라보고만 있었다.

인형들은 날이 갈수록 난이도가 상승했다. 놈들은 분명히 강했다. 하나하나의 공격이 위협적이었고, 심장을 벌렁거리게 했다.

'빌어먹을.'

그러나 난 포기하지 않았다. 놈들은 강했지만, 묘하게 무술을 고집했다. 각종 창술, 검술, 박투술 등등 말이다.

['아레스의 본능'(S급)이 깨어납니다.]

80단계였을 때였나? 이런 메시지가 들려왔다.

'아레스의 본능.'

전신 아레스의 가호를 받아 전투 관련 감각이 극대화되고 능력이 향상되는 캐릭터 스킬.

'아마, 이 스킬 덕분이겠지.'

왜인지는 모르겠지만, 메시지가 뜬 후, 놈들의 움직임이 더욱 명확히 보이기 시작했다. 마치 내가 놈들의 무술을 전부 꿰고 있는 것마냥 공격들이 빤히 보였다.

2차 활성화라도 된 것일까? 어쨌든, 아마 이 스킬이 없었다면 놈들과의 스펙 격차로 진즉에 포기했을 거다.

그렇게 계속 싸웠다. 80단계, 85단계, 90단계, 95단계…….

쉬지도 않았다. 배고플 땐 움직이면서 비상 초코바까지 까먹었다.

[모찌(Lv.36):……오빠.]

정신없는 와중, 시야 한쪽에 모찌의 채팅이 올라왔다. 미안하지만, 채팅할 여유가 나지 않았다. 주예린도 그걸 알았기에 항상 할 말만 전달했다.

[모찌(Lv.36):살아는 있는 거지?]

[모찌(Lv.36):이벤트 남은 기간 보니까 벌써 들어온 지도 4일 정도 지난 것 같은데…….]

[모찌(Lv.36):어쨌든, 저번에 오빠가 지시했던 대로 딱 5일까지만 기다린다.]

까가가강! 까강!

주변엔 어느새 10마리의 금강석 인형들이 들러붙어 있었다. 놈들은 정신없이 돌아다니며 나를 빈틈없게 공격했다.

'빌어먹을.'

시야를 가로지르는 병장기들의 향연. 놈들은 마치 생각할 줄 아는 거 같았다. 인형에 영혼이 깃든 느낌? 마치 전문가들처럼 절도 있고 감각적이었다.

나는 몸을 돌려 놈들의 공격을 한 번에 쳐냈다. 팔이 욱신거렸다.

'……그나저나 4일이나 지났다고?'

시간이 많이 흘렀다. '이벤트'까지의 시간도 하루밖에 남지 않았다. 본래는 지금 '포기'를 하고 나가는 게 맞다. 하지만, 사람이란 게 욕심이 생길 수밖에 없다. 왜냐, 지금이 98단계 인형들이었으니까.

까강! 깡!

놈들의 병장기와 내 창이 긁혔다. 쇠가 마찰하는 날카로운 소리가 흘렀다. 곧이어 한 놈의 도끼가 내 팔뚝을 살짝 스쳐 베고 지나갔다.

"크윽."

화끈한 통증이 흘렀다. 팔뚝뿐만이 아니었다. 온몸이 상처투성이였다. 유지넬도 없는바, 치유할 수 있는 수단도 없었다.

[주, 주인님! 그만해! 우리 포기하자!]

허공에서 뿔하피가 말려왔다. 절대 전투에 참여하지 말라고 명을 내린 상태. 뿔하피의 상대가 아닐뿐더러, 괜히 참여하다간 나도 꼬인다.

'……집중하자.'

여기까지 와서 포기를 외치기엔 아쉬웠다. 게다가 아직 비장의 무기인 '광전사(狂戰士) 모드'와 '섬창(殲槍)'도 쓰지 않은 상태.

'99단계랑 100단계에 뭐가 나올지 모르니까.'

끝이 몇 단계인지는 모른다. 200단계일 수도 있고, 300단계까지 있을지도 모른다. 하지만 마음속으로 끝을 정해뒀다.

'……딱 100단계까지만 깨자.'

예쁘게 떨어지는 숫자이지 않은가. 98단계에서 포기하기엔 뭔가 애매했다. 아쉽기도 했고. 그래서 다짐했다. 무슨 일이 있어도 100은 찍어보겠다고.

"타핫!"

내 손끝에서 베르트랑 창술의 각종 응용 기술이 튀어나왔다. 물론, 놈들도 가만히 있지는 않았다. 생전 처음 보는 기술들과 다양한 무술의 묘리들이 사방에서 펼쳐졌다.

까가가강!

그렇게 1분이 흘렀다. 검푸른 오오라가 다시 내 몸과 창 전체를 감쌌다.

'……무명의 특수효과.'

무려 기본 공격의 두 배로 스플래시 대미지까지 주는 사기 스킬.

'이번엔 놈의 약점에 제대로 꽂자.'

난 열 마리의 인형 중 한 놈을 노려봤다. 장검을 든 놈. 놈부터 제대로 끝내놓을 생각이었다.

"하앗!"

발을 굴렀다. 놈들의 잔 공격들이 날아왔다.

몇 개는 몸을 돌려 피하고, 몇 개는 창대로 쳐냈다. 그리고 몇 개는 내 피부에 스쳤다. 따가웠다. 그리고 마침내 사정거리에 닿자, 놈의 관절이 뚜렷이 보였다.

'저기다.'

푸숙!

묵빛 창날을 놈의 오른 어깨 쪽에 강하게 틀어박았다.

콰아아!

이윽고, 스플래시 대미지가 터졌다.

끼릭! 끼릭!

어느 정도 효과가 있는지, 괴상한 소리를 내는 네 마리의 인형들. 잠깐 에러가 났는지 몸이 멈칫- 한다. 고수들의 싸움에서 잠깐의 머뭇거림은 목숨을 내놓는 길.

나는 그대로 힘을 주어 창을 회수했다. 동시에 머뭇거리는 놈 네 마리의 머리를 날려 버렸다.

서거걱!

'좋았어.'

아직, 끝나지 않았다. 뒤에서 날아오는 놈들의 검격. 나는 그 자리 그대로 무릎을 굽힌 채 공격을 피해냈다.

보지도 않았다. 그저 감각이었다. 놈의 공격을 피해낸 후 카운터로 곧장 창을 뒤로 찔러넣었다. 표적 역시 쳐다도 안 봤다. 그냥 본능이 알려줬다. 이쯤 놈의 목이 있을 거라고.

푸숙!

역시, 제대로 들어갔다. 손아귀에 느껴지는 감각이 알려줬다. 이제 남은 놈은 다섯 마리.

"흐읍……!"

그 순간, 한 놈의 검날이 내 시야 바로 앞까지 다가왔다. 난 헛숨을 들이킴과 동시에 급히 창대를 들어서 막아냈다.

까아앙!

뼈가 부서질 것 같은 강력한 충격이 내 손목을 강타했다. 그래도 다행이었다. 좀만 늦었으면 두개골이 아작 날 뻔했으니까.

'……어딜.'

나는 창대를 틀어 놈의 다리를 강하게 후려쳤다. 완벽하게 들어갔을 거라 생각했던 건지, 인형의 움직임에 당황함이 서렸다.

쯧, 방심하면 안 되지.

나는 쓰러지고 있는 인형의 목에 그대로 창을 꽂았다. 목도 관절. 쉽게 꺾여 버렸다. 이제 남은 것은 네 마리.

상황은 점점 괜찮아졌다. 열 마리를 상대하다 네 마리를 상대하니 이제는 점차 여유가 흘렀다.

[주, 주인님! 멋있어!]

뿔하피의 응원이 들려왔다. 귀여운 응원에 힘이 불끈 났다.

'레벨업이라도 했으면 좋겠는데.'

그게 좀 아쉬웠다. 몸 곳곳에서 흐르는 피가 정신을 아득하게 만들었으니까. 그래도 참아야 했다. 깨기로 했으니까. 아직, 비장의 무기도 쓰지 않았으니까.

"하얏!"

나는 다시 튀어 나갔다. 그렇게 나머지 네 마리를 정리하는 데는 얼마 시간이 걸리지 않았다.

[고급 전투 인형(99단계)이 등장합니다.]

'……하아.'

쉬는 시간은 없었다.

쿠구구구!

또 한 번 석실이 울리더니 다시 인형 하나가 솟구쳤다.

'……하나?'

의외였다. 90층 이후로 무조건 10마리 이상이 나왔었는데. 한 마리라니…….

게다가 인형이 특이했다. 일단, 몸체가 나무로 이루어져 있었다. 여태껏 며칠 동안 금강석으로 이루어진 녀석들만 상대해서인지, 갑자기 나무 인형이 어색하게 느껴졌다.

'……그리고 창?'

놈이 든 병장기는 창이었다. 그 순간, 뭔가 이질적인 느낌, 위험한 느낌이 온몸을 감쌌다. 곧이어 인형이 내 눈을 똑바로 쳐다봤다.

[……여기까지 오는 인간이 있다니. 신기하구나.]

깜짝 놀랐다. 나무 쪼가리가 말을 한다고?

뭐, 드래곤이 있고 뿔하피가 있는 세상에서 이상할 건 없지만, 그래도……. 놀라운 건 놀라운 거다.

"……뭐냐, 넌."

[나……. 말인가. 그것이 뭐가 중요한가. 내 목적은 오직 그대가 다음 단계로 향하는 것을 막는 것.]

놈이 창을 들고 자세를 잡았다.

그런데, 그 자세가 어디서 많이 봤던 자세다.

'……베르트랑 창술?'

그렇다. 놈은 아델이 나에게 알려준 그 자세를 정확하게 취하고 있었다. 뭐지? 궁금증이 일었지만, 묻지는 못했다.

"허엇."

놈이 창을 들고 바로 달려들었기 때문이다.

채앵!

나는 곧바로 무명을 들어 놈의 찌르기를 막았다. 완벽한 자세와 빈틈없는 찌르기에 손목이 찌릿하게 저려왔다.

"크윽."

[호오, 이걸 막는다? 역시, 이곳까지 올라온 자답구나.]

"여유 부리긴……!"

나는 곧바로 창대를 돌려 '때리기' 기술을 사용했다. 그러나 가볍게 막히는 공격.

제기랄, 여기서 더 버티다가는 위험하다. 나는 바로 뒤로 스텝을 밟은 후 거리를 벌렸다. 그와 동시에 베르트랑 기본자세를 취했다.

[……그 기술은?]

놈이 무언가 발견한 듯 공격을 멈췄다. 그리고 말을 이었다.

[……그대는 누군데 감히 우리 가문의 기술을 사용하는가.]

쩌렁쩌렁 울려오는 음성.

육성이 아닌 영혼의 목소리였다. 과연 인형은 육체였을 뿐, 진짜 저 몸을 통제하는 것은 영혼이라는 걸까? 나는 놈의 물음에 가볍게 대꾸했다.

"배웠으니까 사용하고 있겠지."

[웃기지 마라. 그대는 우리 가문의 피를 이은 자가 아니다.]

"그게 뭔 상관인데."

[우리는 가문의 피가 없는 자에게 절대 창술을 전수하지 않아.]

호오, 그랬던 건가. 그런 기술을 아델은 나에게 쉽게 가르쳐줬던 거고? 아, 몬스터는 주인의 명령을 들어야 하니까 별수 없었겠지.

"……보아하니 그 가문 이미 망한 것 같은데. 그렇게 까탈스럽게 굴 필요 있나?"

[닥쳐라, 이놈!]

놈이 곧장 달려왔다. 아픈 곳을 건들기라도 한 걸까? 살짝 흥분한 상태였다.

챠앙!

창끼리 한 번 충돌이 일었다. 놈이 흥분해서인지, 아니면 같은 창술이어서인지 공격이 쉽게 읽혔다.

'확실히 아델보다는 한 수 위네.'

다시 이어지는 놈의 찌르기.

나는 허리를 젖혀 창을 피한 후, 왼쪽 가슴 아래 보이는 놈의 틈에 창대를 들이박았다.

퍼억!

강한 충격에 놈의 중심이 흐트러졌다. 지금이 기회. 나는 곧바로 스텝을 뒤로 한번 밟은 후, 하체에 힘을 실었다. 그와 동시에 펼쳐지는 베르트랑 찌르기.

채앵!

그러나 놈이 다시 한번 막아냈다. 놈도 베르트랑 창술을 쓰는바, 내 기술을 쉽게 읽고 있는 듯했다.

[……대단하군. 누구에게 배웠는지, 기초가 아주 튼튼해.]

"기분 좋네, 목각인형에게 칭찬도 받고."

우리는 그렇게 수십 합을 주고받았다. 서로 절대 빈틈을 내어주지 않았다. 한순간의 실수가 서로의 목숨을 가져갈 수 있음을 인지하고 있었다.

"후우, 후우."

식은땀이 흘렀다. 팔다리가 부들부들 떨렸다. 놈 때문이 아니었다. 이전까지 쌓아온 부상들이 누적되어 있었다.

'제기랄.'

불안했다. 심장이 뛰었다. 지금까지는 잘 상대했다지만, 점점 균형이 무너지는 게 느껴졌기 때문이었다. 그에 비해 놈은 목각인형. 체력이고 자시고 할 게 없어 보였다. 너무 멀쩡해 보였다.

[……궁금한 게 있다.]

목각인형이 말을 꺼내온 것은 그때였다.

마침, 나도 잠깐 한숨을 돌려야 했기에 받아줬다.

"뭔데."

[그대의 스승이 누군가. 꽤나 정교하게 잘 가르쳤어.]

스승이라. 굳이 말한다면 아델이겠지.

과연, 놈은 아델을 알까? 그래서 말해봤다.

"……아델 드 베르트랑, 아델이 내 스승이다."

순간, 놈의 움직임이 멈췄다. 마치, 시간이 정지라도 하듯 굳었다. 그리고 곧이어 몸이 부들부들 떨리기 시작했다. 표정은 보이지 않았지만, 무척이나 놀란 듯했다.

"……뭐야, 갑자기 왜 그래?"

나도 당황해서 물었다. 곧이어 나오는 목각인형의 말. 그 떨리는 음성은 충격적이었다.

[……아델 오라버니?]

뭐야, 여자였어?

"베르트랑 가문의 천재였던 동생도 이 정도까지는 아니었는데."

"담건호. 이 정도 속도면 내 동생도 넘볼 수 있겠다."

"동생은 가문에서 인정하는 불세출의 천재였지."

왜일까. 아델의 목소리가 바로 앞에서 들려오듯 했다. 나는 창을 든 채로 다시 앞을 바라봤다.

부들부들 떠는 목각인형. 그리고 그 속에 담긴 영혼.

'그럼 여태 싸웠던 놈이 아델의 동생이었어……?'

하긴, 싸우면서도 기시감이 느껴지긴 했다. 베르트랑 창술 이론으로는 가문에서 따라올 자가 없다는 아델. 그런 아델을 손쉽게 이겼던 나인데, 그런 나랑 같은 창술로 호각을 이루다니.

더욱 놀라운 사실은, 베르트랑 가문 최고의 천재였다는 그 동생이 여자였다는 거다. 선입견 때문인지, 잘생긴 중세 시대 미남을 상상했었는데, 어쨌든 그건 좀 놀라웠다.

'……그나저나.'

그럼 지금껏 상대했던 목각인형이 한 시대를 풍미했던 창술의 달인이란 말야? 그건 좀 영광스러운데……?

[……아델 오라버니를 어디서 만났느냐.]

목각인형이 떨리는 목소리로 말을 이었다.

어디서 만났냐고? 음, 이걸 뭐라 말해줘야 할까. 사실 이런 경우가 난감하다. 그냥 각 몬스터들의 배경 설정인 것 같은데, 사실대로 말해야 하나?

어떤 인간 여자의 소환수로 살고 있다고? 이 세상이 게임으로 변한 것 같다고? 그러긴 싫었다. 거부감이 들었다. 그래서 말을 돌렸다.

"……글쎄. 그러는 너는 왜 여기 있는 건데?"

내 역질문에 놈이 흠칫했다.

[나는……]

뜸 들이는 목각인형.

[나는…… 왜 여기 있는 거지……? 기억이 뜨문뜨문하다. 정신 차려보니, 이곳에 있었어.]

놈의 떨림이 점점 더 심해졌다. 곧이어 영혼이 고통스러운 울음을 토해냈다.

[크으으……]

곧이어 인형의 눈이 시뻘겋게 번뜩였다.

"뭐, 뭐야? 갑자기."

[크으, 아델 오라버니의 제자여……]

놈이 다시 창을 들어 나를 겨눴다. 그러고는 말을 이었다.

[……자세히 이야기를 나누고 싶다만 누군가가 계속 속삭여. 그대를 죽이라 하고 있다. 날 이곳에서 구원……. 크으으.]

놈이 한 번 비틀거리더니 다시 나에게 달려왔다. 기습적인 찌르기. 예상하고 있던 나는 가볍게 흘려낸 후, 거리를 벌렸다.

"쩝, 시스템화되어 있나 보군."

[크으으……. 분명, 나는 죽었었다. 분명히 죽었었어……. 어떤 더러운 놈이 이런 불결한 술수를……]

놈은 정신없는 와중에도 계속 나를 공격했다.

"크윽."

점점 통증이 거세졌다. 상처에 있는 출혈이 심해졌는지 살짝 현기증도 왔다. 빠르게 끝내야 했다. 아델의 여동생이라는 것은 지금 나에게 중요하지 않았다.

[그대여…… 나를 죽여…… 라, 제발…….]

봐라. 쟤도 원하고 있지 않은가.

그러나 어떻게 할 수가 없었다. 점점 강해지는 놈의 창술에 점점 버티기 버거워졌으니까. 놈은 계속 창을 휘두르며 말을 이었다.

[오라버니의 제자여…….]

"크윽, 왜!"

[베르트랑 스피어는 패도를 추구하는 창술이다.]

"……그래서?"

아델의 제자라 말해서일까, 놈은 공격하면서 자꾸 무언가를 나에게 전해주고 싶어 하는 듯했다.

[방어에 신경 쓰지 마라. 공격이 최선의 방어일 지어니, 몸이 아프다고 움츠러들지 마라…….]

'내가…… 움츠러들고 있다고?'

나는 놈의 창을 또다시 긴급히 쳐냈다. 놈의 찌르기와 베기가 점점 더 거세져 갔다. 아니, 내 파워가 약해져 가는 걸지도 모르겠다.

[……용기를 가져라, 두려워하지 말아라, 그대의 창술을 믿어라.]

챙! 채앵! 챙!

나는 목각인형의 창을 받아치며 생각했다.

'내 창술을 믿어?'

놈의 목소리가 머리를 울렸다. 가슴을 울렸다. 문득, 아델의 말이 떠올랐다.

"베르트랑 스피어는 방패 따위 쓰지 않는 공격적인 창술이지."

그제야, 내 움직임이 보였다. 방어에 급급한 내 모습이.

두근!

심장이 뛰었다. 기묘한 감각이 몸을 감쌌다.

처음 느껴보는 감각이었다. 마치, 멀리서 나와 그녀의 전투를 관조하는 그런 느낌이었다. 내 보법과 창술, 그리고 응용 자세들과 그녀의 그것들의 차이가 한눈에 보였다.

'……그런 거였군.'

이제야 깨달았다. 내가 왜 밀리고 있었던 건지. 그녀와 나의 격차는 거의 없었다. 스펙적으로도 기술적으로도 비슷했다. 다만 베르트랑 스피어를 대하는 자신감. 그 자신감에서 그녀가 앞서 있던 거였다.

['만류귀종'(S급)의 레벨이 1 상승합니다.]

'허.'

또 한 번 뜨는 메시지. 이것 또한 무의 극으로 가는 길이란 건가. 순간, 내 자세가 바뀌었다.

그러자 기세가 변했다. 놈을 씹어먹을 듯한 패기와 자신감이 발끝부터 머리끝까지 올라왔다.

[그렇지! 그거다, 연자여!]

목각인형이 외쳤다.

[과연, 재능이 있는 자로구나……. 현생에서 만났다면 좋은 친구가 될……. 크으으.]

퍼석! 푸숙!

누군가가 자꾸 놈의 신경을 건드는지, 고통스러운 울음이 들려왔다. 나는 계속 공격했다. 놈에게 들어오는 공격에 하나하나 방어하지 않았다. 가끔 피가 터지고 상처도 생겼지만, 그래도 공격했다. 확실히 그게 더 쉬웠다.

[……연자여.]

놈의 목소리가 들렸다.

"왜!"

[내, 한 가지 조언하지……. 나를 죽인 후, 즉시 '포기'를 외쳐라.]

"뭐?"

[그대를 위한 것이다. 100단계에는 무시무시한 존재가 있어. 이곳에 저당 잡힌 영혼들이 모두 덤벼도 어쩌지 못할 그런 괴물이…….]

나는 대답하지 않고 놈을 공격했다. 공격이 점점 먹히기 시작했고, 놈의 몸뚱어리에 조금씩 금이 가기 시작했다. 놈은 당하면서도 오직 그놈에 대한 정보를 알려야 한다는 듯 필사적으로 말을 지속했다.

[그대 실력으로는 절대 무리다. 괜한 목숨 버리지 말고……
꼭…… 크으으.]

놈의 눈이 더 벌겋게 빛나기 시작했다. 본능적으로 느껴졌
다. 이제 마무리를 지어야 할 때, 더 이상 그녀의 영혼을 괴롭
게 할 수는 없었다.

"하앗!"

창을 더욱더 꽉 쥐었다. 반동을 주기 위해 등을 뒤로 젖혔다.
목표는 놈의 목.

허리가 유연하게 움직였다. 땅을 박찼다. 용수철처럼 튀어 나가
는 반동에 나는 가볍게 팔을 뻗었다. 목표를 향해 창을 찔러냈다.

푸욱!

놈의 창이 내 어깻죽지를 스쳤지만, 내 공격이 더 날카롭고
매끄러웠다.

[크으, 고…… 맙다. 연자여.]

놈이 마지막으로 조용히 읊조렸다. 천천히 꺼져가는 영혼
의 빛. 무언가 씁쓸한 느낌이었다. 아델과 대면이라도 시켜줬
으면 좋았을 텐데.

"잘…… 가라. 동생."

뿌드득!

곧이어, 놈의 육체가 아스러졌다. 완전히 끝낸 것이다.

[삐빅-]
[고급 전투 인형(99단계)을 처리했습니다.]

[고급 전투 인형(100단계)이 등장합니다.]

마침내 100단계.

쿠구구구!

역시나, 바로 석실이 진동한다. 땅바닥에서 거대한 인형이 천천히 드러나기 시작했다. 순간, 엄청난 위압감이 느껴졌다. 강렬한 살기에 손끝부터 발끝까지 저릿했다.

[경고! 경고! 경고!]

[감당할 수 없는 힘이 집중합니다.]

'……제기랄.'

물론, 나는 포기를 외칠 생각이 전혀 없었다. 여기서 포기하면 지금까지 올라온 게 헛수고가 되는 느낌 같았다.

[광전사(狂戰士) 모드를 활성화합니다.]

[제한 시간:10분]

[공격력이 200% 증가합니다.]

[공격속도가 30% 증가합니다.]

[방어력이 50% 감소합니다.]

곧바로, 스킬을 켰다. 시야가 붉어졌다. 숨이 턱 막힐 것 같았던 살기가 단숨에 사라졌다.

'뭐야, 저 ×밥은?'

눈앞에 보이는 커다란 강철 인형. 제법 강해 보이지만, 마음에 들지 않았다.

감히 어디다 대고 살기를 뿌려?

나는 바로 창을 들어 자세를 취했다.

[섬창'(殲槍)을 가동합니다.]

콰아아아!

순간, 엄청난 에너지가 창을 타고 올라왔다. 기존에 사용하던 것보다 더욱더 강렬하고 끔찍한 기운이었다.

처음 사용해 보는 거다. 광전사 모드의 효과까지 받은 섬창은…….

'이제 준비 완료. 좀만 더 기다리자.'

나는 놈이 완전히 구성될 때까지 기다렸다. 완전히 구성되면 가슴에 한 방 멕여줄 생각이었다.

[크……아……아……아…….]

곧이어 놈이 나타났다. 제법 강력한 기운을 뽑아낸다. 그래서 어쩌라고. 그냥 섬창도 강한데 이번엔 광전사 모드로 ×2 효과까지 받았다.

과연 이걸 받아낼 수 있는 존재가 있을까? 살짝 기대도 된다. 곧이어 놈이 완전히 구성됐다.

'지금……!'

나는 곧바로 놈을 향해 창을 던졌다. 그 강력한 기운을 발사했다. 절대적인 자신감이 담긴 한 방이었다.

쿠웅!

세상이 꺼지는 소리. 석실의 공간이 일순간 적막에 휩싸였다.

[크……아?]

곧이어 흘러나오는 놈의 목소리.

마치 어이없다는 느낌의 음성이었다.

끼긱!

놈은 곧이어 자신의 아래를 내려다봤다. 그리고 발견했다. 자신의 강철 가슴 사이에 생긴 커다란 구멍을…….

이윽고 인형이 무너졌다. 아델의 여동생이 경고했던 것에 비하면 참으로 허무한 결과였다.

'……그럼 그렇지.'

역시, 놈도 섬창 앞에는 어쩔 수 없었다.

[삐빅-]

[고급 전투 인형(100단계)을 처리했습니다.]

[축하합니다. 위대한 업적을 달성합니다.]

[★★1서버 최초로 '시련의 장'을 통과하여 '역경을 헤친 자' 업적을 달성하였습니다. 당신의 위대한 업적을 응원합니다.★★]

[특수 보상:최상급 랜덤 스킬 박스 1개]

'……후우.'

마침내 모든 게 정리됐다.
그렇게 한숨을 돌리고 있자─

[광전사(狂戰士) 모드가 비활성화됩니다.]
[버프 효과가 사라집니다.]
['광전사(狂戰士) 모드'(S급)의 레벨이 1 상승합니다.]

광전사 모드가 풀렸고, 레벨이 올랐다.
그리고─

[빠밤!]
['히든 피스' 조건이 충족됩니다!]
[조건:'시련의 장' 단계별 클리어]
[보상:'히든 스페이스'에서 단계별 보상 제공]

드디어 '히든 스페이스'가 열렸다. 기묘한 빛이 몸을 감쌌고, 동시에 시야가 번쩍이며 이동한 곳은 일행들이 기다리고 있는 그 장소였다.

['히든 스페이스'에 입장하셨습니다.]
[부디, 그대에게 행운이 따르길.]

빛이 사그라들었고 눈을 떴다. 역시, 도착한 장소는 익숙한

'히든 스페이스'의 모습이었다.

검은 방. 중앙에 세워진 석상. 그리고 황금빛으로 빛나고 있는 보물상자.

"오빠!"

"거, 건호 씨!"

일행들이 다가왔다. 주변을 바라보니 캠핑장이 설치되어 있었다. 비상식량들도 가득했다. 할아버지의 낙타족 '카메르'(★★★★★)의 '견디기' 스킬을 이용한 것이리라.

"어떻게 된 거예요?"

"다들 걱정했다네."

할아버지와 빈서율이 안부를 물어왔고-

"전, 아저씨가 어떻게 되신 줄 알고……."

서은채가 울먹이고 있었다.

나는 일단, 일행들을 진정시켰다. 그리고 상황을 설명했다. 아델의 동생을 만난 이야기는 굳이 하지 않았다.

"그, 그래서 100단계까지 다 깨고 나온 거라고? 오빠, 미쳤어?"

"히엑- 배, 백 단계요?"

일행들이 놀라는 것은 당연지사.

그들의 전적을 들어보니, 주예린이 42단계로 1등, 빈서율이 40단계로 2등. 나머지는 전부 30단계를 넘기지 못했다.

그래도 다행이었다. 나름 대견하기도 했다. 욕심내서 무리하지 않고 나올 수 있는 것도 용기라면 용기이니까.

"그래서, 보물상자가 이렇게 빛나고 있었구만?"

"맞아요, 아까부터 이것 때문에 눈부셔 죽는 줄 알았어요."

일행들의 말에 시선을 돌렸다. 그곳에는 평소와 달리 화려하게 빛나고 있는 보물상자가 있었다.

'······과연.'

분명, 단계 수에 따라 보상을 차등 지급한다 했다. 나는 무언가에 홀리듯 그곳 앞으로 이동했다. 일행들도 다 같이 따라왔다.

꿀꺽-

침을 삼켰다. 눈앞에 보이는 보물상자. 번쩍번쩍 화려하게 빛나는 게, 눈을 뗄 수 없을 정도였다. 7층 '히든 스페이스'에서 봤던 보물상자와는 때깔부터가 차원이 달랐다.

'그땐 뭐가 나왔었더라?'

빠르게 떠올려봤다. 갓 컴퍼니의 개입으로 고정 보상을 줬었지. 거기서 받았던 '합체족 마스터리' 스킬은 그 당시 나에게 가장 필요했던 스킬이기도 했다. 지금도 잘 쓰고 있고.

'과연, 이번에는 그것보다 좋을까?'

기대될 수밖에 없었다.

이번엔 그만큼 힘들었으니까. 밤낮으로 고생했으니까.

"오빠, 뜸 들이지 말고 빨리 열어. 궁금해."

주예린이 옆에서 보챘다. 다른 일행들도 호기심 어린 얼굴로 보물상자를 바라보고 있었다.

"과연, 100단계는 뭘 줄까요? 우리처럼 상급 랜덤 스킬 박스 하나 던져주는 건 아니겠죠?"

"허허- 그럴 리 있겠나. 그래도 100단계인데······."

나는 일행들의 관심에 힘입어, 눈앞의 보물상자를 과감하게 열어젖혔다.

철컥!

터져 나오는 황금빛. 곧이어 기묘한 빛이 공간을 가득 채웠다.

[히든 피스를 개봉하셨습니다.]

[두근 두근!]

[특수 조건을 달성하셨습니다.]

[보상 수준이 '최상급'으로 상승합니다.]

촤르르륵-

올라오는 기분 좋은 메시지. 곧이어 '보상'이 도착했다.

[아이템 '5성 확정 소환권'을 획득합니다.]

[Tip 자신의 몬스터의 등급이 낮아 속상하시다구요? 걱정 마세요. 충분한 애정을 가지고 키우신다면, 절대 높은 등급 부럽지 않을 거랍니다.]

깜짝 놀랐다. 믿을 수 없는 보상이었기 때문이다. 「몬스터즈」를 10년 동안 즐기면서 단 한 번도 보지 못했던 보상.

'……태생 5성 확정 소환권?'

눈을 비볐다. 잘못 본 게 아니었다. 다시 봐도 내가 읽은 게 맞았다. 손이 떨려왔다.

"뭐야, 오빠. 표정이 왜 이래?"

"뭐 좋은 거 나온 거예요?"

"그렇게 반응하니, 더 궁금하구먼."

일행들이 다가왔다. 당연히 좋다마다. 탑을 93층까지 클리어했던 나도 이런 보상이 있는지 몰랐을 정도로 대단한 보상이었다.

「몬스터즈」는 이러한 류의 보상에는 염전처럼 짰었으니까. 게임 10년 차 고인물인 내가 태생 3성이 최고였던 것만 봐도 답 나오지 않는가.

나는 일행들에게 보상을 오픈했다. 곧이어, 일행들의 눈이 휘둥그레졌다. 주예린 역시 경악했다.

"뭐야, 세상에 그딴 보상이 어딨어!"

"왜."

내가 묻자, 그녀가 다가와서 속삭였다.

"겨우 히든 피스가 내 특전이랑 맞먹는 수준이잖아!"

아, 그것 때문이었나? 배가 좀 아프긴 한가 보다.

"······꼬우면 너도 100단계 하지 그랬어."

"허, 참······."

입을 꾹 다무는 주예린.

나머지 일행들도 축하의 말을 전했다. 태생 5성이라니······. 기분이 절로 들떴다. 그동안의 고생이 한순간에 보상받는 느낌이었다.

"고생하셨어요. 건호 씨."

빈서율이 환하게 웃었다.

그녀를 보니 문득 생각났다.

이것도 그녀가 뽑아야 하나? 아니, 그럴 필요 없지 않나? 태생 5성 확정이면, 군이 행운 요소가 필요 없는 거잖아?

"오빠, 지금 이상한 생각 했지……?"

주예린이 말을 건 건 그때였다.

"뭐."

"혹여나, 절대 오빠가 뽑을 생각 마. 알잖아. 태생 5성도 급이 있어."

"……잘 모르겠는데?"

내 입장, 태생 5성이면 뭐든 좋다. 어떤 몬스터가 나오든 「몬스터즈」 세계관 최강급으로 키워낼 수 있다는 자신감이 있었다.

"그래도 안 돼!"

주예린이 단호하게 고개를 저었다. 그러고는 말을 이었다.

"10년 동안 그렇게 호되게 당해놓고 또? 오빠 제정신이야?"

"……그런가?"

"그런가는 개뿔! 무조건 서율이한테 맡겨!"

"……뭐, 그러든지."

사실, 누가 뽑든 상관없었다. 빨리 태생 5성의 그 영롱한 자태를 보고 싶었다. 쇠뿔도 단김에 빼라고 나는 즉시 빈서율에게 다가갔다.

"서율 씨, 부탁 좀 해도 될까요?"

"물론이죠."

그녀가 웃으며 아이템을 받았다. 원래 게임이었으면 절대 넘기지 않았을 아이템. 하나, 그녀와의 신뢰는 이미 최상이다. 절대적인 믿음이 있기에 넘길 수 있었다.

"후우, 떨리네요."

빈서율이 카드를 허공에 띄웠다. 카드 역시 황금빛으로 빛나고 있었다. 빈서율이 침을 꼴깍 삼켰다.

"가, 갈게요?"

"네, 긴장하지 마시고 편하게 까세요. 뭐든 상관없으니까."

"……이게, 그래도 긴장되는 건 어쩔 수 없나 봐요."

그렇겠지. 그 심정 이해 못 하는 건 아니다. 그래서 내가 10년 동안 뽑기 게임에서 벗어날 수 없었던 거고. 곧이어, 그녀가 카드를 활성화했다.

[소환소가 활성화됩니다!]
['5성 확정 소환권'이 열립니다!]

콰르르르!

그때였다. 방 전체 공간의 전류가 튀었다. 전류긴 전류인데 사람에게 직접적인 피해는 주지 않는 그런 전류였다.

[신비한 기운이 공간 전체를 감쌉니다.]
[강력한 힘이 한 곳에 집중합니다.]
[빰빠밤!]
[근처에 용족 '드래곤 로드 실베론'(★★★★★)이 소환됩니다.]

"드…… 래곤 로드?"

키라라라!

괴성이 들려왔다. 빛이 터졌고 좁은 방을 거대한 용이 점점 커져 가며 채우기 시작했다.

기다란 꼬리. 날카로운 이빨과 발톱. 전신을 뒤덮은 은색 빛깔의 비늘.

'……그것도 실버 드래곤?'

레드가 화염을 다룬다면, 실버는 전기를 다룬다. 속성은 뇌(雷) 속성. 「몬스터즈」 세계관에서는 골드 드래곤과 함께 최강의 자리를 다투는 존재로 알려져 있다.

'……미친.'

역시는 역시일까.

빈서율이 또 한 건 해줬다. 5성 중에서도 1티어로 꼽히는 용족. 그리고 그 용족 중에서도 로드라니……. 이건, 진짜 미쳤다.

크르르르!

낮은 울부짖음.

방 안을 가득 채우고도 모자라 검은 방을 부술 듯 커지던 드래곤에서 다시 한번 빛이 터져 나왔다.

번쩍!

순식간에 사라지는 실버 드래곤. 그리고 눈앞에 보이는 것은 은빛 머릿결에 조각칼로 빚은 것 같은 서양 미남이었다.

'……뭐야 이건 또.'

나는 재빨리 정보를 확인했다.

[몬스터:'드래곤 로드 실베론'(★★★★★)]

[종족:용족]

[레벨:1 (Exp 0/200)]

[보유 스킬:5/5]

　-탑승(Lv.1):캐릭터나 몬스터 총 네 개체를 태울 수 있다.

　-뇌(雷)의 정수(Lv.1):고룡의 상징. 존재하는 모든 뇌격 마법을 다룰 수 있다. 인간형으로 다닐 수 있다.

　-튼튼한 육체(Lv.1):드래곤의 뼈와 비늘은 그 어떤 물질보다 단단하다.

　-드래곤 피어(Lv.1):일정 범위 내, 4성 이하의 모든 몬스터들을 5초간 공포에 빠트린다.(제한:30분에 1번)

　-드래곤 브레스(Lv.1):전격의 숨결이 세상을 뒤덮는다. (제한:1시간에 1번)

　'미…… 친?'

　아름다운 스펙이었다. 그야말로 태생 5성 다운 스펙. 나는 감격에 겨웠다. 게임에서도 얻지 못했던 고등급의 몬스터를 현실에서 얻다니…….

　'게다가 '탑승' 스킬.'

　주예린의 아그니스가 가지고 있는 스킬과 동일했다.

　다행이었다. 사실, 귀여운 뿔하피를 타고 다니기 조금 애매하기도 하고, 미안하기도 하고 했었는데, 이제는 드래곤을 타고 다닐 수 있게 되었다.

뿔하피의 '타기' 스킬은 조만간 다른 거로 교체해 줘야지.

"······오빠, 이분은 뭐야?"

"용이 사람으로 변한 것 같소만······."

일행들이 놀랐다.

나 역시 마찬가지였다. 세상에, 조각 미남으로 변한 용이라니.

그는 아직 등록이 안 된 상태. 멍하니 허공을 바라보고 있었다.

"건호 씨, 여기 받으세요."

빈서율이 다가와 소유권을 넘겼다.

나는 재빨리 등록했다.

['드래곤 로드 실베론'(★★★★★)을 등록합니다.]

그러자 실베론의 눈동자에 초점이 생겼다. 그리고 나에게 고개를 돌렸다.

[반갑다, 주인.]

역시, 대화할 줄 알았다. 나는 곧바로 대꾸했다.

"그래, 반갑다. 실베론."

[강한 주인이라 마음에 드는군. 용족을 다룰 자격이 있어.]

"······그래?"

듣던 주예린이 역정을 냈다.

"뭐야, 이런 미남이라니! 우리 용용이는 왜 이런 거 없어!"

역정을 낼 만도 했다. 같은 태생 5성인데 뭔가 급이 달라 보였으니까. 곧이어 실베론이 말했다.

[……아그니스 말이로군?]

"뭐야, 알고 있었어?"

[그렇다. 인간 여자. 성룡이 된 지 오래되지 않은 귀여운 녀석이지.]

"……제기랄."

주예린이 궁시렁거렸다. 그동안 태생 5성으로 완벽한 딜러를 담당했는데, 그것마저도 나에게 밀려 버린 것이다.

그렇다고 속상해할 필요는 없다.

'아그니스'가 약한 건 절대 아니었으니까. 나는 실베론을 쳐다봤다. 역소환하기 위해서였다.

"인사는 나중에 차차 하기로 하자, 실베론."

[그러지, 또 보자고, 주인.]

쿨하게 말하고 사라지는 실베론.

녀석은 나중에 훈련소에서 제대로 실험해 볼 생각이었다. 어디 한번 열심히 키워봐야지. 아그니스와 인사도 시켜줄 거다. 뇌격 마법이 뭐가 있는지 확인도 해야 하고.

나는 손뼉을 한 번 쳤다.

"자, 그럼 시간이 얼마 없네요."

'히든 퀘스트'가 약 한 달 정도밖에 남지 않았고, '이벤트'도 내일이다. 빨리 17층을 클리어해야 했다.

"그럼, 남은 보물들을 찾으러 가봅시다."

일행들의 얼굴에 기쁨의 기색이 묻어 나왔다. 빨리 이곳에서 나가고 싶은 거다.

17층을 깨는 것은 크게 어렵지 않았다.

"지호야."

"넵, 형!"

"내가 알려준 곳으로 쩍쩍이랑 끄러기 보내봐."

"넵!"

"신호 주면 순차적으로 건드는 거야."

우리는 서지호의 조류족들을 적절히 이용하여 5개의 보물을 순차적으로 찾아냈다. 몬스터를 잡아 힌트를 얻을 필요는 없었다. 나와 주예린이 정확한 위치를 다 알고 있었으니까.

[축하합니다!]

[시련의 탑 17층을 클리어하셨습니다.]

[생존자 전원에게 특수한 보상이 지급됩니다.]

랭킹 갱신 보상도 꿀이었다. 본래 「몬스터즈」였으면 이 정도 시간대로 절대 랭킹권에 오르지 못한다. 최선두에 있다 보니, 여유롭게 클리어하기만 해도 1위 보상을 받을 수 있는 거다.

'확실히 선점이 좋긴 좋지.'

우리는 간만에 '터'로 복귀했다. 나는 탑에 오래 머물렀던 일행들을 위해, 하루 간 휴식을 명했다.

물론, 나도 수면이 필요하긴 했다. 약 나흘 동안 휴식 없이 싸웠던 정신적 피로감은 무시 못 한다.

'그전에 정리할 것부터 정리하고.'

난 보상과 보유 골드를 확인했다.

147,000 골드, 최상급 랜덤 스킬 박스 1개, 상급 랜덤 스킬 박스 2개.

이제 스킬 뽑기를 할 시간이 왔다.

이른 아침.

여느 때처럼 훈련소에 나와 스트레칭을 했다. 그러면서 어제 뽑은 스킬들을 떠올렸다.

'먼저 A급 두 개.'

나름 준수한 능력의 스킬이 나와줬다. 「갓 컴퍼니」가 경고했었던, 떨어졌다는 행운 수치가 무색할 정도로 괜찮은 녀석이었다.

'뭐, 스킬 운은 항상 좋았으니까.'

「몬스터즈」당시에도 그랬다. 비루할 정도로 답 없던 몬스터 뽑기 운과 다르게 항상 스킬 뽑기만큼은 준수했다. 그렇지 않았다면, 아무리 날고 기었다 해도 그 정도 랭킹까지 오르지 못했을 거다.

어쨌든, 두 A급 스킬은 각각 켈피와 뿔하피에게 나눠줬다.

켈피에게 준 스킬은 '가속'(Lv.1). 한 시간에 한 번 쓸 수 있는 스킬인데, 약 5분 동안 이동속도가 3배 정도 빨라지는 스킬이다. 은신 후, 어딘가 급속도로 침투할 때, 유용하게 사용할 수 있을 거다.

뿔하피에게 준 스킬은 '불의 가호'(Lv.1). 정령들이 친근감을 느낀다는 속성 계열 스킬이었다. 뿔하피는 이 스킬로 인해 이제 완벽한 '화'(火) 속성이 되었다. 본래 태생 1성짜리는 온전한 속성 효과를 발휘하지 못한다. 태생적으로 약하기도 하고 속성 관련 스킬도 없기 때문이다.

이처럼 속성 관련 스킬을 하나 이상 부여해 줘야, 온전한 속성 효과를 발휘할 수 있다.

'아무리 태생 1성이라도 뿔하피에겐 과감하게 투자해야지.'

버릴 수는 없으니까.

이미 뿔하피는 평범한 태생 1성이 아니다. 각성도 한 번 거쳤으며, 각종 S급 스킬로 도배하고 있었다. 게다가 가장 중요한 건-

'이렇게 귀여운 녀석을 어떻게 버려?'

이미 정을 너무 많이 줘버렸다. 그뿐이랴. 연옥 슬라임 때도 뿔하피 덕에 살았고, 각성할 때도 뿔하피가 안고 걱정해 줬었다. 이미 나에게 있어서 뿔하피는 소환수 이상의 동료였다.

'쩝, 생각난 김에 뿔하피나 소환해야지.'

원래 훈련 시작 전에는 항상 몬스터들을 소환한다. 스킬 숙련도를 올려야 하기 때문이다.

[주인님! 좋은 아침!]

녀석이 반갑게 인사했다. 옷은 주예린이 건물을 돌아다니면서 건져왔던 하얀 후드티를 입혀놨다. 팔 부분만 찢어, 민소매처럼 입혀놓으니까 살인적으로 귀엽다.

[주인님! 오늘도 훈련하는 거야?]

"그래, 오늘도 열심히 숙련도 올려야지?"

[응! 응!]

귀엽게 답하는 뿔하피. 내가 훈련하는 모습을 많이 봐서인지, 항상 불평불만 없이 훈련에 임한다. 그 점이 더 마음에 들었다.

걱정 마라. 내가 태생 5성 부럽지 않도록 애정으로 키워줄 테니까.

"우선 저쪽으로 가서 어제 준 스킬 두 개부터 연습하고 있어. 이따 봐줄 테니까."

[알겠어! 빨리 와야 해! 주인님!]

그렇다. 어제 뽑은 S급 스킬의 소유권도 뿔하피가 차지해 버렸다. 1성일 때부터 존재해 왔던 '타기'(Lv.7) 스킬은 어제부로 놓아줬고 그 자리에 새로운 스킬이 들어섰다.

아깝지는 않았다. 이번에 얻은 스킬이 그만큼 뿔하피에게 어울렸기 때문이다.

[스킬:창공의 지배자]

[등급:S급]

[특성:패시브(Lv.1)]

[창공을 지배하는 자 앞에서 그 누구도 감히 날개를 제대로 펼치지 못한다. 이 스킬은 비행이 가능한 종류의 몬스터만 사용할수 있습니다.

비행하는 모든 적에게 추가데미지×200%

비행하는 모든 적에게 크리티컬 확률 + 30% 증가]

'실베론' 아니면 '뿔하피'.

둘 중 하나에게만 줄 수 있었던 스킬. 흔치 않은 공중전 전용 스킬이었다.

'실베론이 가지는 것도 나쁘진 않지만……'

이미 스킬 창이 꽉 찬 상태. 6성으로 갈 재료도 아직 없다. 그냥 뿔하피에게 주는 게 더 효율적이다.

애정으로 키우기로 했으니 팍팍- 밀어줘야지.

콰아아앙!

옆에서 폭음 소리가 들려왔다. 고개를 돌려 보니, 뿔하피가 본격적으로 훈련을 시작하고 있었다.

나도 놀고 있을 순 없지. 곧바로 실베론을 소환했다.

"실베론, 나와봐."

[불렀는가, 주인.]

스스슷-

허공에서 곧바로 나타나는 은발 미남. 태생 5성이라 그럴까? 소환되는 모습도 멋스러움이 철철 흐른다.

"뭐야, 평소에도 이 모습으로 소환되는 거야?"

[상황에 맞추어 나올 수 있다. 본체의 모습을 원하는가.]

"아니, 기다려 봐. 일단 보고."

나는 이제부터 실베론의 스킬들에 대해 연구해 볼 참이었다. 태생 5성짜리 몬스터는 처음이라 설렜다.

일단 먼저-

"뇌(雷)의 정수? 존재하는 모든 뇌격 마법을 다룰 수 있다고?"

[그렇다, 주인. 현존하는 모든 뇌(雷) 속성 공격 스킬들은 다 나로부터 파생된 것. 내가 쓰지 못할 리 없지.]

허……. 이거 완전 개 사긴데?

아무리 태생 5성이라 해봐야, 스킬 창에 한계가 있다. 최대 6개밖에 늘릴 수 없는 스킬 창. 당연히 성장에 한계가 있을 거라 생각했다. 그러나 그건 내 착각이었다. 이런 류의 스킬이 있을 거라고는 상상도 못 했다.

잠깐, 그럼 레드 드래곤도?

"그럼 아그니스도 불 관련 스킬은 다 쓸 수 있는 거겠네?"

[아니, 다르다.]

"응?"

[주인, 용족의 수명이 얼마나 될 것 같은가.]

"모르지."

그런 걸 내가 어찌 알겠는가. 「몬스터즈」에서는 1티어 용족이 존재한다는 것만 알았을 뿐, 뽑아본 적도 상대해 본 적도 없다.

[약 만 년이다. 그중 3,000년이 흐른 용을 우리는 성룡이라 부르지.]

"아그니스는 아직 성룡이다? 넌 고룡이고?"

실베론이 고룡인지는 '뇌(雷)의 정수' 스킬 설명에서 확인했다. '고룡의 상징'이라 쓰여 있었으니까.

[그렇다, 주인. 우리는 고룡부터 속성에 관한 기술들을 완벽하게 깨우치게 된다. 아그니스가 그렇게 되려면 5,000년은 더 살아야 하지.]

"흐음."

[그렇다고 아그니스가 약한 건 절대 아니다. 보아하니 그녀도 본신의 힘의 5%도 끌어내지 못하고 있더군.]

"……그 정도야?"

아그니스의 그 끔찍한 브레스. 그게 원래 힘의 5%라고?

[봉인 때문이다. 우선, 내 전격 마법을 보여주지.]

실베론이 이해를 돕기 위한 건지, 인형 앞에 섰다. 나 역시 궁금했기에 가만히 지켜봤다. 곧이어, 실베론이 손을 뻗었고-

파즈즈즉!

가벼운 전류가 흘러 인형을 태웠다. 기대했던 것보다 그렇게 강한 스킬은 아니었다.

"이게 뭔데?"

[라이트닝 쇼크다. 전격계 기본 마법이지.]

"흠, 다른 건 더 없어?"

[아직 이 이상 쓸 수는 없다. 그러기 위해서는 숙련도를 더 올려야 해. 봉인을 푸는 것도 그것뿐이다. 숙련도를 올리는 것.]

역시, 그럼 그렇지. 아무리 태생 5성이라 해도, 곧바로 강해지는 건 절대 아니다.

[주인이라면 내 본신의 힘을 전부 끌어내 줄 수 있으리라 믿는다. 내 본신의 힘만 전부 끌어올 수 있다면, 그 누가 와도 상대해 줄 자신이 있어. 믿어도 좋다.]

"쩝, 그래? 뭐, 방법이 있나. 그럼 닥치고, 훈련이지."

내 답에 실베론이 고개를 끄덕였다.

오, 훈련에 바로 긍정한다고?

이거 생각보다 더욱 맘에 드는 녀석이다.

훈련은 계속됐다. 나는 각 몬스터들의 훈련을 도우며, 내 합체족들의 스킬 숙련도도 채웠다.

[주인님! 공격 간다?]

[왼쪽도 있다, 주인.]

확실히 의사소통이 되니까 편했다. 빈서율이나 주예린이 없어도 합동 훈련이 가능해졌다. 나와 실베론, 뿔하피 이렇게 셋이서 하면 되니까.

'괜찮은데?'

혼자 훈련하는 것보다 효율이 더 높았다. 우리는 서로의 모습을 봐주고 응원하며 그 시간을 즐겼다. 그래서 솔직히 말하면…… 시간 가는 줄을 몰랐다.

덜컹!

"오빠!"

훈련소에 주예린이 들이닥쳐서야 정신을 차렸다.

"세상에, 아직도 훈련하고 있었어? 오늘 무슨 날인지 잊은 거야?"

"후, 벌써 시간이 그렇게 됐나?"

"일행들 다 모여 있어. 쉐넌도 기다리고 있고."

별일 아니다. '집단 경쟁전' 때문이다. 오늘은 예선전이 있는 날.

'……헐.'

23분밖에 안 남았다. 솔직히 귀찮긴 했다. 어차피 예선전일 뿐인데, 굳이 내가 가지 않아도 전부 다 정리할 수 있을 만큼 일행들이 강력했으니까.

그래도 가야 했다. 변수가 있을 수도 있는 거고. 또, 괜히 나가지 않았다가 지고 오기라도 하면 모든 책임은 내가 져야 하니까.

'이것도 탑 등반의 연장선이야.'

무조건 참여해야 한다. 쉐넌이…… 아니, 「갓 컴퍼니」가 쉐넌을 통해 전했으니까. 이번 이벤트에서 1등을 해야만 30층을 깰 방안이 나올 거라고.

"빨리, 준비해. 다들 기대하고 있단 말야."

"기대?"

"응, 오랜만에 생존자들을 보는 거니까?"

그런가?

그럴 수도 있겠다 싶었다. 만날 탑에서 흉측한 몬스터만 잡다가 간만에 생존자들을 보면서 분위기 전환도 하고 싶겠지.

'게다가 다들 세니까.'

일행들 모두 나만큼은 아니지만, 그 누구도 무시 못 할 정도로 강하다. 확신할 수 있는 건, 채팅창 고인물들도 일행들 앞에서 한 수, 아니, 두 수 이상 접어줘야 한다는 것.

'아, 물론 몇몇 인원들은 제외하고……'

그리고 대다수 인간은 자신의 강함을 타인에게 증명하고 싶어 하는 욕구가 있다. 미약하게라도 말이다.

[건호오오! 왜 이제야 온 거야!]

주거지 앞으로 가니 쉐넌이 반겼다. 일행들도 내 모습을 보고 안도의 한숨을 내쉬었다. 그리고 다시 기대되는 표정을 지었다.

"허허- 간만의 나들이라니 기대되는구먼."

"할아버지는 걱정 안 되세요?"

서은채가 묻는다.

"걱정이랄 게 뭐 있겠는가, 건호도 있고 예린이와 서율이도 있는데."

"……그건 그렇지만."

물론, 불안해하는 사람도 있었다. 대표적으로 서은채가 그랬다. 이벤트가 말이 이벤트지 결국은 생존자 집단끼리의 '결투'니까.

일종의 트라우마도 있었고. 난 그런 서은채에게 다가가 토닥여줬다.

"너무 걱정하지 마라. 그냥 게임이라 생각해. 가벼운 몸풀이도 안 될 정도로 쉬운 게임."

"……알겠어요."

나는 일행들을 둘러봤다. 다들 전투 준비를 갖춘 상태였다. 나는 허공에 떠 있는 쉐넌을 바라봤다.

"쉐넌."

[웅! 웅!]

"예선전 이거 얼마나 걸리냐?"

최대한 빨리 끝내야 했다. '히든 퀘스트'의 남은 기간은 약 33일. 그에 비해 아직도 진도는 탑 17층이다. 이제는 진짜 시간이 촉박했다.

[음, 건호라면 빨리 끝내지 않을까?]

"오늘 안에는 끝나는 거지?"

[웅웅! 오늘만 통과하면, 다음부터는 아마 차례차례 토너먼트식으로 초대될 거야. 나도 아직 정확한 지침을 전달받은 건 아니니까 참고만 해.]

"그래."

어차피, 오늘 안에만 끝나면 된다.

목표는 최대한 빨리 끝내고 탑까지 오르는 것. 나는 메시지를 다시 한번 힐끗했다. 보니까 이벤트까지 약 10초 정도 남았다.

[다들 준비됐지? 이동시킨다?]

들려오는 쉐넌의 목소리. 나는 고개를 끄덕였다. 일행들도 같이 끄덕였다. 그리고 곧이어 쉐넌이 지팡이를 휘둘렀고-

[빠밤!]

[집단 경쟁전이 열렸습니다!]
[집단 '소수정예'를 아레나로 초대합니다!]

스스슷!
하는 소리와 함께, 우리는 전부 아레나로 이동했다.

[몬스터콜렉터(Lv.29):이벤트 참여 안 한 흑우 없제? 우리 요정은 참가 보상도 준다고 꼬시더라.]

[카드값줘체리(Lv.29):이벤트는 가야지 ㅋㅋ. 난 벌써 도착했음.]

[병아리콩(Lv.27):ㅋㅋ 나둥. 오빠들 예선전 몇조야? 난 D조.]

[문스터(Lv.33):B조. ㅆㅂ.]

[아리아리동동(Lv.27):나도 B조.]

[조류족성애자(Lv.26):난 A조.]

[병아리콩(Lv.27):ㅋㅋ 다들 다르넹. 근데 어차피 제일 핫한 관심사는 그거 아니야?]

[아리아리동동(Lv.27):뭐?]

[병아리콩(Lv.27):소수정예가 어디 조인지 ㅋㅋㅋ.]

[조류족성애자(Lv.26):……나 왜 이리 불안하지 갑자기?]

[병아리콩(Lv.27):조류 오빠, 갑자기 왜?]

[조류족성애자(Lv.26):소수정예 A 오면 어카냐. 꼭 학점 같잖아. 소수정예는 왠지 뭐든 A일 것 같은 느낌이라고.]

[병아리콩(Lv.27):뭬야?! 그럼 난 D학점이라는 거임? ㅋㅋ]

[조류족성애자(Lv.26):어쨌든 불안해……. 진심으로.]

Chapter 2

시야가 번쩍였다. 몸이 붕 뜨는 느낌과 동시에 도착한 곳은 거대한 평원 위, 허공이었다.

[아레나 '예선전 필드'에 도착합니다.]
[집단 소수정예의 조는 'A조'입니다.]
[A조 필드타입·평원]
[잠깐 대기해 주시길 바랍니다.]

'예선전 필드? A조?'

곧이어 뜬 메시지와 함께, 몸이 천천히 내려가기 시작했다. 약 1분간 내려갔을까? 땅바닥에 부드럽게 착지했다. 일행들도 마찬가지로 내 옆에 떨어졌다.

'먼저.'

이곳 상황부터 파악한다.

필드 타입은 평원. 그래서인지 시야가 확- 트여 있다. 그래서 보였다. 우리 말고도 수백, 수천 명의 사람이 허공에서 떨어지고 있는 게. 아마 A조로 떨어진 사람들일 거다.

'뻔한 미션이겠네.'

사람들을 필드 한곳에 몰아넣는 이유가 무엇이겠는가. 아마 단체로 싸움을 붙일 거다. 물론, 확신하기는 어렵다. 「몬스터즈」 당시 이벤트도 항상 나올 때마다 달랐으니까. 그냥 예측하는 거다.

"흐음……. 아직 싸우는 건 아닌 겐가?"

일행들은 어느새 전부 내려와 전투 준비를 갖추고 있었다. 할아버지의 물음에 빈서율이 답했다.

"하늘에서 계속 사람들이 떨어지는 게 아직 도착하지 않은 사람들도 있나 봐요. 잠깐 대기하라는 거 같은데……. 조금 있으면 누군가가 설명해 주지 않을까요?"

"맞아."

주예린이 고개를 끄덕였다.

"조금 있으면 메시지가 나올 거야."

그녀 말대로다. 불친절한 다른 메인 퀘스트와는 다르게 이벤트는 항상 친절했던 거로 안다. 그리고 그 대부분의 설명은 메시지로 이루어졌었다. 나는 멤버 간 대화를 뒤로하고 전투를 준비했다.

[주인님! 여긴 어디야?!]

[인간들이 많은 곳이로군.]

전투 준비는 간단했다. 창을 꺼내고 뿔하피와 실베론을 소환하면 끝. 여기서는 켈피를 타지 않을 생각이었다.

'실베론을 타야 하거든.'

아까 훈련소에서는 실베론의 본체를 보지 않았었다. 공간이 협소하기도 했고 실베론과 대화 결과 '뇌(雷)의 정수' 숙련도부터 올리기로 했다.

'마침 잘됐네.'

하필 드넓은 평원이다. 드래곤이 본체로 활보할 수 있는 가장 이상적인 공간. 나는 여기서 실베론의 다른 스킬 숙련도를 올릴 생각이었다.

'브레스랑 타기, 드래곤 피어 등등.'

본체로 있어야 올릴 수 있는 것들 말이다.

[짜잔!]

[많이 기다리셨죠?]

[A조 여러분들 반갑습니다!]

허공에 메시지가 뜬 것은 그때였다. 즐겁게 잡단 중이던 일행들이 멈칫했다.

"어?"

"메시지예요!"

"어디, 읽어보죠."

그러고는 각자 시야에 뜨는 메시지에 집중했다. 나 역시 앉아서 쳐다봤다.

[지금부터 설명 시작할 테니 집중하세요! 본 예선전은 A조부터 D조까지 총 4개의 조에서 치러집니다. 아쉽지만, 각 조에서는 총 두 집단밖에 뽑질 않아요. 그렇다고 너무 아쉬워 마세요. 참가하신 모든 분께 각각 20,000골드씩은 무조건 지급해 드릴 예정이니까요.]

'오.'
역시, 이벤트는 이벤트. 나름 통이 크다.

[게다가 예선전 참여 후, 12시간 이상 버티시는 분들께는 각각 30,000골드씩 더 드린답니다. 순위는 약 하루 동안 집계하며, 가장 많은 몬스터 킬 수를 올린 두 집단이 8강전에 진출하게 됩니다. 그다음은 8강, 4강, 결승을 통해 보상을 차등 지급받는 거죠. 간단하죠?]
[아, 혹시 가장 먼저 몬스터 10,000마리를 킬 하는 집단이 있다면, 그 집단은 바로 합격입니다. 혹시, 시간을 절약하고 싶으신 집단분들은 10,000마리를 빨리 잡아 보셔요!]

'그건 마음에 드네.'
어차피 선착순 몬스터 킬제 형식이면 빠르게 해결하는 게 낫다. 하루하루가 아깝거든. 빨리 시련의 탑에 올라야 한다.

[이곳에서 죽은 몬스터는 이벤트가 끝나고 전부 부활합니다. 그건 캐릭터인 여러분들도 마찬가지예요.]

[포기하고 싶다구요? 집단장이 '기권'을 외치시면 됩니다. 그 즉시 본래 터로 이동시켜드릴게요.]

[아, 그리고 예선전 보상은 참가 보상뿐이랍니다. 8강 이후의 보상은 예선 통과 시 따로 공지해 드릴게요.]

[자, 준비되셨나요? 그럼 시작하겠습니다~!]

마지막으로 떠오르는 공지와 함께-

[집단:소수정예]
[집단 레벨:4]
[집단 인원:7/25]
[몬스터 킬수:0]

시야 왼쪽 상단에 현황판이 떴다. 나는 자리에서 일어났다. 그리고 주변을 둘러봤다. 우리가 위치한 곳이 나름 지대가 높은 곳이라 사람들이 훤히 보였다. 집단은 다양했다.

벌써부터 공격해 들어가는 호전적인 집단. 우선 상황을 지켜보기 위해서인지 수비적으로 임하는 집단. 무작정 도망 다니는 집단까지.

"오빠, 오빠."

주예린이 불렀다.

"왜?"

"채팅창에서 애들이 자꾸 우리 보고 조 어디냐고 묻는데?"

우리 조? 그걸 왜 묻지? 아, 우리를 경계의 대상으로 보는 건가?

"그래? 근데, 그게 왜."

"말해줘도 돼?"

요즘 들어 채팅창에 상주하는 것 같은 주예린.

"그걸 왜 나한테 물어."

"오빠가 집단장이니까 허락은 맡아야지."

난 상관없었다. 채팅창에 뭐라 떠들든 이제는 아무런 신경이 쓰이지 않는다. 그만큼 강해졌다.

"맘대로 해라. 아, 근데 형들은 연락 없어?"

아직까지 형들에게 소식이 없다. 나야 채팅창에 자주 들어가지 않으니 모른다지만, 그녀는 만날 그곳만 쳐다보니 알 수도 있다.

"응, 가끔 불러봐도 대답 없어. 찾으면 바로 오빠한테 말해줄게."

"그래, 알겠다."

궁금했다. 뭐 하고 있는지. 집단은 구한 건지. 혹시 셋이 다니고 있는 건지. 이벤트에는 참여했는지 등등. 그런데 아무리 생각해 봐도, 채팅창을 그냥 까먹은 것 같았다.

하긴, 그럴 수도 있는 게 채팅창에는 항상 나오는 놈들만 나온다. 보이는 고인물들보다 안 보이는 고인물이 더 많다는 소리다.

'그게 맞지.'

단순한 게임이 아니니까. 목숨이 걸려 있는 현실이니까. 자신의 정보를 최대한 숨기고 싶은 걸 거다.

눈팅만 하는 놈들이 있을 수도 있고 아예 참여를 안 하는 놈들도 있겠지.

혹시 모른다. 우리 레벨과 근접한 놈들이 있을 수도. 세상은 넓고 미친놈은 많으니까.

하여튼-

"주예린."

"응."

"이제 채팅창 그만하고 아그니스나 소환해."

"아, 오케이!"

나는 주예린에게 명했다. 그녀가 고개를 끄덕였다.

"실베론, 너도 본체로 변신하고."

[명을 받들지, 주인.]

이번 이벤트는 드래곤으로 시작해서 드래곤으로 끝낼 예정이다. 각자 4개체씩 태울 수 있는 '타기' 스킬. 우리 멤버들은 다 드래곤에 올라타, 편하게 앉아 몬스터 학살을 구경할 생각이다.

크가가! 크롸라라!

용들의 울음이 천공을 울렸다. 곧이어 등장하는 거대한 드래곤 두 마리. 과연, 지상 최강의 종족이라 불리우는 만큼 그 위용이 엄청났다. 시뻘겋게 번뜩이는 눈깔과 내가 바로 태생 5성임을 알리는 듯한 화려한 생김새.

"뭐, 뭐야! 저건."

"×, ×발. 도망쳐!"

마침 근처에 우리를 향해 다가오던 무리들이 신속하게 도망 갔다. 다른 멀리 있던 집단들도 사방으로 퍼지기 시작했다.

아마 다들 본능적으로 느낄 거다. 이 지역의 패자가 누구인지.

"자, 다들 타시죠."

내가 미소지으며 일행들에게 말했다. 넋 놓고 소환 모습을 바라보던 일행들. 곧이어 정신 차린 단원들이 드래곤 목 위에 천천히 올라탔다.

나와 주예린 역시 가장 앞에 탑승했다.

"와…… . 이거 간지 폭발인데요?"

내 뒤에 있는 빈서율이 읊조렸다.

나는 피식 웃었다.

"가자, 실베론."

[그러지, 주인.]

곧이어, 떠오르는 드래곤. 자, 이제 본격적인 집단 사냥시간 이다.

시간이 짧게 흘렀다.

[병아리콩(Lv.27):오빠들 잘하는 중이얌? 우리 집단은 나름 순항 중~]
[조류족성애자(Lv.26):하…… . ×발.]
[병아리콩(Lv.27):뭐야, 뜬금없이. 무슨 일 있어?]

[조류족성애자(Lv.26):……어째 아까부터 불길하더라니. 소수정예 우리 조임.]

'조류족성애자'의 한숨이 음성지원이 됐다. 곧이어 웃음과 위로의 장이 된 채팅창.

[병아리콩(Lv.27):얼ㅋㅋㅋ 거기 분위기 어떰?]

[카드값줘체리(Lv.29):ㅋㅋㅋ 존나 불쌍하네.]

[문스터(Lv.33):ㅋㅋㅋ ㅆㅂ.]

[아리아리동동(Lv.27):2등이라도 노려봐라……. 일단, 삼가 고인의 명복을 빌게.]

그 외에도 쏟아지는 메시지.
'조류족성애자'의 썰은 계속됐다.

[조류족성애자(Lv.26):미친, 놀라서 말도 안 나온다. 드래곤이 두 마리야. 대전에서 봤던 거 말고 하나 더 뽑았나 본데? 은색임.]

[병아리콩(Lv.27):얼ㅋㅋ 미친, 진짜야? 용족 두 마리? 은색이면 실버일 텐데.]

[문스터(Lv.33):운빨×망겜 ㅆㅂ.]

[몬스터콜렉터(Lv.29):실버? 미친. 만약 고룡급이면 골드랑 같이 세계관 최강몹 아님?]

[병아리콩(Lv.27):에이, 설마 고룡급이겠냐.]

[조류족성애자(Lv.26):하여간, A조는 두 드래곤이 집단 학살 중이다. 브레스 레알 미쳤음. 여기는 저거 잘 피해 다니는 집단이 2등으로 예선 통과할 듯.]

[병아리콩(Lv.27):힘내……. 예상은 했지만, 도가 심하긴 한가 보네.]

[아리아리동동(Lv.27):그래 힘내라. 어차피 다른 조 예선 통과한 애들은 토너먼트 때 소수정예 다 만날 거다.]

[조류족성애자(Lv.26):……그건 위로가 좀 되네.]

그 치열한 전쟁터 속에서도 여유롭게 채팅하는 고인물들.

신기하지 않은가? 평소에 채팅을 얼마나 달고 살면 이런 기행이 가능할까.

그러나 그 기행꾼이 멀지 않은 곳에도 있었다.

[모찌(Lv.36):그래서 조류족아, 너희 집단 어딨니?]

[조류족성애자(Lv.26):……떱!]

[카드값줘체리(Lv.29):ㅋㅋㅋㅋ]

[병아리콩(Lv.27):ㅋㅋㅋㅋㅋ 언니 등판.]

[몬스터콜렉터(Lv.29):ㅋㅋ 모찌님. 실버 드래곤 뽑으신 거 실화임?]

[아리아리동동(Lv.27):A조 헬 파티 난 거 진짭니까?]

[모찌(Lv.36):몰라. 걍 우리 아무것도 안 하고 쉬는 중.]

드래곤 위. 시원한 바람이 얼굴을 건드린다. 그 개운한 기분을 느끼며 현황판을 힐끗 확인했다.

[몬스터 킬수:9,422]

이제 남은 몬스터는 약 550마리 정도. 말 그대로 우리는 집단들을 학살하고 다녔다.

"탑이 어렵긴 무진장 어려웠나 보네요."

빈서율이 말해왔다. 놀랍게도 우리는 그 많은 몬스터를 킬하는 동안, 아무것도 하지 않았다. 그냥 드래곤 위에서 노가리나 까고 있었다.

"원래 탑이 어렵죠. 이런 것보다는."

"그래도 태생 5성이 괜히 태생 5성이 아닌가 봐요."

"그러게요. 저도 이렇게 압도적일 줄은 몰랐네요."

솔직히, 나도 놀랐다. 분명히 죽였던 몬스터들 사이에 고인물들의 몹도 끼어 있을 거고 실베론을 뽑은 게 어제라 숙련도도 안 올린 상태였는데……

[주인, 스킬 쿨다운이 다시 돌아왔다.]

"오, 그래?"

자, 그럼 다시 한번 즐겨볼까? 실버 드래곤 로드 표, 전격 브레스의 위력을.

"그럼 바로 갈기자. 대충 많이 뭉쳐 있는 곳에."

[명을 받들지, 주인.]

우리는 다시 허공을 가르며 집단을 찾아다녔다.

하늘에서 바라다보는 평원. 개미처럼 보이는 놈들.

그러나 놈들의 위치가 묘하게 이상하다. 모두들 평원 가장 자리 끝쪽에 몰려서 전투 중이다.

'뻔하지.'

우리가 가운데서 활개 치고 다니니까 최대한 멀리 떨어져 있는 거다.

'지금껏 잡았던 놈들은 다 뉴비야.'

하늘에 떠 있는 두 마리 드래곤. 고인물들이라면 다 도망 다닐 수밖에 없다. 우리가 잡은 집단은 정말 멋모르거나, 아니면 도망갈 능력도 없는 놈들.

그리고 이미 그런 놈들은 전부 다 처리했다.

'이제 어쩔 수 없네.'

가장자리까지 도망간 놈들 중 몇 집단을 선택할 수밖에.

옆을 보니, 주예린이 레드 드래곤 목 위에 앉아 열심히 손가락을 놀리고 있었다. 그녀도 심심한지 채팅 중인 듯했다. 채팅창이나 켜서 A조 상황이나 볼까? 할 때였다.

[주인, 저기 한 무리가 있다.]

실베론의 목소리가 들려왔다. 곧바로 밑을 내려다봤다. 그리고 그곳에는 마침 우리에게 반격을 시도하는 무리가 있었다.

[조류족성애자(Lv.26):모찌님……. 잠깐만요, 모찌님?]

[모찌(Lv.36):??]

[조류족성애자(Lv.26):아니, 여태껏 잘 도망 다녔는데 왜 하필 우리한테 오는 거임?]

[모찌(Lv.36):??? 거기 너네 있음?]

[조류족성애자(Lv.26):……네, 지금 드래곤 두 마리 우리 쪽으로 날아오는데요…….]

[모찌(Lv.36):난, 모르지. 걍 오빠 따라다니는 거야.]

[조류족성애자(Lv.26):아니, 하……. 기동력 거의 다 써서 피하기도 애매한데 ㅜㅜ 이거 빼박 만나겠는데요?]

주예린과 '조류족성애자'의 대화.
그리고 거기에 반응하는 채팅창.

[카드값줘체리(Lv.29):ㅋㅋㅋㅋ 잘 가라.]

[병아리콩(Lv.27):ㅋㅋㅋㅋㅋ 결국, 조류 오빠 예선 탈락 각?]

[몬스터콜렉터(Lv.29):ㅋㅋㅋㅋㅋ]

[아리아리동동(Lv.27):이젠 진짜 명복을 빈다.]

결국, '조류족성애자'는 포기하고 만다.

[조류족성애자(Lv.26):아, 몰라. 그냥 덤비련다. 어차피 토너먼트 간다고 해도 고통받을 거, 빨리 끝내자.]

[병아리콩(Lv.27):ㅋㅋㅋ 그렇게 빨리 포기한다고?]

[조류족성애자(Lv.26):어차피 말이 예선 통과지. 그게 되겠냐?]

그가 그렇게 말하는 이유는 분명했다.

봐라. 채팅방 고인물만 해도 142명이다. 근데 조는 4개뿐.

즉, 한 개 조당 고인물이 평균적으로 30명 이상씩은 있다는 건데, '조류족성애자'는 고인물들 중에서도 저렙에 속한다.

사실상 예선 통과하는 것은 현실적으로 힘든 상황이라는 말이다. 즉, 그의 선택이 꼭 멍청하다고 볼 수는 없다.

[병아리콩(Lv.27):ㅋㅋㅋ 쿨해서 좋네.]

[아리아리동동(Lv.27):그래, 좋은 판단이다.]

[모찌(Lv.36):……만 'ㅅ';;.]

전방을 바라봤다. 지금껏 많은 집단을 학살했지만, 반격을 시도하는 집단은 처음이었다.

'호오.'

과연 가장자리로 오니까, 수준이 높아지기라도 한 것일까? 아니면…… 숨어 있던 고인물이라도 되는 건가? 심심했는데, 나름 기대가 된다.

[주인, 놈들이 날아온다. 수량이 좀 되는 것 같은데?]

수량이 된다고?

나는 다시 전방을 확인했다. 그러고는 깜짝 놀랐다. 약 50마리 정도의 조류족들이 공격해 들어오고 있었으니까.

'뭐야, 저것들은.'

징그러울 정도였다. 아니, 보아하니 한 집단인 것 같은데 조류족이 저렇게 많다고?

[주인, 브레스를 사용해도 괜찮겠나.]

실베론이 물었다. 그가 굳이 묻는 이유는 분명했다. 지금껏 브레스 한 방으로 수백 마리씩 처치해 왔는데, 고작 조류족 몇십 마리 처치하자고 쿨다운이 있는 스킬을 쓰기 아까운 거다.

"괜찮으니까 그냥 갈겨, 어차피 브레스는 없어도 그만이잖아."

[알겠다, 주인.]

"아그니스도 같이 갈기라 하자. 허공에서 쓰면 다 맞추기 힘들 테니까."

지상보다는 허공에 있는 놈들 맞추기가 어렵다. 피할 공간이 많기도 하고 속도를 내고 있는 상황이라 더 그렇다.

[그러도록 하지.]

실베론이 있으니까 그게 좋았다.

주예린과 떨어져 있어 통제하기 힘든 레드 드래곤을 원격으로 통제할 수 있다는 점. 드래곤끼리 허공에서 소통할 수 있다는 점이 편했다. 물론, 주예린의 허락이 있기에 가능한 거다.

['드래곤 로드 실베론'이 드래곤 브레스를 준비합니다.]

파지지직!

곧이어 실베론의 기다란 뿔에 막대한 양의 전류가 흐르기 시작했다. 옆에 있는 아그니스의 입에서도 화염이 이글거리기 시작했다. 두 드래곤의 브레스 준비에 공간이 요동쳤다.

-끼아아!

-끼이이아?

위기를 직감한 조류족들이 다가오는 것을 멈췄다. 그 끔찍한 에너지에 다들 겁에 질린 표정이었다. 곧이어 심각함을 깨닫고 사방으로 도망가기 시작했다.

'늦었어.'

크롸라라라!

실베론이 포효했다. 일정 범위 4성 이하의 모든 몬스터들을 5초 동안 공포에 빠뜨리게 한다는 '드래곤 피어'였다.

-끼악!

허공에서 그대로 굳어버린 조류족들. 등급이 5성이 넘거나, 저항 스킬이 있는 일부 조류족만 그 자리에서 벗어났고 나머지는 허공에 멈춘 채로 낙하했다.

그리고 곧이어-

파즈즈즉! 화르르륵!

두 드래곤의 쇼타임이 시작됐다. 실베론에게 나온 전격의 숨결이 굳은 조류족들을 뒤덮었고 그 위로 아그니스의 화염이 놈들을 재로 만들었다. 깔끔한 연계 공격.

"안 돼에에에!"

밑에서 누군가의 외침이 들려왔다. 딱 봐도 놈들 집단의 리더로 보이는 놈이었다. 감이 왔다. 놈이 누군지. 나는 놈의 정보를 대충 훑어봤다.

[이름:정태경]

[나이:27]

[집단:조류족만받음]

[레벨:26 (Exp 977,300/1,100,000)]

[등록 몬스터:4/4]

-'가루다'(★★★★★)

-'하르피아'(★★★★)

-'풍그리'(★★★)

-'끼루룩'(★★★)

[보유 스킬:2/4]

-'조류족성애자'(A급):정태경을 위한 전용 스킬. 활성화 시, '몬스터 소환 이용권'에서 조류족만 나온다.

-'애조가'(A급):근처 조류족의 비행속도를 200% 증가시킨다.

[능력치]

-힘25. 민첩25, 체력25, 화염 저항1.

[보유 아이템]

-레벨업 주문서×2

[보유 골드]

-28,200 골드.

가끔 채팅창에서 보이던 놈. '조류족성애자'가 분명했다.

'집단이름은 또 뭐야.'

조류족만 받는다고? 아, 그래서 덤비던 놈들이 다 조류족들이었던 건가……?

감탄이 나왔다. 이건 진짜 미친 새긴가 싶었다. 게임도 아니고 현실인데 이렇게 대책 없는 짓을 하다니…….

'어디 한번 보자.'

난 바닥으로 하강하면서 살아남은 조류족들의 정보를 대충 확인했다. 그리고 꽤나 충격적인 사실을 발견했다. 조류족들의 스킬 밸런스들이 나름 잘 잡혀 있었기 때문이었다. 이건 좀 의왼데?

'뭐, 그런 건가?'

어떤 게임이든 꼭 뭐에 하나 꽂혀서 하나만 파는 놈들이 있지 않은가. '장인'이라 부르는 놈들.

하긴, 그런 거라면 이해가 된다. 본인이 잘 아는 거만 파서, 살아남을 수 있다는 자신만 있다면 그걸 미는 것도 답이긴 하지.

우리는 수비 태세 중인 놈들 집단 앞에 착지했다. 그래도 채팅창 인원인데 인사는 해야 하지 않겠는가.

나는 놈들을 대충 확인했다. 약 25명의 인원. 방금 올라온 조류족들이 전부가 아니었는지, 나름 방어준비를 잘 갖추고 있었다. 물론, 다 조류족이었다.

"흐흑, 우리 조류족들……. 죽는 게 아닌 건 알아도 마음이 아픈 건 어쩔 수 없구나……."

정태경이 앞으로 나섰다. 모습을 보아하니, 거의 포기한 모습. 다른 놈들 역시 마찬가지였다. 놈이 말을 이었다.

"그쪽이 소수정예 집단장이십니까?"

꽤나 정중한 말투. 나 역시 존대로 답했다. 딱히 나에게 잘못한 것도 없고 아무리 약하다 해도 척 져봐야 좋을 건 없으니까.

"미안하게 됐네요. 악감정은 없습니다."

"아뇨, 게임의 룰인데 어쩔 수 없는 거죠. 이해합니다."

"포기는 안 하실 거죠?"

이 게임의 룰이다. 집단장이 '기권'을 외치면 이 필드에서 벗어날 수 있다.

"네, 기권할 수는 없습니다. 미약한 힘이지만 저희 조류족들에게 고통을 선사한 것에 대한 나름의 복수는 해야겠거든요."

정태경이 신호를 하자, 모든 조류족들이 전투태세를 갖췄다. 그의 '가루다'(★★★★★)도 드래곤들에게 살아남았는지 허공에서 내려 착지했다.

나는 그 가루다를 쳐다봤다. 그러자 정태경이 웃었다.

"예쁘죠? 2성짜리 키워놓은 건데, 제 최애 몬스터랍니다."

"글쎄요. 예쁜 건……."

"아니, 아니! 잠깐만요!"

놈의 눈이 커졌다. 그리고 내 말을 끊었다.

"아무리 '소수정예'라 해도 제 조류족을 무시하는 발언은 절대 용납할 수 없습니다!"

"……."

무언가 굉장히 오타쿠 같은 발언. 그냥 진짜 조류족을 많이 좋아하나보다 생각하기로 했다. 뭐, 이상한 건 아니다. 나도 뿔하피를 많이 좋아하니까.

"아뇨, 그냥 저도 최애 몬스터가 있거든요. 그것도 조류족."

"……!"

놈의 눈이 더욱 커졌다. 백문이 불여일견이랬지, 나는 곧바로 뿔하피를 소환했다. 뭔가 나도 모르게 자랑하고 싶은 마음이 들었기 때문이다.

"뿔하피, 나와."

[웅! 주인님! 불렀어?]

하얀빛을 번쩍이며 소환되는 '연옥 뿔하피'(★★★★★). 5성답게 멋이 철철 흐르는 날개와 발톱, 그리고 멋진 뿔이 돋보였다.

"……허억!"

헛숨을 들이키는 정태경. 나는 그런 그에게 크리티컬 어택을 가했다.

"뿔하피, 이리 온!"

[응응! 좋아!]

날개를 후웅 뻗어 힘차게 날아온 뿔하피가 내 품에 쏙 안겨 날개를 덮는다. 나는 그런 뿔하피의 머리를 쓰다듬었다.

"……이럴수가아아!"

놈의 눈에 핏줄이 섰다. 그리고 두 손으로 본인의 가슴을 꽉 부여잡았다.

"어떻게 저렇게 귀여울 수가아아!"

거의 절규에 가까운 외침이었다.

곧이어 중얼거리는 정태경.

"……수백 개의 뽑기를 깠는데 저런 건 하나도 없었다구……. 이 빌어먹을 갓 컴퍼니 새끼들……. 특전으로 조류족을 밀어줘 놓고……. 정작 귀엽고 예쁜 건 소수정예한테 주다니……. 빌어먹을, 빌어먹을, 빌어먹을……."

뭐라 중얼거리는지 도저히 알아들을 수가 없었다. 인사는 이쯤 됐고, 나는 창을 들었다. 기권 권유를 했는데 듣지 않는다면 뭐, 별수 있나. 쓸어버려야지.

"그럼, 이만. 운이 안 좋았다고 생각하시길."

내가 쇼크웨이브를 쓰기 위해 자세를 취할 때였다. 정태경이 급하게 외쳤다.

"혀, 형님!"

"형님?"

"부탁이 있습니다!"

"저…… 아름다운 조류족의 위력을 한번 보고 싶습니다."

아름다운……?

놈의 눈깔이 뭔가 마음에 들지 않는다. 기분이 좋지만은 않은 그런 눈빛이었다.

"제 가루다와 한판 승부 어떻습니까! 녀석이 생긴 건 밀릴지 몰라도 제법 싸움은 잘하거든요!"

뭐야, 갑자기.

내 뿔하피는 귀엽기만 하고 약하다는 의미인가? 감히 내 뿔하피를 뭐로 보고.

나도 살짝 발끈했다.

"안될 건 없죠."

그래, 어차피 조류족들인데 조류족이 상대해야 제맛이지. 나는 창을 내린 후, 뿔하피를 불렀다.

"뿔하피."

[웅·웅!]

"저기 앞에 있는 조류족들 전부 상대할 수 있겠어?"

[웅·웅! 그 정도는 너무 쉬워, 주인님!]

역시, 믿음직스러운 뿔하피의 대답.

정태경이 발끈했다.

"지, 지금 쉽다고 했습니까? 그리고 전부? 겨우 그 한 마리로 전부?"

"네, 맞는데요."

"……그 발언 후회하게 해드리겠습니다. 아무리 소수정에 형님이라 해도 조류족전은 저에게 안될 겁니다. 전 10년간 조류족만 파왔거든요."

후우, 이빨로 싸우나?

나는 뿔하피를 앞에 내세웠다. 뿔하피는 이상하게 생존 본능이 강하다. 그래서 본인이 상대할 수 있고 없고를 정확하게 판단하는 경향이 있다.

그리고 이번에는 자신 있게 말했다. 그 정도는 너무 간단하다고. 나 역시 뿔하피를 믿는다.

"오빠, 쟨…… 그냥 미친놈인거 같은데, 굳이 상대해 주려고?"

주예린이 옆으로 다가온 것은 그때였다.

"왜?"

"아무리 그래도 저렇게 많은 조류족인데 뿔하피로 되겠어? 태생 1성이라며."

"너도 우리 뿔하피 무시하냐?"

"잉? 그런 게 아니라, 저 정도 수량이면 아그니스라도 간당간당하겠는데?"

나는 앞을 바라봤다. '가루다'를 제외하고도 약 40마리 정도의 조류족이 앞다투어 나왔다. 대충 2성에서 3성까지 분포가 다양했다.

"걱정 마, 공격적인 놈들은 아까 브레스에 다 녹았으니까."

"……그래? 흐음, 그래도……."

나는 피식 웃었다.

아무래도 주예린도 우리 뿔하피를 못 믿는 듯했다. 그래, 이 기회에 일행들에게도 똑똑히 보여줘야겠다. 내가 키운 몬스터는 아무리 태생 1성이라도 다른 몬스터들과 수준이 다르다는 것을.

가끔 뿔하피가 신호를 보낼 때가 있다.

[주인님! 주인님!]

[오늘은 훈련 안 해?]

[나 스킬 숙련도 올리고 싶어!]

대충 이런 신호. 다른 몬스터들은 그렇지 않은데 유난히 뿔하피는 이런 게 심했다. 그래서 언제 한번 일행들에게 물은 적이 있다.

"허허-뿔하피 말인가? 훈련광이 다 됐구먼."

"다 오빠 닮아서 그러는 거지. 보니까 알게 모르게 다 주인 닮는다더라."

"건호 씨가 심하긴 하죠. 게다가 뿔하피는 1성부터 보고 자란 게 있잖아요."

일행들의 평가는 단순했다.

조류족계의 담건호. 조류족계의 훈련중독자.

훈련뿐만이 아니었다. 탑을 오를 때도, 퀘스트를 깰 때도 항상 뿔하피는 집단의 선두이자 주역이었다.

'숙련도만 봐도 답 나오지.'

[몬스터:'연옥 뿔하피'(★★★★★)]

[종족:조류족]

[레벨:20 (Exp 1,000,000/1,000,000)]

[보유 스킬:5/5]

-뿔 날리기(Lv.11):공중에서 뿔을 세 번 쏘아 공격한다. (제한:3분에 1번)

-아테나의 지휘(Lv.7):근처 파티 캐릭터와 몬스터의 공격력을

×180%, 방어력을×180% 상승시킨다.

-호루스의 깃털 폭파(Lv.8):적에게 깃털을 수차례 날려 폭발시킨다. 폭발 대미지×2,200% (제한:30분에 1번)

-불의 가호(Lv.1):불의 정령들이 친근감을 느낀다.

-창공의 지배자(Lv.1):비행하는 모든 적에게 추가 대미지×200%, 크리티컬 확률 +30% 증가시킨다.

[각성 효과]

-1차 각성 상태.

-모든 공격에 화염이 깃든다.

-화염 저항력이 올라간다.

[특수 정보]

-의사소통 능력 발아 완료.

벌써, 앞의 세 주요 스킬 숙련도가 전부 7을 넘어섰다. 이는 엄청난 훈련의 성과였다.

'레벨 7부터는 확실히 성장 속도가 더뎌지니까.'

그뿐이랴? 화려한 스펙과 보유 스킬들. 거기에 각성까지. 누가 이 정보를 보고 이것을 태생 1성이라 생각할까.

"다녀와, 뿔하피."

[웅! 주인님!]

"너무 오래 끌지는 말고."

그리고 이제 시작되려 한다. 1:17도 아닌 1:50. 뿔하피의 전설이.

[끼이이아!]

뿔하피는 주눅 들지 않았다. 앞에 서 있는 멋들어지게 생긴 조류족 '가루다'(★★★★★)와 수많은 새를 상대로 호기롭게 기합을 내질렀다.

'그렇지, 기세가 중요하다. 뿔하피.'

숫자도 등급도 뿔하피가 불리했다. 하지만 저들의 몬스터들과 뿔하피는 경험부터가 달랐다. 이래 봬도 탑 17층까지 깬 녀석이니까.

"정말, 후회하셔도 모릅니다!"

정태경의 눈이 부글부글 끓었다. 10년째 이어오고 있는 본인의 덕질이 내 '뿔하피' 한 마리에게 무시당했다는 사실에 분노하고 있는 듯했다.

'뭐, 어쩌라고.'

지면 지는 거지, 후회할 것도 없다. 전투의 시작은 '가루다'가 먼저 끊었다. 후우웅-하는 날갯짓과 함께 저돌적으로 날아왔다.

-끼아아아!

나머지 조류족들도 한꺼번에 동참했다. 그 모습을 보던 뿔하피가 재빨리 허공으로 솟구쳤다. 하늘에서 '창공의 지배자' 효과를 받기 위함이었다.

나와 일행들은 그 모습을 말없이 지켜봤다. 과연, 뿔하피는 이 위기를 어떻게 벗어날 것인가.

-끼아아아!

가루다 역시 마주 솟아올랐다. 곧이어 부딪히는 두 조류족.

콰아앙!

커다란 소리. 튕겨 나가는 두 조류족.

동시에 뿔하피의 깃털이 허공에 흩날렸다.

'그렇지.'

S급 스킬. '호루스의 깃털 폭파'의 발동. 목표는 '가루다'가 아니었다. 그 밑에서 올라오는 잡 조류족들이었다.

슈슈슈슉!

유도 기능이 있는 깃털. 수많은 깃털이 마치 미사일처럼 올라오는 조류족들에게 틀어박혔다. 곧이어 이어지는 폭파-

콰가가강!

굉음이 울려 퍼졌다. 허공 곳곳에서도 융단폭격이라도 떨어지듯 연달아 터져 나갔다.

"아니이이잇!"

정태경이 경악했다. 고작 스킬 한 번에 조류족 절반이 나가떨어졌기 때문이었다. 뿔하피의 움직임은 그것으로 끝이 아니었다. 먼저 머리에 달린 뿔로 가루다에게 박치기 공격을 시도했다.

-끼아아아!

위협을 느낀 가루다가 급하게 박치기를 피해냈다.

'제법인데?'

나는 가루다에게 높은 점수를 줬다. 뿔하피의 공격을 피해내다니…….

피한 가루다가 동시에 날개를 한번 휘둘렀다. '바람 칼날' 공격이었다. 남은 조류족들도 가만히 있지 않았다. 허공에 있는 뿔하피를 향해 오만가지 스킬들을 쏟아부었다.

슈우우웅!

가지각색 소리를 내며 날아오는 공격들. 그러나 뿔하피는 여유로웠다. 오히려 코웃음을 쳤다.

[흥, 너무 느려!]

뿔하피가 날개를 한번 파닥였다. 그 후, 화려한 비행으로 스킬들을 다 피해냈다. 마치 서커스를 보는 것 같은 움직임이었다.

"저, 저렇게 아름다운 비행이 가능하다니!"

정태경이 넋 놓고 뿔하피의 모습을 감상했다. 이제 다른 조류족들은 안중에도 없었다. 오직 시선이 뿔하피에게만 가 있었다. 갑자기 기분이 나빠졌다. 확- 저게 눈깔을 파버릴라.

일행들의 눈 역시 급속도로 커졌다. 뿔하피가 대단한 줄은 알았지만 이 정도까지인지는 몰랐던 거다.

'당연한 결과지.'

'에인션트 골렘'의 주먹도 피하고, '만티코어'들의 스킬도 피했던 뿔하피다. 저등급, 저숙련도 몬스터들의 스킬들이 우스워 보일 수밖에 없다.

[쉬워! 주인님이랑 훈련하는 거에 비하면!]

뿔하피가 활강하며 이곳저곳을 누비기 시작했다. 빠른 스피드에 잡 조류족들이 당황하기 시작했다.

뿔하피는 과감했다. 날카로운 발톱으로 놈들의 날개를 찢고 목을 꺾었다. 한 치의 망설임도 없었다.

슈슈슝!

간간이 뿔도 날렸다. 뿔의 정확도는 100%. 정확히 놈들의 미간에 꽂혔다. 붉은 날개에 붉은 머리카락. 피로 물든 후드티. 마치 전투에 미친 새를 보는 듯했다.

"개…… 쩔어, 형. 뿔하피. 내 조류족들은 저렇지 않은데."

"다, 다시 봤네요. 뿔하피. 마냥 귀여운 줄로만 알았는데."

"허어- 괴물 주인 옆에 있다고 괴물이 되어버렸구먼."

"오빠…… 무슨 훈련소에서 전투 병기를 만드는 거야?"

일행들 역시 감탄했다. 나는 피식 웃었다. 괜히 으쓱하는 어깨. 상황은 빠르게 끝났다.

뿔하피가 마지막 가루다의 날갯죽지를 가볍게 잡아 뜯으며 전투의 종료를 선고했다.

걸린 시간은? 대충 10분을 넘기지 않은 것 같다.

"……미쳤다."

정태경과 그의 집단 멤버들도 입을 쩍 벌리고 있었다. 곧이 어 놈이 질문했다.

"……그, 그거 태생 몇 성입니까?"

나는 답했다.

"1성이요."

"마, 말도 안 돼!"

말도 안 되긴 뭐가 안 돼. 진짠데.

"형님!"

"……왜 자꾸 아까부터 형님이라……."

"모시고 싶습니다! 형님!"

정태경이 머리를 조아렸다. 갑자기 또 왜 이래? 언제부터 내가 형님이었다고. 도대체가 아까부터 도통 종잡을 수 없는 양반이다. 내가 당황하자 놈이 말을 계속 이었다.

"탑 서쪽에 거주하시는 것 맞으시죠! 그쪽 주변으로 이사하고 싶은데 그래도 되겠습니까! 형님!"

"……상관없긴 한데."

뭔가 느낌이 이상했다. 날 모시고 싶은 게 아니라 뿔하피를 더 보고 싶어 하는 느낌.

그래도 딱히 거절할 명분이 없었다. 내가 그 주변 땅에 전세 낸 건 아니었으니까……. 난 우리 터만 건들지 않으면 된다.

"감사합니다! 저흰 그럼 이만 기권하도록 하겠습니다!"

고개를 꾸벅 숙이는 정태경. '조류족성애자'와의 첫 만남은 괴상했다.

킬 수 10,000을 채우는 데는 그리 오랜 시간이 걸리지 않았다. 다시 드래곤을 타고 평원 가장자리부터 쭉 돌았고, '조류족성애자' 이상의 고인물들은 나타나지 않았다. 그야말로 식은 죽 먹기였다.

[축하드립니다!]

[몬스터 킬 수 10,000마리를 채웠습니다! 선착순 규정에 따라 집단 '소수정예'는 A조 예선 통과 처리됩니다!]

[8강전은 추후, 집단 요정을 통해 공지되니 참고하세요!]

[사망한 유저와 몬스터는 복귀 시 '부활' 처리됩니다!]

[10초 후, '터'로 이동합니다.]

메시지와 함께, '터'에 도착했다. 12시간 추가 보상 30,000골드를 챙기고 도착하니 딱 날이 어두워져 있었다. 도착하자마자 주예린이 기지개를 켰다.

"흐으, 힘들었네. 힘들어."

"뭐가 힘들어."

"탑은 스펙타클하기라도 하지. 완전 지루해 죽는 줄 알았어."

난 투덜거리는 그녀에게 싱긋 웃어줬다.

"걱정 마."

"뭐, 뭔데 그 웃음은? 불안하게!"

"지루할 틈 없을 테니까. 바로 갈 거야, 탑에."

"아, 안 자고?"

"그럴 시간 없다."

이벤트 때문에 시간 손해를 너무 봤다.

현 위치 17층, 목표 층수 30층. 남은 시간 32일. 하루하루가 아까웠다. 목표는 18층과 19층. 딱, 20층을 깨기 전까지 진행할 예정이었다.

"이, 이건 너무하잖어!"

주예린이 절규했다.

그렇게 시간이 흘렀다. 18층과 19층도 무난히 오를 수 있었다. 나와 주예린의 주도. 그리고 일행들의 서포트. 준비가 철저히 된 상태였기에 어렵지 않았다. 클리어 시간은 약 하루 정도. 나쁘지 않은 결과였다.

'뭐, 다 또이또이 하지.'

사실, 11층이나 19층이나 난이도 측면에서 보면 편차가 적은 편이다. 원래가 그렇다. 악마가 등장하는 보스 방 기준으로 난이도가 확 뛰는 것일 뿐, 나머지 층은 다 비슷비슷하다. 뭐, 굳이 어려운 층을 꼽자면……. 히든 피스가 존재하는 7층 정도?

"후, 이제…… 다 끝났고 보스만 남은 거요?"

탑을 나온 후, 양종현이 물어왔다. 표정이 피곤에 절어 있는 게 당장에라도 휴식이 필요해 보였다.

"네, 그렇습니다."

나는 고개를 끄덕였다.

이제 남은 것은 화염 지대를 관장하는 악마. 20층의 보스. '플뤼톤'(★★★★★)이다. 그리고 놈은…… 정말 무시무시하다. 까다로운데 답도 없는 느낌? 이런, 놈을 생각하니까 벌써부터 머리가 아파 온다.

"놈도 바로 잡으러 가는 것이오?"

"그건, 아닙니다. 당분간 정비를 할 예정이에요. 놈을 잡는 데는 나름 철저한 준비가 필요하거든요. 그렇다 해도 잡을 수 있을지는 미지수고요."

"그, 그 정도요?"

"그건 차차 설명해 드리겠습니다."

일단 한 템포 쉴 필요가 있다. 18~19층은 급하게 깨느라 보상 정리도 하지 않았으니까. 그동안 번 돈으로 건물 업그레이드도 해야 했고, 슬슬 몬스터를 6성으로 올릴 준비도 해야 했다.

'슬슬, 거래소 업그레이드도 해야지.'

전 건물 만렙이 머지않았다. 이제 돈 쓸 곳을 거래소에서 찾아야 한다. 그리고 거래소 안에 돈 쓸 곳은 정말 무궁무진하게 많다.

"일단, '터'로 가시죠."

"그럽시다."

내 말에 일행들이 고개를 격하게 끄덕였다. 육체적으로도 정신적으로도 지친 거다. 그렇게 우리는 '터'를 향해 터덜터덜 걸었다. 언제 끝날지 모르는 고통과 피로를 몸에 이고서.

'플뤼톤'(★★★★★)은 아스모데우스보다 한 단계 위에 있는 악마. 고인물들 중에서도 나름 상위권에 있던 유저들만 볼 수 있었던 악마다.

-플뤼톤 쉽게 깨는 법 공유 좀 부탁드립니다. 진짜 죽겠네요 ㅠㅠ
-???

-플뤼톤이 누군데?

-듣기로 시련의 탑 20층 보스라고 알고 있음.

-컥ㅋㅋㅋ 고인물 등장.

-괴수다;;

-여기에 님보다 몬잘알(=몬스터즈 잘 아는 사람) 없을 듯.

그 당시, 게시판 반응만 봐도 안다. 일단 망한 게임이기도 했고, 도전하는 사람 자체가 없으니 공략이 떠돌 리도 없었다.

'……뭐, 공략 자체는 별거 없지만.'

다른 하드하기로 유명한 콘솔 게임들과 비슷하다. 처음에 상대할 수 없을 만큼 강한 보스가 등장하고 그 보스를 피해 이곳저곳 달리다 보면, 보스의 강화가 풀리는 흔한 루트다.

그 후, 패턴대로 공략하면 끝. 그리고 그 패턴이나 길은 나와 주예린의 머릿속에 다 있다. 문제는-

'……스펙이 너무 달려.'

망치로 벽에 못을 박는 방법을 안다 해서, 달걀로 못을 박을 수 있는 건 아니지 않은가. 지금 우리의 수준이 딱 그 정도였다. 그야말로 답이 나오지 않는 상황.

'기본적으로 6성 만렙은 찍어야 하는 건데.'

사실 20층뿐만이 아니다. 애초에 탑 시도 자체를 4~5성 몬스터만 들고 하는 미친 짓은 「몬스터즈」 시절이라면 상상도 못할 짓이었다. 그나마 정보를 알고 있고 「갓 컴퍼니」가 지원했기에 가능했던 일.

'······재료 수급이 너무 안 되니까.'

탑 18, 19층 보상으로는 턱도 없었다.

18층 보상이 각각 300,000골, 19층 보상이 각각 '최상급 소환 이용권' 5개.

빈서율이 뽑은 소환 이용권에서는 3성 33개와 4성 2개가 나왔다. 엄청나게 잘 뽑은 거였지만, 일행들은 살짝 아쉬워하는 눈치. 은근히 태생 5성을 기대했나 보다.

'······그건 아무리 축캐라도 무리지.'

원래 태생 5성은 기대하는 게 아니다. 그런 거 없어도 충분히 강해질 수 있으니까. 물론, 있으면 더할 나위 없이 좋겠지만. 어쨌든, 기대하면 실망만 큰 법이다.

나온 3성들은 다 재료로 보냈고, 4성은 두 개는 내 판단하에 나눠줬다. 일행들도 레벨 30을 돌파했기에, 몬스터를 다섯 마리씩 이끌 수 있는 상태. 그러나 난 네 마리씩만 등록할 것을 권했다. 지금은 굳이 좋지 않은 몬스터를 사용해가며 재료를 낭비할 필요도 없으니까.

현시점에서 제일 중요한 것은 등록 몬스터를 늘리는 게 아니라 재료를 수급하는 거다. 그리고 현재 있는 몬스터들 숙련도 올리는 것도 빡센데 괜히 애매한 놈 하나 추가하면 오히려 성장의 효율이 떨어질 수도 있다.

나 역시 한 마리를 비워뒀다. 지금은 합체족과 실베론 키우기에도 급급했기 때문이다. 딱히 쓸 만한 녀석이 없기도 했고.

이번에 나온 보호족은 빈서율에게 쥐여줬다. 나보다 근접전에서 훨씬 약하기도 했고 아델 이후 그녀에게 따로 준 몬스터가 없기도 했기 때문이다.

'그다음, 암살족 나탈리.'

암살족은 딜러가 가지는 게 맞다. 우리 파티에서 딜러 포지션은 총 셋. 그중에서 '합체족'이 없는 주예린에게 밀어주는 게 제일 나은 판단이다.

'이제 전부 합체족 하나씩 구해주긴 해야 하는데.'

이미 마음속으로 결정을 내렸다. 탑 등반 멤버는 이들과 함께하기로. 지금 다른 인원을 구하기엔, 이미 격차가 많이 벌어졌고 신뢰도 쌓기 힘들다. 게다가 생각보다 일행들이 잘 따라와 주고 있기 때문에, 이들과 계속 함께해도 나쁘지 않겠다는 생각이 들었다.

즉, 내가 탑을 오르기 쉬우려면 하루빨리 이들에게 합체족을 구해주는 게 좋다.

'사실, 시기상 지금이 가장 적합하기도 하고.'

혹자는 이렇게 생각할 수 있다. 어차피 줄 거면, 진즉에 주지 그랬냐고. 근데 그러기에는 두 가지 문제점이 있다.

첫째, 초창기엔 일행들이 이 세상에 잘 적응하지 못하고 있었다는 것. 사실 나와 빈서율이 특이케이스지, 누가 몬스터를 놔두고 몸소 싸우고 싶어 하겠는가. 지금이야 지속적인 탑 등반으로 나름 베테랑이 되었다지만, 옛날에 줬으면 오히려 역효과가 났을 거다.

둘째, 합체족이 정말 오지게 안 나온다는 것. 사실 이게 제일 큰 문제다. 게다가 높은 등급의 합체족이 나오면 내가 쓰는 게 더 효율적이니까. 좀 애매하기도 했다.

'쩝, 일단 최대한 구해보자.'

이번에 거래소도 만렙으로 업그레이드했으니, 계속 눈팅하다 보면 나올 거다.

아 참, 또 하나 좋은 소식이 있다. 그동안 모은 골드로, 마침내 모든 건물 만렙을 달성해 버렸다는 것!

확실히 골드 광산 만렙을 찍으니 돈이 빨리 모였다.

그간 고생해서 모은 골드가 총 567,000골드였다. 거기에-

거래소 레벨 5(만렙)까지 올리는 데 드는 비용이 총 460,000 골드. 창고 레벨 5(만렙)까지 올리는 데 드는 비용이 총 98,000 골드. 하니까 드는 비용이 총 558,000 골드.

운 좋게 딱 비슷하게 맞아떨어진 것이다. 거기에 모든 건물 만렙을 달성하니까 업적도 컸다.

[★★1서버 최초로 모든 건물의 레벨을 한계까지 올려 '하우징 마스터' 업적을 달성하였습니다. 당신의 위대한 업적을 응원합니다.★★]

[특수 보상:건물 특수 효과×150% 증가]

'와-.'

처음 이 업적을 봤을 때, 엄청 깜짝 놀랐었다. 「몬스터즈」 당시에는 받지 못했던 업적이라 신기하기도 했다.

방어 타워나 주거지, 훈련소 효과가 1.5배 상승한다는 건데, 사실 그것보다 이게 더 대박이다.

'골드 광산 효과도 1.5배라는 것.'

원래 하루에 10,000골드씩 생기던 게 이제는 15,000골드씩 생기는 거다. 이 격차는 절대 무시하지 못한다. 특히 나중 갈수록 다른 유저들과의 부(富) 차이는 압도적으로 벌어질 거다.

'어쨌든 각설하고-.'

나는 계속 고민했다. 어떻게 해야만 20층을 안전하게 클리어할 것인가에 대해서.

솔직히 짜증 났다. 남은 시간 약 한 달. 아무리 생각해도 그 기간 내에 30층까지 가는 건 무리였다. 도대체 갓 컴퍼니는 무슨 생각일까?

'확, 포기하고 페널티 받아버려?'

그럼 「갓 컴퍼니」도 개손해 아닌가? 솔직히 날 너무 과대평가하는 경향도 있는 것 같긴 했다. 나도 그냥 일반 사람일 뿐인데.

"후우-."

한숨이 절로 나왔다. 뭐 어쩌겠냐. 페널티가 있으니 보상도 큰 거고, 「갓 컴퍼니」도 그들 나름의 생각이 있기를 바래야지.

옆에서 주예린이 끼어든 것은 그때였다.

"오빠, 다 포기하고 그냥 '메인 퀘스트' 깨러 가는 건 어때? 재료 수급 더 해서 다 6성 찍을 때까지."

여기는 훈련소 안. 그녀도 고인물인 바, 나와 함께 머리를 싸매는 중이었다. 다른 일행들은 전부 몬스터 스킬 숙련도를 올리고 있는 상태.

"히든 퀘스트를 포기하자고?"

"아니, 아니. 방법을 찾는 걸 포기하자고."

"아."

곧이어 나는 고개를 저었다.

"아니, 메인 퀘스트 보상으로는 턱도 없어. 시간도 오래 걸리고."

"아, 맞다. 시간."

"게다가 화염 저항도 레벨5로 만들어야 하잖아."

내 기억이 맞다면 그렇다. 뭐, 이건 문제없다. 직접 들어가서 그 환경에 노출되다 보면 자연스럽게 오르는 것이니.

뭐, 조금 고통스럽기야 하겠지만…… 주예린이 다시 물었다.

"오빠가 쓰던 그 스킬 '섬창'인가? 그거로 갈기는 건 어때? 혹시 알아? 놈도 한 방일지."

"음……. 글쎄, 우리가 그 상황까지 만들어낼 수 있을까……?"

"……으음, 그런가?"

사실 보스는 둘째치고, 놈을 일정 장소로 유인하는 것 자체가 힘들다. 그만큼 스펙이 달린다.

"……게다가 만나도 문제야."

"아, 맞다 랜덤으로 정신공격 하는 거?"

"응."

맞다. 솔직히 지금 믿을 거라곤 '섬창'(殲槍) 이거 하나뿐이었다. 확실히 지금 내가 가지기엔 오버밸런스인 스킬이었으니까. 그리고 거기에 굳이 추가하자면 멸마(滅魔)의 힘과 '광전사 모드'정도?

문제는 놈이 초반에 날리는 랜덤 정신계 스킬들이다. 대충 공포, 기절, 봉인, 정신 착란, 넉백 등의 CC기(Crowd Control)인데, 그게 지금 우리 스펙으로는 무척 치명적이다.

걸리는 순간 놈이 공격해 올 텐데, 예전에는 그걸 견뎠다면, 지금은 견딜 스펙이 안 된다. 아마, 공격 기회를 얻기도 전에 갈려 나갈 거다. 즉, 섬광을 날리고 싶어도 날릴 수 없는 상황이라는 거다.

"그럼 일단, 그거에 대한 대비책부터 찾아야겠네?"

"그거?"

"응, 정신계 공격."

"그치, 제일 큰 변수니까. 하나 딱 정해진 게 아니라 랜덤이라는 것도 크고."

"……진짜 답 없긴 하다."

우리는 서로 눈을 마주쳤다. 그리고 깊은 한숨을 내쉬었다. 머리가 지끈거렸다. 곧이어 주예린이 말했다.

"일단 실험부터 해볼까?"

"무슨 실험."

"왜, 유지넬 정화도 있고 양종현 씨 디버프들도 있잖아. 그걸로 이것저것 해보는 거지."

"……그래 볼까?"

구미가 당겼다. 지푸라기라도 잡고 싶은 심정. 가만히 앉아서 고민한다고 답이 나오는 것도 아니고. 또, 뭐라도 하다 보면 기발한 아이디어가 떠오를 수도 있는 거니까.

몇 분 뒤 내 지시가 떨어지자, 훈련소에 금방 일행들이 모였다. 주예린과 대화해 본 결과 몇 가지 실험할 거리를 찾았다. 그중 가장 기발했던 게 있는데, 그거부터 적용해 보기로 했다.

"다들 각자 자리에 위치하세요."

"넵!"

"네, 리더!"

간만에 단체가 하는 합동 훈련. 일행들은 내가 지정해 준 자리에 서서 몬스터들을 배치시켰다.

"먼저, 양종현 씨가 저에게 디버프를 걸 겁니다."

"그리하지."

"그 후, 제가 '광전사 모드'를 사용할 거예요."

제일 먼저 실험해 볼 것.

바로, 디버프와 광전사 모드가 섞이면 어떻게 될까? 였다.

광전사의 의식 상실도 나름의 디버프. 과연 어떤 게 먼저 적용될까? 하는 간단한 실험이었다.

사실, 뭘 건져보려고 하는 실험은 아니다. 그냥 광전사 모드의 숙련도를 올리고 싶었던 것도 있다. 이렇게 일행 전부가 모일 때 아니면, 훈련으로 그 스킬의 숙련도를 올릴 기회는 없으니까.

"나머지 일행들은 제가 광전사 모드를 키면 순식간에 절 제압해 주셔야 합니다."

"왜, 왜 그렇죠?"

서은채가 물었다. 그러자 빈서율이 답했다.

"이게……. 음, 상당히 위험하거든."

그녀는 마치 상상하기 싫은 걸 떠올렸다는 듯, 고개를 절레

절레 흔들었다. 나는 바로 답했다.

"걱정 마세요. 이게, 전투하는 거만 아니면 그렇게 난폭화되는 것 같지는 않더라고요. 그냥, 혹시나 해서 대비하는 겁니다."

그동안의 경험 결과, '광전사 모드' 발동 시 굉장히 이성적인 상태가 된다. 조금 부정적인 감정이 많아지긴 하지만, 다짜고짜 이유 없이 일행들을 공격할 정도는 아닐 거다.

'혹시나 해서 실베론이랑 뿔하피도 꺼내놨으니까.'

나는 내 소환수들을 바라봤다.

[무슨 일이 있어도 주인을 막아보지.]

[주인님! 변하는 거 무서워! 무서워!]

준비는 다 된듯싶었다. 난 창을 들었다. 그리고 양종현을 바라봤다. 그가 고개를 끄덕였다.

양종현은 마녀족이 세 마리다. 마녀족은 디버프에 특화된 종족. 그렇다면 그는 몇 개의 디버프를 가지고 있을까?

['도레미'(★★★★★)의 '속박'에 저항합니다.]
['도레미'(★★★★★)의 '개구리 변신'에 저항합니다.]
['도레미'(★★★★★)의 '마비'에 저항합니다.]
['딩거'(★★★★★)의 '공격력 감소'에 저항합니다.]
['그림하일드'(★★★★★)의 '방어력 감소'에 저항합니다.]

'……이런.'

시야에 떠오르는 다량의 메시지. 양종현의 몬스터들. 그리고 나. 둘 사이의 격차가 생각보다 컸는지, 디버프에 잘 걸리지 않는다.

'그러고 보니 저번에도 고생했었지.'

'화염 저항' 레벨을 올리느라 '마비'에 걸리려 했을 때도 엄청나게 시간을 썼던 기억이 있다. 양종현이 쓴웃음을 지었다.

"……으음, 역시 리더로군. 하나도 걸리지가 않아."

"괜찮습니다. 계속 시도하세요."

어차피 「몬스터즈」에 100% 저항이란 것은 없다. 계수 계산이 어떻게 되는지는 정확히 모르지만, 계속 시도하다 보면 언젠가는 걸린다. 그건 확실하다. 양종현이 머리를 긁적였다.

"허어, 그래도 숙련도에 나름 신경 쓴다고 쓴 건데……."

"너무 주눅 들지 말아요, 아저씨. 원래 리더 괴물인 거 모르는 것도 아니고. 일단 계속 써봐요."

주예린이 위로했다.

"어차피 쿨타임 제한도 없으니까요."

"그렇지."

양종현이 고개를 끄덕였다. 훈련소 만렙의 가장 좋은 점이 이거다.

스킬 쿨다운 100% 감소.

브레스든 섬창이든 광전사 모드든 무한대로 사용할 수 있다는 점. 양종현의 디버프 스킬 역시 마찬가지였다. 양종현은 지속해서 디버프를 걸었다.

['딩거'(★★★★★)의 '감속'에 저항합니다.]
['그림하일드'(★★★★★)의 '회복 불가'에 저항합니다.]
['그림하일드'(★★★★★)의 '강제 수면'에 저항합니다.]

'……많기도 하네.'

총 12개의 디버프가 쿨타임 없이 날아와 박힌다. 그걸 계속 저항해내는 내 캐릭터도 대단했다. 아마 합체족 두 마리의 등급과 숙련도, 그리고 내 캐릭터 레벨이 합산돼서 더 그러는 걸 거다.

[캐릭터가 '공포' 상태에 걸립니다.]
[능력치가 일정 비율 감소합니다.]

'어?'

마침내, 그림하일드의 스킬 '공포'가 나에게 침투했다. 시야가 살짝 어두워졌다. 그리고 가슴이 쿵쿵 뛰기 시작했다.

'……뭐야?'

기시감이 일었다. 주변에 존재하는 모든 것이 나를 공격할 것만 같은 그런 느낌. 나도 모르게 몸이 떨리기 시작했다.

이빨이 딱딱 부딪혀 울렸다. 어느새 손에 땀이 차올랐고 호흡이 거칠어졌다.

'……이게 공포 효과야?'

놀랐다. 지금껏 정신계 디버프는 '광전사 모드' 페널티를 제외하고 걸려본 적이 없었으니까.

이건 생각보다 위험했다. 닥쳐오는 공포와 두려움 때문에 신경이 잔뜩 예민해져 있었다. 만약 탑을 공략할 때 이런 상태라면? 으, 생각만 해도 끔찍했다.

"오빠! 스킬 써야지!"

주예린의 외침이 고막을 멍멍하게 울렸다.

'아차.'

원래 실험하려던 것. 갑작스러운 감정 변화에 잠깐 잊고 있었다. 나는 눈을 감고 곧바로 '광전사 모드'를 활성화시켰다.

[광전사(狂戰士) 모드를 활성화합니다.]

"흐읍-"

시간이 살짝 느리게 흐른다. 알 수 없는 힘과 자신감이 차올랐다. 어두웠던 시야가 다시 뻘겋게 물들었다.

그리고-

['공포' 효과가 사라집니다.]

'어?'

나는 떠오른 메시지를 응시했다.

'디버프가 이렇게 쉽게 풀린다고?'

이건 놀라운 결과였다. '광전사 모드'로 디버프를 풀 수 있다니. 설마, 공포 효과만 그런 걸까? 아니면 다른 디버프도 마찬가지일까.

실험해 봐야겠지만, 이거로 모든 악화 효과를 벗어낼 수 있다면, 앞으로 더 효율적인 전략이 가능해진다. 마치 모 전략 게임에 나오는 아이템, '수은 머리띠'로 군중 제어기에서 벗어나는 것처럼 말이다.

"오빠, 괜찮아?"

주예린의 목소리가 들렸다. 그런데, 아까부터 목소리가 너무 크다. 갑자기 기분이 확-나빠졌다. 아니, 원래부터 기분이 나빴는지도 모르겠다. 나는 창을 꽉 쥐었다.

'……이건 통제해야 해.'

이번엔 분명히 인지하고 있었다. 저들과 싸우려고 스킬을 활성화시킨 게 아니라는 것을. 모든 게 불쾌했지만 참아야 했다.

"끄으……"

시야가 한층 더 붉어졌다. 주변 모든 것을 찢어발기고 싶은 욕구가 계속 뇌를 자극했다.

손에 힘을 주었다. 팔에서 핏줄이 터져 나올 것 같이 번들거렸다. 남은 시간은 약 9분. 과연 내가 이 감정을 통제할 수 있을까? 하며 버텨내고 있을 때였다.

[천사족 '유지넬'(★★★★★)이 당신을 '정화'합니다.]
[광전사(狂戰士) 모드가 비활성화됩니다.]

'뭐지?'

불쾌한 기분이 싹-사라졌다. 붉었던 시야가 다시 정상으로 돌아왔고 뛰었던 혈기가 다시 가라앉았다.

"괜찮으세요, 아저씨?"

서은채가 다가왔다.

"뭐야, 갑자기 뭔데?"

주예린도 갑자기 괜찮아진 내 표정에 물어왔다. 나는 놀라서 입을 벌렸다. 뭐야, 여태 '광전사 모드'를 '정화'로 풀 수 있었던 거야? 그럼 그동안의 걱정이 되게 허무해지는데.

나는 바로 물었다.

"은채야, 네가 정화 건 거야?"

"……네, 아저씨가 디버프 때문에 힘들어하는 거 같아서요."

이거…… 뭔가 한 번의 실험으로 엄청난 결과들을 얻어낸 것 같다.

"……허. 잘했어."

"정말요?"

"어, 최고야."

"힛, 다행이다."

가볍게 혀를 내미는 그녀.

이제 대충 조건을 알았으니, 다방면의 실험으로 입증하는 과정을 거쳐야 한다. 나는 다시 일행들을 불러모았다.

"방금처럼 다시 해볼 겁니다."

"뭔가 알아낸 거라도 있는 거요?"

양종현이 물어왔다.

"네, 잘하면 20층을 공략할 가능성이 조금이나마 생길 수도 있을 것 같아요."

좁쌀만큼이지만, 희망이 생겼다.

"바로 가시죠."

나는 실험을 지속했다. 그 결과 알아냈다. '광전사 모드'가 '공포' 말고도 '속박', '강제 수면' 등 다양한 디버프에도 벗어날 수 있다는 사실을.

물론, '강제 수면' 같은 경우엔 졸음이 쏟아지기 전에 사용해야 했지만.

'이제야 좀 S급 스킬 답네.'

원래도 좋았지만, 이제는 더할 나위 없이 괜찮은 스킬이 되었다. 물론 서은채의 '정화'가 있다는 전제하에 말이다.

"잘됐네, 이제 플뤼톤 CC기는 광전사로 풀면 되는 거네? 그다음 '섬창' 갈기면 꿀 아니야?"

주예린이 만족스러운 표정을 지었다.

그러나 난 고개를 저었다.

"아직이야, 광전사를 더 통제할 수 있어야 해."

"왜?"

"거기서 유지넬이 CC기에 걸릴 수도 있는 거니까."

"아."

물론, 해결해야 할 문제는 아직 많았다.

훈련은 지속됐다. 나는 서은채와 따로 개인 훈련을 시작했고, 주예린이 일행들에게 20층에 관한 훈련들을 실시했다. 다들 열심히 했다.

기회는 단 한 번뿐이니까. 수천 번의 훈련을 통한 피와 땀으로 그 기회를 성공시켜 내야만 하니까.

3일 뒤.

나는 거래소에 들렀다.

'거래소'의 효능은 딱 세 가지다. 먼저, 유저끼리 거래할 수 있는 장터가 열린다는 것. 지금은 범위가 1서버 전체지만, 원래 1레벨 때만 해도 반경 10㎞ 정도밖에 안 됐다.

이곳저곳 뒤져보니 역시 몬스터 칸은 텅텅 비어 있다. 그럴 만도 했다. 지금같이 재료 수급이 힘든 시기에 누가 몬스터를 고작 골드에 팔겠는가.

다음은, '랜덤 상점'이다. 하루에 다섯 개씩 랜덤으로 아이템이 뜨는데, 이것 역시 거의 쓸모가 없다. 「몬스터즈」를 10년간 해왔지만 여기서 좋은 템이나 몬스터가 뜬 적이 없다. 그냥 지금은 가끔씩 눈팅하면서 1성짜리 재료들만 사두고 있는 중이다.

마지막으로, 'VIP 상점.' 이것의 존재는 우리 구 '소수정예'밖에 모른다. '거래소'에 존재하는 히든 피스. 진짜 어마어마한 가격대의 아이템들을 판다. 이건 탑 50층부터 봉인이 풀린다.

'……오?'

그때였다. 거래소를 뒤적이다 보니, '합체족' 2성 한 마리가 보였다. 아깐 없었는데, 누군가가 딱 방금 올렸나 보다.

[합체족 '에파타'(★★) -5,000골드]

'……미친, 개 싸네.'

이런 건 바로 사야지. 누가 채갈라, 바로 클릭했다.

[5,000골드를 지불합니다.]

[합체족 '에파타'(★★)를 획득합니다.]

횡재였다. 확인해 보니, 단검 전용 합체족. 이제 슬슬 일행들에게도 '합체족'의 비밀을 알려줘야 할 때다.

나는 고민했다. 아직 내가 사용하기엔 이르다. 나는 지금 있는 스킬 숙련도 올리기에도 벅차니까. 스킬 칸도 다 못 채웠고.

'어차피…… 딜러 아닌 사람들은 호신용으로만 사용하는 거니까.'

일단 주예린에게 먼저 주기로 했다. 그녀는 딜러니까. 천천히 훈련시켜 나중엔 합체족을 주력으로 사용하게끔 할 생각이었다.

"……이게 뭐야?"

"오다 주웠다. 등록해."

난 주예린에게 '에파타'를 건넸다.

"잉? 합체족?"

"응, 오늘부터 너도 합체족을 쓴다."

"합체족, 그거 오빠니까 잘 쓰는 거지. 원래 쓰레기 아니야? 게다가 나 직접 싸우는 건 자신 없는데……."

나는 웃으며 그녀에게 합체족 버그를 설명했다. 형들에게도 숨겨왔던 나만이 알고 있던 그 비밀을…….

"와! 미친, 여태 그걸 숨겼었어?"

"어차피 알려줘 봐야, 그 당시엔 늦었으니까. 다들 몬스터 10마리 키우고 있기도 했고."

"그래도! 완전 양아치!"

"그래, 양아치 맞다. 하여튼 이제부터 빡세게 훈련시킬 거니까 각오해. 모르는 건 서율 씨한테 배우고."

"칫. 알겠다. 그럼 오늘부터?"

"아니, 오늘은 20층 가야지. 시간 없어."

"힉? 벌써?"

훈련은 할 만큼 했다. 숙련도도 올리고 합동훈련도 마쳤다. 이제 부딪쳐 봐야 할 때. 계속 시간을 쓸 여유는 없었다.

아직 8강 소식은 없었다. 쉐넌은 아직 정리 중인 것 같다 답했고, 내가 20층에 다녀와도 되냐 물어보니 쿨하게 그러란다.

솔직히 이쯤 되니까 의심이 든다. 「갓 컴퍼니」가 요즘 들어 날 너무 방치하는 거 아닌가 하는. 아니면, 너무 신뢰를 하는 건가?

"화염 저항 레벨5도 찍어야 하잖아."

"아, 맞네."

"세부적인 훈련은 20층 안에서도 충분히 할 수 있어."

"후우…… 괜찮겠지?"

그녀가 걱정스러운 표정으로 물었다. 나도 걱정스럽긴 했다. 20층은 그만큼 장난이 아니다. 그러나 이제 어쩔 수 없다. 두 가지 중 하나를 선택해야만 한다.

'도전, 아니면 도태.'

그리고 나는 '도전'을 택했다. 생각해 보면, 지금까지의 모든 과정이 도전의 연속이었다. 연옥 슬라임, 리치, 아스모데우스 등등……

'그래, 생각을 바꾸자.'

더 위층으로 올라가면 분명 이보다 더 절망적인 사항의 연속일 거다. 겨우 20층에 쫄기에는 앞으로 갈 길이 너무나 멀다. 난 고개를 끄덕였다.

"그래, 가보자."

곧이어 일행들이 모였다. 다들 대비를 확실히 해서 왔다. 표정에도 한층 각오가 서려 있었다.

"혹시 몰라 낙타족에 한 달 치 비상식량이랑 식수도 챙겼네."

"좋습니다."

할아버지의 말을 끝으로- 우리는 탑 앞으로 이동했다.

덜컹!

시커먼 문이 열렸다. 일행들은 이제 머뭇거리지 않고 그곳으로 들어간다. 나 역시 천천히 따라 들어갔다.

[삐빅-]
['시련의 탑'에 입장하셨습니다.]

시커먼 시야에 떠오르는 메시지.

이제 탑의 두 번째 악마를 공략할 차례다.

Chapter 3

[시련의 탑 20층입니다.]

[시련의 악마 '플뤼톤'(★★★★★)을 처치하세요.]

화악!

들어가자마자 화끈한 열기가 올라왔다. 피부가 뜨끈했다. 마치 불판에 데인 것 같은 느낌.

'과연, 20층이라는 건가?'

화염 저항 Lv.4라 다행이지, 그렇지 않으면 바로 익어버렸을 거다. 그 정도로 공기가 뜨거웠다.

"……크으. 이거 적응하려면 오래 걸리겠는데요?"

"처음 연옥에 들어갔을 때랑 비슷한 느낌이구먼."

"에이……. 할아버지, 그것보단 훨씬 괴롭죠……."

일행들 역시 괴로워했다. 그러나 다들 각오하고 들어왔기에, 견뎌내고 있었다.

나는 그런 일행들에게 말했다.

"여기서 버틸 겁니다."

원래 20층의 던전 초입부는 안전하다. 저 시야 앞에 보이는 거대한 악마문. 저 문을 열어야 진정한 미션이 시작되는 거니까.

"다들 최대한 자세를 낮게 하고, 마인드 컨트롤 하세요. 힘드시면 욕하는 것도 나쁘지 않습니다."

"끄으으으…… 마비는 안 하는가?"

할아버지가 물어왔다.

그러고 보니, 마비가 있구나.

"쿨다운이 있어서 한 명밖에 못 할 거 같은데. 할아버지 해드릴게요."

"아니, 아니. 괜찮네. 혼자만 편할 수 없지. 다 같이 견디세."

"괜찮으시겠어요?"

"원래 혼자 버티는 것보다 다 같이 괴롭기에 견딜 수 있는 거 아니겠나."

맞는 말이다. 특전사들의 천리행군도 그런 식으로 버틴다고들 하니까.

"후욱, 후욱."

결국, 마비 없이 참기로 했다. 다들 괴로웠지만 잘 참았다. 서로의 괴로운 모습을 바라보면서 의지했다.

나 역시 고통을 참으며, 플뤼톤의 흉포한 모습이 새겨진 커다란 문을 응시했다.

꿀꺽!

침이 절로 넘어갔다. 긴장됐다. 폰으로 하더라도 끔찍한 난이도였던 20층을 현실에서 해야 한다니.

"아."

깜빡할 뻔했다.

"목(木) 속성을 제외한 몬스터들도 다 꺼내세요. 함께 적응시켜야 합니다."

이미 몬스터들도 전부 화염 저항 Lv.4까지 올려놓은 상태. 이들도 같이 Lv.5까지 올려야 한다.

나 역시 몬스터들을 소환했다. 물론, 실베론을 제외하고. 실베론은 안타깝게도 아직 화염 저항 0이다.

[주인님! 따듯해!]

푸히힝!

역시, 뿔하피와 켈피는 화(火)속성, 수(水)속성답게 여기서도 잘 버틴다. 나머지 애매한 속성들이 문제지.

"뿔하피, 여기서 '불의 가호' 숙련도나 왕창 올리자."

[응! 응! 너무 좋아!]

시련의 탑 20층은 「몬스터즈」 세계관 내에서 가장 불의 힘이 강한 곳. '뿔하피'에겐 더없이 좋은 장소다.

그렇게 우리의 고행이 시작됐다. 고통스러운 신음을 흘리는 일행들. 그리고 끙끙거리는 몬스터들. 신나 있는 뿔하피, 아그니스, 구미호······.

"저기, 다들 모여봐요……. 흐윽."

주예린이 일행들을 불러모은 것은 그때였다. 그 이유는 분명했다. 경험자로서 일행들에게 앞으로 벌어질 패턴들에 대해 다시 한번 숙지시키려는 거다.

일행들은 설명만 들었지, 직접 보지는 못했으니까. 계속 주입함으로써 조금이나마 머릿속에 그려지게 하려는 의도인 것이다.

'잘하네, 주예린.'

긴 시간 동안 가만히 버티고만 있는 거보다, 뭐라도 하는 게 더 낫다. 시간도 더 빨리 갈 거고.

우리는 그렇게 계속 버텼다. 낙타족에 가져온 식량과 생필품들로 생리현상도 해결했다.

그리고 이틀이 지났을 때-

[화염 저항 레벨이 5로 올랐습니다!]

만렙에 도달할 수 있었다.

"후우, 살 거 같네요."

"……짧지 않은 인생 중 가장 괴로운 순간이었네."

신기했다. 화염 저항 만렙을 찍자마자 더움이 완벽히 가셨다. 붉었던 피부색이 가라앉았고 열감이 사라졌다. 느껴졌던 열통도 없어졌다.

"시간을 너무 많이 뺏겼습니다."

내가 말했다. 일행들도 인정하는지 고개를 끄덕였다. '히든 퀘스트' 제한 시간까지 이제 고작 26일밖에 남지 않았다.

어차피 각오는 그동안 수없이 다졌고 이제는 빨리 출발해야 했다.

"바로 가시죠."

"알겠네."

"그러지."

우리는 커다란 문 앞에 섰다.

악마 '플뤼톤'이 조각되어 있는 문.

위압감이 흘렀다.

"후."

가볍게 심호흡했다.

이미 주의사항과 팀 배분은 지겹도록 설명한 상태.

난 주예린을 바라봤다. 그녀 뒤에는 서은채를 제외한 나머지 일행들이 긴장감 어린 얼굴로 서 있었다.

'이렇게 다섯이 주예린의 팀.'

"⋯⋯아저씨."

뒤를 바라봤다. 서은채가 있다.

'은채랑 나 둘이서 이렇게 또 한 팀.'

이번 공략은 이렇게 총 두 팀으로 운용된다. 나는 다시 주예린을 쳐다봤다.

그녀가 고개를 끄덕이며 묻는다.

"열까?"

꿀꺽-

긴장감에 침이 넘어갔다. 이제부터 정신 똑바로 차려야 한다. 이 문을 여는 순간부터 돌이킬 수 없이 원 코인이다.

"그래, 열자."

"오케이, 의사소통은 알지?"

"어."

20층에서 의사소통은 굉장히 중요하다. 과거 「몬스터즈」 때는 서로 전화가 가능했지만, 여기는 전화기가 없다. 대신, 우리에겐 채팅창이 있다.

[모찌(Lv.36):이제 20층 달리니까 다들 아닥.]

[카드값줘체리(Lv.29):20층……ㄷㄷ]

[병아리콩(Lv.27):넵 파팅하세요! 다들 조용!]

[조류족성애자(Lv.26):쉿!]

[비운(Lv.41):준비 완료.]

주예린이 갖은 협박으로 이미 고인물들의 수다를 깨끗하게 정리한 상태. 역시 채팅창 대장다웠다.

'이렇게 깔끔한 채팅창은 또 처음 보네.'

그 시끌벅적하던 채팅창에 글 하나 올라오지 않는 게 어색하기만 했다. 어찌 보면 주예린이 대단하다 싶기도 했다. 말 한

마디로 저 수다쟁이들을 잠재울 수 있다니.

'후, 잡생각은 여기까지 하고.'

이제 집중해야 한다. 나는 켈피에 탑승했다. 그리고 서은채를 뒤에 태웠다. 곧이어, 주예린이 문을 열었다.

끼이이-

천천히 벌어지는 문.

문틈 사이로 널따란 붉은 홀이 보였다. 양쪽에는 용암이 천천히 흐르고 있고, 가운데는 커다란 구슬이 보였다.

'저게 화염의 정수.'

이곳 던전을 이루는 불의 근원이다. 시선을 더 뒤로 했다. 시뻘겋게 칠해진 벽. 그곳에는 왕좌가 있었다.

그곳에 앉아 있는 커다랗고 흉측한 악마.

'……두 번째 악마 '플뤼톤'(★★★★★).'

공간을 가득 채울 만한 커다란 몸체. 모든 것을 태워 버릴 듯한 기다란 화염 채찍. 그리고 소름 끼치게 생긴 얼굴까지.

'……빌어먹을.'

너무도 끔찍했다. 저놈과 실제 현실에서 만나게 될 줄이야. 그러나 머뭇거리고 있을 수는 없다. 이제 진짜 시작이다.

"다들 갑시다!"

나는 곧바로 켈피의 배를 박찼다. 그리고 문 안으로 들어갔다.

놈과 싸우러 들어가는 게 아니다. 아직 이곳은 초입부. 홀 양쪽에는 다른 지역으로 갈 수 있는 통로가 있다.

뒤에서 주예린 팀도 따라 들어왔다.

[크흐으으으…….]

침입자를 발견한 놈이 낮게 울부짖었다.

쿠우웅!

천천히 일어서는 놈.

엄청난 위압감과 살기가 몰려든다.

"방향 틀어!"

나는 켈피의 고삐를 당겨 방향을 틀었다.

나는 왼쪽, 주예린 팀은 오른쪽이다.

'여기서 바로 놈을 상대하면 안 돼.'

많은 도전자들이 실수하는 게 바로 그거다. 놈을 '화염의 정수'가 존재하는 이 방에서 놈을 상대하려 한다는 것.

이곳에서 놈과 싸우는 것은 미친 짓이다. 왜냐. '화염의 정수' 주변의 놈은 거의 무적과 다름없기 때문이다.

'……유인해야지.'

또 다른 유저들이 모르는 사실.

이 던전이 저 홀이 다인 줄 안다는 거다.

사실, 저 홀은 이 지하던전의 1%도 안 되는 크기다. 양쪽에 존재하는 통로로 빠져나가면 이 던전의 진짜 모습을 볼 수 있다.

[크으으, 웬 벌레…… 들이 들어왔군.]

놈이 채찍을 들었다. 제기랄, 더 빨리 움직여야 한다. 지금 상태에서 저거에 스치기라도 했다간 바로 즉사다. 게다가 조금이라도 시간을 끌면, 놈이 정신계 마법을 걸어버릴 거다. 그럼 다 끝이다.

"아저씨, 채찍!"

뒤에서 서은채의 외침이 들려왔다. 살짝 위를 바라봤다. 놈이 처음 표적으로 삼은 팀은 주예린 팀이 아닌 우리였다.

'예상대로야.'

놈은 본능적으로 자신에게 위협이 되는 사람을 먼저 찾는다. 그게 이곳에서 레벨이 가장 높은 나고.

후우웅!

곧이어 놈이 채찍을 휘둘러온다. 그래, 차라리 이게 낫다.

"가속!"

나는 더욱더 빠르게 내달렸다.

['유령마 켈피'(★★★★★)가 가속을 활성화합니다.]

[5분 동안 속도가 3배 빨라집니다.]

마치 시간을 배속으로 감은 듯한 스피드. 왼쪽 구석에 보이는 통로가 점점 더 가까워졌다.

'조금만…… 더. 제발.'

화염 저항 Lv.5임에도 화끈한 열기가 느껴진다. 놈의 채찍이 가까이 붙었다는 말이다. 죽음이 코앞까지 다가왔다. 시간이 느리게 느껴졌다. 구석까지 남은 거리는 30m, 15m, 5m…….

'제발!'

다행이었다. 놈의 채찍이 떨어지기 전에 통로 속으로 쏙-들어왔으니까. 우리는 통로 안에서도 계속 달렸다.

곧이어-

콰아아앙!

굉음이 쩌렁쩌렁하게 울려 퍼졌다. 공간이 좁아서 그런지 더 크게 느껴졌다. 청각이 마비될 것만 같았다. 이명이 오는 것 같은 느낌.

쿠구구구-

땅이 흔들리고 던전을 구성하던 돌이 사방으로 튀었다. 시야가 흔들렸다. 아마 놈의 채찍이 입구에 그대로 틀어박힌 걸 거다.

다그닥 다그닥!

다행히 우리는 아직 무사했다. 그래도 방심하면 안 된다. 계속 달려야 한다.

"……미쳤어요, 이거."

뒤에서 서은채가 내 허리를 꽉 잡아왔다.

"동감한다."

그것도 격하게.

[그흐아아아…….]

놈의 목소리가 통로 안을 쩌렁쩌렁하게 울렸다. 우리를 놓친 것에 굉장히 분노하는 것 같았다.

쿵! 쿵! 쿵!

뒤에서 발걸음 소리도 느껴졌다. 길게 이어진 통로로 달리는데 놈이 계속 따라오고 있는 거다. 그것도 몸으로 던전을 다 부숴가면서.

쿠구구구!

던전은 계속 흔들렸다. 놈의 움직임을 던전이 견뎌내지 못하고 있었다.

'제기랄.'

그때였다.

콰아아앙!

바로 3m 뒤. 놈의 화염 채찍이 아슬아슬하게 꽂혔다. 그 반동으로 켈피가 허공에 튀어 올랐다. 배에 느껴지는 알싸한 느낌.

"까아아악!"

서은채가 비명을 질렀다. 그러나 다행히 땅에 안착하는 켈피. 우리는 계속 달려 나갔다.

"……빌어먹을."

온몸에 소름이 돋았다. 조금만 늦었으면 즉사할 뻔했으니까.

'놈이 계속 따라오고 있어.'

놈을 다른 장소로 유인해야 하는 건 맞는데, 더 이상 어그로를 끌 수는 없었다. 놈은 계속 쿵쿵거리며 우리가 있을 것 같은 방향에 눈먼 채찍을 휘갈겼다.

[비운(Lv.41):힘들다.]

[모찌(Lv.36):알겠어. 우리 준비됐어. 어그로 보내.]

[비운(Lv.41):오케이.]

다행히 준비됐나 보다. 나는 곧바로 '은신'을 사용했다. 그러자 멈추는 놈의 움직임. 은신 효과는 놈에게도 통했다.

곧이어 쿵쿵거리는 소리가 천천히 멀어졌다. 오른쪽 통로를 달리는 주예린 팀에게 옮겨간 것이다.

'이런 식으로 던전 끝까지 가야 해.'

어차피 오른쪽 통로나 왼쪽 통로나 결국은 그 던전 끝으로 이어지게 되어 있다. 어느 통로로 들어가든 결국은 같은 방향으로 직진하게 되고, 계속 달리면 끝에 도달하게 된다.

'화염의 정수 효과를 받지 않는 유일한 공간.'

그곳에서 싸워야, 놈에게 조금이나마 비벼볼 수 있다.

"……괜찮을까요?"

뒤에서 서은채가 물어왔다. 일행들을 걱정하는 거다. 허리를 꽉 붙들고 있는 그녀의 몸이 떨려왔다.

"아니, 안 괜찮겠지. 조만간 다시 어그로 받아와야 해. 정신 차려."

"……넵."

주예린 팀 역시 놈의 공격을 직접 받는 게 아니다. 우리랑 최대한 먼 곳으로 떨어져, 놈의 이동 거리를 늘리는 역할이다.

즉, 놈이 그쪽으로 다가갈 때쯤-

[모찌(Lv.36):오빠! 소리 들린다! 온 거 같아!]

[비운(Lv.41):오케이.]

[모찌(Lv.36):아직 그렇게 붙지는 않았어! 한 30초는 더 버틸 수 있을 거 같아!]

'제기랄.'

벌써 도착해 가나 보다. 놈의 속도는 상상 이상으로 빨랐다. 한숨 돌리지도 못할 시간이었으니까.

그러고 보니, '가속'한 켈피보다 훨씬 빠른 속도네? 순간 소름이 돋았다. 그래도 '은신'을 풀어야 한다. 안 그러면 일행들이 크게 다치거나 죽을 거다.

한 15초 정도 지났을까—

'은신 해제.'

투명했던 몸이 다시 원상태로 복귀했다. 저 멀리서 다시 끔찍한 울부짖음이 들려온다. 표적을 나에게로 돌렸다는 뜻.

'……켈피 조금만 더 힘내자.'

이제 던전의 절반 정도 달렸다.

'확실히 '가속' 스킬이 좋긴 하네.'

아마, 이 스킬이 없었으면 난이도가 배로 올랐을 거다. 우리는 계속 달렸다. 계속 달리고 달리는 순간, 옆에 샛길이 보였다.

'……여기다.'

다음 층으로 가는 길. 나는 그곳으로 방향을 틀었다.

20층 지하 던전. 그 생김새는 간단하다. 직사각형을 떠올리면 된다. 그것도 길이가 무척 긴 직사각형.

처음 '플뤼톤'이 앉아 있던 홀을 시작점이라고 했을 때, 그 맞은편에 우리의 목적지인 홀이 있다. 그리고 두 쌍의 마주 보는 평행선이 지금 나와 주예린이 달리고 있는 통로.

그 통로는 두 층으로 나뉜다. 첫 번째 층은 사방이 막혀 있는 복도라면, 위층은 직사각형 던전 전체를 조망할 수 있는 테라스의 느낌이다.

"하앗!"

우리는 켈피를 타고 위층에 올라섰다. 올라선 이유는 분명했다. 아직 보이진 않지만, 이제 곧 '플뤼톤'이 벽을 부수고 중앙으로 나타날 거다.

어그로가 나에게 끌렸으니까. 그렇게 되면 아래층에서는 놈의 움직임이나 공격 방향을 제대로 파악하기 힘들다. 사방이 다 막혀 있으니까. 하나, 위에서는 그걸 전부 파악할 수 있다.

"아저씨 앞에!"

서은채가 뒤에서 외쳤다. 앞을 보니, 옆 벽에서 2초에 한 번꼴로 튀어나오는 송곳 장애물들이 보인다. 시퍼렇게 번뜩이는 날붙이. 저기에 찍히는 순간 바로 낙마다.

"켈피!"

푸히힝!

켈피가 속도를 컨트롤했다. 튀어나오는 타이밍을 잘 계산하며 내달렸다. 켈피와의 교감이 충분했기에 가능한 컨트롤이었다.

나는 계속 질주하며 뒤를 확인했다.

'이제 슬슬 튀어나올 때쯤 됐는데……'

아무래도 주예린 팀이 모종의 방법으로 시간을 끌어준 것 같다. 어쨌든, 그렇게 계속 달릴 때였다.

콰아앙!

반대쪽 통로 뒤쪽 벽이 와르르 무너져내렸다. 그와 함께 등장하는 '플뤼톤'의 커다란 몸체.

[크흐으어어어……]

쿵! 쿵! 쿵! 쿵!

살짝 뒤에서부터 우리를 향해 달려오는 놈. 크기가 크다 보니 정말 미친 듯이 빠르다.

"아저씨!"

"알아!"

목청껏 외치며 켈피의 고삐를 꼭 움켜잡았다.

'존나 무섭네.'

쿵쿵거리는 소리가 그렇게 공포스러울 수가 없다. '가속' 효과를 받았음에도 켈피가 너무 느리게 느껴졌다. 그렇게 다시 2차 추격전이 시작됐다.

'남은 거리는 대략 1㎞ 정도……'

너무나도 멀게 느껴진다. 그렇다고 여기서 멈춰 전투할 수는 없는 법이다. 그건 풀 스펙을 갖춰도 어렵다.

"벌써 따라붙었어요!"

"오케이!"

이제부터가 중요하다. 컨트롤 싸움. 놈의 채찍 방향을 정확히 캐치해 피해내야 한다.

일단 질주는 켈피에게 맡긴다. 켈피는 유려한 몸놀림으로 앞에 보이는 장애물들을 넘으며 내달리고 있었다.

난 시선을 뒤로했다.

놈이 달리면서 채찍을 위로 든다. 넘실거리는 화염이 그렇게 공포스러울 수가 없다.

후우웅!

내지르는 채찍.

"켈피!"

그에 맞춰 점프하는 켈피.

콰아아앙!

채찍이 우리가 있던 자리를 강하게 내려쳤다. 단번에 무너져 내리는 테라스. 다행히 켈피의 앞발이 아직 무너지지 않은 땅끝에 아슬아슬하게 걸쳤다.

'휴.'

일단 공격 한 번을 피했다.

'좀만…… 더 힘내자, 켈피'라고 생각할 때였다.

['유령마 켈피'(★★★★★)의 가속이 비활성화합니다.]

'X발?'

가속의 지속시간은 5분. 벌써 시간이 그렇게 흘러 버렸다. 켈피의 속도가 순간적으로 느려졌다.

'이제 진짜 어쩔 수 없어.'

물론, 여기까진 예상했던바. 어떻게든 수단과 방법을 가리지 않고 피해내야 한다.

[크흐아아아!]

놈이 다시 한번 괴성을 내질렀다. 올라가는 손. 그리고 다시 내리 찍히는 채찍.

'도약!'

스르륵!

시야가 앞으로 당겨졌다.

콰아아앙!

후방 200m 뒤에 놈의 채찍이 틀어박히는 소리가 강하게 울렸다. 던전 공간 자체가 흔들리는 막대한 위력. 놈의 공격이 또한 번 실패했다. 열 받는다는 듯 괴성을 내지르는 '플뤼톤.'

'이제 얼마 남지 않았어.'

이제는 달리는 것밖엔 방법이 없다. 반대쪽 통로 끝에는 주예린 팀이 이제야 올라섰다.

빈서율의 석궁이 놈을 향해 쏘아졌다. 원거리 몬스터들의 스킬들도 몇 방 박히는 게 보였다. 그러나 역시 놈은 끄떡없다.

'남은 거리는 400m.'

놈이 다시 한번 따라붙었다.

쿵! 쿵! 쿵!

'제기랄.'

놈은 끈질겼다. 자기 영역을 침범한 날파리를 어떻게든 잡아내고 싶어 하는 느낌이었다.

'두어 번 정도만 견뎌내면 되는데.'

그러면 반대쪽 홀에 도착할 수 있다. 그러나 그 두어 번을 과연 견뎌낼지는 의문이다.

나는 창을 들었다. 일단 쇼크웨이브로 저 채찍을 조금이나마 중화할 생각이었다.

'해볼 수 있는 건 다 해봐야지.'

['디스트럭션 쇼크웨이브'를 가동합니다.]

다시 한번 들리는 놈의 채찍. 나는 내달리는 도중에 놈의 궤도를 예측해 창을 내질렀다.

수우우욱!

빠져나가는 에너지. 그리고 내려 찍히는 놈의 채찍.

콰아아앙!

부딪치는 두 힘. 그러나 놈의 채찍이 더 세다. 그래도 그나마 속도가 줄어든 채찍이기에-

"켈피!"

콰아앙!

틀어박히는 채찍을 간신히 피해낼 수 있었다. 다시 달리는 켈피. 포효하는 '플뤼톤'.

"은채야."

"네! 아저씨!"

이미 합의가 된바. 나는 켈피의 고삐를 당겨 멈춰 세운 후, 허공으로 점프해 착지했다. 그리고 땅을 박차 내달렸다.

여기서부터는 은채를 버려두고 가야 한다. 아니, 버려둔다기보다는 나와 일정 거리를 유지하게끔 해야 한다.

'놈의 목표는 나니까.'

남은 목표는 200m. 은채는 따로 켈피를 타고 붙으면 된다.

'딱, 한 번. 한 번만 견뎌내면 돼.'

나는 2층 통로를 미친 듯이 내달렸다. 역시, 놈은 켈피와 은채를 무시하고 나에게 붙는다. 나는 허벅지에 있는 힘껏 힘을 줬다. 빠른 단거리 뜀박질에 심장이 정신없이 뛰었다. 얼굴이 달아오르고 호흡이 가팔라졌다.

쿵! 쿵!

다시 한번 붙는 놈. 그리고 들어 올리는 채찍.

놈의 흉측한 얼굴에 미소가 피었다. 마침내, 눈에 가시거리인 벌레를 잡을 수 있겠다는 표정.

'그렇겐 못 하지.'

후우웅!

놈의 채찍이 들이닥친다.

나는 바로 '엔트로피'의 스킬 '용맹무쌍'을 활성화했다.

딱 5초. 5초간 어떠한 공격에도 무적 판정을 받는 스킬. 하루에 딱 한 번 쓸 수 있기에 '섬창'과 마찬가지로 비장의 한 수다. 나는 스킬을 사용함과 동시에 난간 밑으로 뛰어내렸다.

콰아앙!

재빠르게 내려쳐 벽을 모조리 파괴하는 채찍. 그렇게 간신히 피해냈지만-

"흐읍!"

시야가 앞으로 당겨졌다. 튀어나온 돌덩이가 내 몸통을 후려 갈긴 것 같았다. 묵직한 느낌. 그러나 통증은 없다. 핑그르르 돌아 땅바닥에 나 뒹구는 몸.

"하앗!"

곧바로 자세를 잡았다.

"아저씨!"

멀리서 서은채가 달려오려고 했지만, 나는 바로 손을 들어 저지시켰다.

괜찮다. 아직까지는 무적이다.

"괜찮으니까 거리 유지해!"

"네, 넵!"

서은채와 붙어 있으면 안 된다. 놈은 눈을 번뜩이며 다시 나를 노려본다. 나는 그런 놈을 무시하고 계속 내달렸다.

눈앞에 보이는 커다란 악마문. 저기가 우리의 목적지인 홀이다. 미친 듯이 달렸을까, 다행히 놈의 2차 공격이 시작되기 전에 문에 닿을 수 있었다.

끼이이이!

힘차게 문을 열었다.

곧이어 발이 저쪽 홀 입구에 닿았을 때-

[화염 지대에서 벗어납니다.]
['용맹무쌍'(勇猛無雙)이 해제됩니다.]

공간을 가득 채우던 열기가 사라졌다.

그렇게 마침내, 홀에 도착했다. 그렇다고 끝난 건 아니다. 오히려 지금부터가 시작이다. 나는 최대한 홀 끝쪽으로 내달렸다.

쿵! 쿵! 쿵!

화염 지대에서 벗어났다고 안전한 게 아니다. 놈의 목표는 아직도 나다.

콰르르르르!

역시 무식한 놈. 몸체가 크다 보니 문을 통해 들어오는 게 아니라, 그 거대한 문을 단박에 부숴 버리고 입성한다.

[크흐아아아!]

힘차게 포효하는 놈.

나는 뒤를 돌아 창을 고쳐잡았다.

'여기서부턴 상대해야 해.'

주예린 팀이 도달할 때까지 놈과 싸워야 한다. 그래도 여기는 좀 낫다. '화염의 정수'가 놈에게 에너지를 주지 못하기 때문이다. 난 창을 꽉 쥔 채로 놈을 노려봤다. 놈도 날 흥미롭다는 듯 쳐다본다.

[크흐……. 그냥 하찮은 벌레인 줄 알았더니, 제법…… 머리를 쓰는 놈이구나.]

놈도 이성을 가진 존재. 이곳이 본인에게 불리한 장소라는 건 안다. 그러나 놈은 자존심이 강하다.

[하지만, 그런다고 바뀌는 게 있을 듯싶더냐.]

놈의 안광이 번뜩였다.

[경고! 경고! 경고!]

[캐릭터가 '정신 착란' 상태에 걸립니다.]

[주의하십시오!]

'왔구나.'

놈의 랜덤 CC기. 이번에 걸린 건 '정신 착란'

갑자기 시야가 어질어질했다. 그와 동시에 사방팔방이 '플뤼톤'들로 가득 차기 시작했다. 태산처럼 보이는 놈들이 주변에 꽉꽉 채워지자 숨이 턱-하니 막혀왔다.

'……정신 차리자.'

수많은 '플뤼톤'들이 화염 채찍을 든다. 확실히 아까보다는 느리다.

[광전사(狂戰士) 모드를 활성화합니다.]

나는 곧바로 광전사 모드를 발동했다.

살짝 느려지는 시간과 붉어지는 시야.

['정신착란' 효과가 사라집니다.]

그리고 다시 원상태로 보이는 '플뤼톤'. 놈의 채찍이 나를 향해 날아온다.

흉측한 악마 새끼가 감히 어딜-

나는 곧바로 왼쪽으로 내달렸다.

콰아앙!

땅에 내리박히는 채찍. 과연 탑의 악마는 악마일까. '화염의 정수' 효과가 없어도 강한 건 매한가지다. 놈이 흥미로운 표정으로 바라본다.

[제법 한 수를 지닌 놈이로군.]

"허세는, ×이나 까 잡숴."

짜증이 났다. 기껏 해봐야 섬창 한 방일 놈이 나대는 게, 마음에 들지 않았다.

"아저씨!"

마침 켈피를 탄 서은채가 도착했다. 옆에서 날고 있는 천사족 '유지넬'이 손을 번쩍 든다.

[근처에 디바인 필드(Lv.8)가 펼쳐집니다.]

[필드 내 존재하는 모든 언데드족, 악마족, 마녀족, 흡혈족의 능력치가 저하됩니다.]

'좋아.'

이제는 숙련도가 쌓인 디바인 필드.

새하얀 빛이 홀 전체를 덮었다.

[크아아아아아!]

기분 나쁘다는 듯 울부짖는 '플뤼톤'. 나는 곧바로 뿔하피를 소환하며 오른쪽으로 내달렸다.

'은채 버프도 받으면 좋지만.'

아쉽게도 서은채의 두 요정족은 목(木) 속성. 이곳에서는 쓸 수 없다.

[주인님!]

"저놈 족쳐, 뿔하피!"

[으, 웅! 알겠어!]

나와 반대쪽으로 날아가는 뿔하피. 그렇게 둘의 합공이 시작됐다. 나는 놈의 발밑으로 가 창으로 쿡쿡 찔러댔고, 뿔하피는 허공을 날아다니며 뿔과 깃털을 날려댔다.

[같잖은 술수 부리지 마라!]

순간, 놈이 발을 크게 들었다.

'광역 스턴기.'

나는 곧바로 몸을 뒤로 뺐다.

곧이어 떨어지는 발.

쿠구구궁!

지진이라도 일듯 땅이 쩌저적- 갈라졌다.

[끼이이아! 주인님!]

다행히 나는 범위 밖으로 이동했지만, 뿔하피는 그 충격에 노출됐나 보다. 허우적거리며 날아가 벽에 부딪혔다.

"저 새끼가!"

분노가 차올랐다. 원래부터 열 받았는데, 열이 더 뻗쳤다. 나는 창을 다시 고쳐잡고 놈을 향해 내달렸다. 놈도 날 노려보며 채찍을 든다.

저 공포스러웠던 채찍. 광전사 효과 때문인지 이제는 하나도 무섭지 않다.

'어디 부딪혀 보자고.'

나는 팔에 힘을 줬다. 순간, 막대한 에너지가 차올랐다. 모든 것을 다 쓸어버릴 수 있을 것 같은 느낌.

['섬창'(殲槍)을 가동합니다.]

조심해야 한다. '섬창'(殲槍)은 내가 가진 유일한 필살기. 무조건 놈에게 치명타를 꽂아야 한다. 그래야 조금이나마 승산이 있다.

화르륵!

불타오르는 채찍의 열기가 온몸에 느껴졌다. 나는 손아귀가 터질 것 같이 뿜어 오르는 에너지를 느끼며, 속으로 계속 읊조렸다.

'……흥분하지 말자. 흥분하지 말자.'

광전사(狂戰士) 모드. 필요 이상으로 흥분하게 만드는 스킬. 이 감정을 통제해 내야만 한다.

당장에라도 내지르고 싶은 마음을 꾹 눌러 담아야 한다. 좀 더 깊숙이 들어가 놈의 육체 정 중앙에 꽂아야 한다.

곧이어, 놈의 채찍이 나를 향해 다가왔다.

'……아직이야.'

나는 스텝을 밟았다. 아델이 항상 강조했었던 보법이 자연스럽게 튀어나온다. 놈의 채찍이 왼쪽 어깨를 스쳤다.

화끈한 느낌이 들었지만 난 시선을 돌리지 않았다. 오로지 목표는 놈의 정 중앙.

콰아아앙!

폭음이 들렸다. 몸이 붕 떴다. 채찍이 내 왼팔을 스친 후, 땅에 박혔나 보다. 둔탁한 충격이 온몸을 울렸다. 끔찍하게 아팠지만 참을 만했다. 아니, 정신이 이상해져서 참을 수 있는 걸지도 모른다.

몸이 떠오르는 그 순간에도 오직 내 시선은 놈의 가슴을 향해 있었다. 그리고 떠오른 몸이 놈 앞에 닿았을 때-

"뒈져라."

나는 창을 힘주어 내질렀다. 허공에 떠 있었지만, 자세는 완벽했다. 가장 효율적으로 에너지를 내지를 수 있는 자세를 본능적으로 취했다.

쿠웅!

세상이 꺼지는 듯한 소리. 보이지 않는 속도로 쏘아지는 충격파.

[크아아아아아!]

놈의 고통스러운 울부짖음이 던전을 찢어 울렸다. 보였다. 놈 심장에 나 있는 커다란 구멍이.

'……먹혔나?'라고 생각할 때였다.

콰아아앙!

무언가 둔중한 힘이 내 왼쪽 몸 전체를 후려갈겼다. 아니, 후려친다고 생각하기도 전에 시야가 정신없이 위아래로 뒤바뀌었다. 그리고 벽에 박히는 느낌이 들었다. 순간, 발끝부터 머리끝까지 엄청난 통증이 몰려왔다. 믿을 수 없는 힘이었다.

"커헉!"

입에서 시뻘건 피가 뿜어졌다. 뼈가 다 아스러지고 내부 장기가 다 상한 것 같았다.

뭐야, 광전사 모드까지 켰는데 한 방이 아니라고? 힘이 제대로 전달이 안 된 건가?

'……미친.'

과연 20층의 악마라는 것일까.

만만치 않았다. 모든 S급 스킬을 때려 박은 섬창을 견뎌낸 것도 모자라 반대쪽 주먹으로 날 후려치기까지 했다.

[크아아아아! 크아아아!]

물론 놈의 상태도 좋지 않았다. 뚫린 가슴을 부여잡고 몸을 이리저리 뒤틀며 발광하기 시작했다.

"아저씨!"

켈피를 탄 서은채가 달려왔다.

그리고 유지넬을 통해 긴급 힐링을 하기 시작했다. 그녀도 유지넬도 분명 놈의 CC기에 걸렸을 텐데, 그 짧은 시간 내에 풀어냈나 보다. 대견했다.

"끄으으으……."

무언가 말하고 싶었는데 목소리가 새어 나오지 않았다. 유지넬이 뿜어내는 하얀 빛에 몸을 맡기는 수밖에 없었다.

"괜찮아요? 아저씨! 죽으면 안 돼요!"

어질어질한 시야 사이에 서은채가 울부짖고 있었다. '광전사 모드'고 뭐고 압도적인 통증 앞에는 아무것도 없었다.

그냥 쉬고 싶은 마음만 들었다.

'그래, 난 할 만큼 했어.'

몸 상태를 파악했다. 왼팔은 이미 놈의 채찍에 녹은 듯 사라진 상태였다. 이건 괜찮다. 저번 '아그니스'의 브레스로 지질 때 느껴봤던 고통이었으니까.

[크아아아! 놈! 가만…… 두지 않겠다!]

한참 괴로워하던 놈이 다시 나를 돌아다봤다. 나는 질렸다. 저걸 맞고도 저럴 수 있다고?

'제기랄. 주예린, 언제 오는 거야.'

놈이 다가오기 시작했다. 서은채가 어쩔 줄 모르는 표정으로 놈과 나를 돌아다봤다. 그러더니 내 몸을 꽉 덮어 안는다.

'미…… 친, 뭐 하는 거야.'

피해야지.

피해서 살아야 나중에 주예린 팀이랑 놈을 족치지. 그러나 말이 안 나온다. 몸도 움직일 수가 없다.

이러한 상황까지는 말을 맞춰놓은 건 아니기에, 그녀도 많이 당황한 것 같았다.

'……다친 수준이 너무 심각해.'

유지넬의 힐링도 나름 빠른 회복속도를 지녔지만, 거동이 가능해지려면 조금 시간이 걸릴 듯했다.

"오빠!"

"건호 씨!"

거대한 악마문 쪽.

아군의 지원이 도착한 것은 그때였다. 빈서율이 리볼버를 갈겼고, 양종현의 디버프가 들어갔다.

할아버지의 가용한 탱커들이 신속히 내 앞을 막았고 서지호의 구미호도 공격을 시작했다.

든든한 아군의 지원.

"괜찮아, 오빠?"

주예린이 신속히 다가왔다. 그리고 그녀의 아그니스는…….

'……음?'

놀랍게도 드래곤의 모습이 아니었다. 적발의 아름다운 서양 미녀가 불을 뿜어내며 놈에게 공격을 가하고 있었다. 저게 무슨 상황이지?

"크흐…… 아그니스?"

난 곧바로 주예린에게 물었다. 힐링이 폐와 성대를 이었는지, 간신히 목소리가 나왔다.

"어, 아까 시간 좀 끌어보려고 하다 보니 각성했어. 고룡으로 바로 넘어간 거 같아."

"……그게 돼?"

"아니, 오빠! 지금 그게 중요한 게 아니잖아! 괜찮은 거 맞아?"

나는 시야를 틀어 놈을 바라봤다. 놈의 채찍이 내가 아닌 할아버지의 탱커에게 떨어진다. 다행이었다. 이제야 마음 놓고 한숨 돌릴 수 있겠다 싶었다.

"일단, 저놈부터……."

"오빠가 다 해놨잖아. 우리끼리 충분히 공략할 수 있어."

"······조심."

"걱정 마! 말하지 말고 쉬어!"

확실히 상황은 우리에게 유리해졌다. 내가 비정상적으로 강한 거지, 일행들이 약한 건 아니었다. 그들도 휴식시간 줄여가며 꾸준히 훈련해 온 베테랑들이니.

'······놈이 약해지기도 했고.'

정확히 놈의 힘의 근원인 심장을 노렸다. 그리고 그 에너지가 다 증발한 상태. 놈은 화염의 기운을 잃었다. 그저 육체적인 힘만으로 일행들을 상대하고 있었다.

콰아아앙! 콰가가가!

[크아아아아!]

수십 마리의 몬스터가 동시에 집중공격을 퍼붓는다. 양종현의 디버프들 중 몇 개가 들어갔고, 다시 드래곤으로 변한 아그니스가 브레스를 뿜어댔다.

그렇게 시간이 흘렀고 내 광전사 모드도 풀렸다.

'처참하군.'

이미 많은 몬스터들이 뺄하피처럼 벽에 틀어박혀 있었다. 이미 힘을 다한 '플뤼톤'과 남아 있는 몬스터들이 혈전을 벌이고 있었다.

'그러고 보니, 뺄하피.'

나는 천천히 일어섰다. 고통이 일었지만, 이제는 좀 참을 만해졌다. 유지넬의 힐링 숙련도가 높은 탓이다.

"오빠! 뭐 하는 거야!"

"······뺄하피."

"뿔하피?"

주예린이 되묻는 순간-

[주, 주인님…….]

멀리서 뿔하피가 비실거리며 날아왔다. 날아오다가 다시 아래로 고꾸라졌다.

"뿔하피!"

나는 달려가 뿔하피를 받아냈다. 온몸에 상처가 나 있었고 날갯죽지가 부러진 듯 덜렁거렸다.

지금, 이 상태로 날아온 거야?

나는 즉시 서은채를 찾았다. 그러나 유지넬은 이미 다른 몬스터들에게 힐링을 하고 있는 상태. 부를 수 있는 상태가 아니었다.

"뿔하피, 괜찮아?"

[응응……. 나 괜찮아. 주인님.]

"좀만 참아, 괜찮아질 거야."

[응……. 응…….]

그렇게 뿔하피를 안은 채, 달래고 있을 때였다.

[크아아아악…….]

단발마의 비명을 내지른 '플뤼톤'이 마침내 쓰러졌다. 일행들이 마침내 놈을 레이드 하는 데 성공한 것이다.

['플뤼톤'(★★★★★)을 처리합니다!]

[아이템 '화염의 정수'(S급)를 획득하였습니다!]

빛이 온몸을 감쌌다. 아팠던 통증이 완벽히 사라졌다. 손실되었던 육체도 다시 깔끔하게 돌아왔다. 레벨도 4나 올랐다.

그리고-

'화염의 정수?'

「몬스터즈」 10년 차인 나도 처음 보는 아이템이었다. 원래 보스를 잡았을 때 아이템이 떨어질 확률은 거의 없다고 보면 되니까. 대충 뽑기에서 5성이 나올 확률과 비슷한 정도?

나는 주변을 돌아다봤다. 다른 일행들이 별다른 반응을 하지 않는 것 보니, 나에게만 들어온 아이템인 듯했다.

그럴 수도 있었다. 일단은 파티라 해도 '플뤼톤'을 잡는데 최대 기여한 사람은 나니까.

'확인해 보자.'

나는 뿔하피를 안은 채로 정보를 확인했다.

['화염의 정수'(S급)]

-특징:화(火)속성.

-시련의 탑 20층의 악마족 '플뤼톤'을 잡았을 때, 0.00001% 확률로 등장하는 전설 아이템입니다.

-이 세상에 존재하는 모든 화염의 기운을 담은 오브입니다.

-화(火) 속성 몬스터가 섭취 시 숨겨진 힘을 끌어낼 수 있습니다.

-섭취 시 모든 상태 이상 효과가 회복됩니다.

'……미친?'

이런 아이템이 있었다고? 화염의 정수라 하면, 보스 방에 박혀 있던 그 구슬 아닌가?

'미친 확률이네.'

저번 리치 잡았을 때 나왔던 지팡이도 저 정도까지의 확률은 아니었다. 그야말로 나오는 게 이상한 아이템. 사실, 그것보다 눈에 띄는 것은 이 문구였다.

[섭취 시 모든 상태 이상 효과가 회복됩니다.]

나는 동시에 뿔하피를 내려다봤다. 품에 안겨 고통스러운지 끙끙대는 뿔하피. 나는 뭐에 홀린 듯 아이템을 꺼내 들었다.

"뿔하피, 이거 먹을래?"

[마, 맛있겠…… 다. 주인님.]

아파하면서도 좋아하는 표정. 옜다, 먹어라. 어차피 내가 가진 몬스터 중에 화(火)속성은 뿔하피뿐이다.

나는 그 오브를 뿔하피의 입속에 넣었다. 곧이어 정수가 스르르 녹아 들어갔다.

[……끼아?]

뿔하피의 눈이 번쩍 떠졌다. 활활 끓듯 달아오르는 뿔하피. 그 몸이 너무 뜨거워 나도 모르게 놓쳤다.

'화염 저항 Lv.5인데도 뜨겁다고?'

[끼아! 끼아아……!]

뿔하피가 고통스러운 듯 몸을 뒤집어 갔다.

"뿔하피! 괜찮아?"

[끼아아! 끼이아!]

주변을 둘러봤다. 다른 일행들은 다들 본인의 다친 몬스터에게 다가가 사후처리를 하고 있는 상태. 어디에 도움을 요청할 수가 없었다.

"좀만…… 좀만 참아, 뿔하피. 각성 과정일 거야."

뿔하피가 부들부들 떨었다.

문득, 예전 '엔트로피' 각성 시 뿔하피가 날개로 날 덮어줬던 것이 떠올랐다. 왜 그랬는지는 모르겠다. 그냥 나도 녀석과 고통을 함께하고 싶었다. 그래서 같이 고통스러워하는 뿔하피를 안았다.

"괜찮아…… 괜찮아, 뿔하피."

[끼루루루…….]

뜨거웠다. 그래도 참았다. 뿔하피는 이것보다 더 고통스러울 거다. 겨우 이 정도 고통은 아까의 고통에 비하면 아무것도 아니다. 그렇게 1분 정도가 지났을까.

[삐빅-]

['연옥 뿔하피'(★★★★★)에게 신비한 기운이 감지됩니다. 신비한 기운이 변화를 만들어냅니다.]

마침내, 기다리던 각성 효과 메시지가 떴다. 그리고 다시 한번 기적이 일어났다.

[특이상황이 발생합니다.]
['연옥 뿔하피'(★★★★★)와의 교감능력이 최대치에 도달합니다.]

'……뭐?'

[각성 히든 조건이 발동합니다.]
[각성 매개체인 '화염의 정수' 기운을 나눕니다.]

"커허억!"

순간, 엄청난 고통이 몰려들었다. 마치 목구멍으로 용암을 집어 삼킨듯한 그런 고통.

'미…… 친. 이게 뭐야.'

화르륵!

온몸에 느껴지는 불의 기운. 눈이 절로 부릅떠지는 고통이었다.

"끄아악!"

괴로웠다. 뜨거웠다. 마치 거세게 타오르는 불길이 속을 다 뒤집어놓는 느낌이었다. 뿔하피…… 지금까지 이런 고통을 겪고 있었던 거구나.

[끼루루…….]

"끄으으……."

교감능력이니, 히든 조건이니, 각성이니 생각할 겨를이 없었다. 그냥 솟아오르는 고통 속에서 신음을 흘릴 수밖에 없었다.

쾅! 쾅!

"커허억!"

화염의 정수. 「몬스터즈」 세계관에서 가장 강력하다는 화염의 기운. 놈은 가만히 있지 않았다. 신이라도 난 듯 날뛰며, 내 몸 구석구석을 탐하고 부딪히며 폭발했다.

'……섭취하면 모든 상태 이상이 회복된다며?'

제기랄. 회복은 개뿔 오히려 상태가 이전보다 악화된 느낌이었다. 디버프 '불고문'이란 게 있다면 이런 기분일 것 같았다.

'트리가드'의 열매, '만티코어'의 환단.

이런 단순한 영약을 생각했던 내 잘못이었다. 이럴 줄 알았으면 뿔하피에게 적어도 단단한 대비는 시켰을 텐데. 예상하지도 못했던 충격이라 더욱 고통스러웠다.

"끄으…… 뿔하피."

고통 속에서 감았던 눈을 슬쩍 떴다. 뿔하피는 여전히 괴로워하고 있었고, 몇몇 일행들의 달려오는 모습이 희미하게 보였다. 내 발작에 놀란 것이 분명했다.

"거, 건호 씨? 왜 그러세요?"

"뭐야, 형! 은채 누나! 누나! 이리와 봐!"

고막을 울리는 다급한 목소리들. 주변은 금세 소란스러워졌다. 제기랄. 이런 꼴을 보여주고 싶었던 건 아닌데.

"오빠?"

"자네! 괜찮나!"

내가 괜찮을까? 솔직히 잘 모르겠다. 그래도 괜찮을 거라고, 그냥 각성 과정일 거라고 말해주고 싶었지만, 그럴 정신이 없었다. 그저 밀려오는 고통에 몸을 떨며 참는 수밖에 없었다.

스윽-

순간, 이마에 따듯한 감촉이 느껴졌다. 누군가 이마에 손을 가져다 댄 것이다. 어라, 이래도 되나? 이거 엄청 뜨거울 텐데…….

언뜻 보니, 적발의 미녀가 내 상태를 확인하고 있었다. 아그니스의 인간화된 모습이었다.

[……너무 걱정하지 않아도 좋다, 주인. 이건 각성의 징조야.]

"……각성? 사람이 각성한다고?"

놀라는 주예린. 그럴 수밖에. 몬스터들의 각성도 잘 안 일어나는 판에, 캐릭터가 각성한다는 건 「몬스터즈」 10년 동안 본 적이 없었을 테니까.

[그래, 내가 알기로는 둘 다 각성을 치르는 중이다.]

"허어……?"

[……그나저나 이건…… 정말 엄청난 불의 기운이군.]

"그 정도야?"

[거의 내 본신의 힘, 아니, 로드급 용족의 기운과 맞먹을 수도…….]

'화염의 정수'가 로드급의 기운이라고?

대단하다는 생각보다는 살짝 의아한 느낌이 들었다. '정수'는 「몬스터즈」 세계관 최강의 기운이다. 아그니스 말에 따르면 드래곤 로드 역시 그 정도의 힘을 가졌다는 건데…….

실베론이 그 정도라고?

아, 내가 잘못 생각하고 있을 수도 있다. 지금의 실베론이나 아그니스나 본신 위력의 5%도 발휘하지 못하고 있다 들었으니까.

[……어쨌든, 기운은 아직 자리 잡지도 않았다. 그냥 자리 잡기 위해 이곳저곳 몸을 탐색하고 있는 것일 뿐이야.]

"그럼? 자리 잡으면 어떻게 되는데?"

[……지금보다 훨씬 고통스럽겠지.]

뭐? 이것보다 더 고통스러울 수도 있다고? 그게 가능한 말인가?

"……크헉."

나는 곧바로 얼굴을 일그러뜨렸다. 아그니스의 말이 끝나기 무섭게 움직이던 불의 기운이 심장으로 이동했기 때문이다.

곧이어, 느껴졌다. 본능적으로 깨달았다. 아그니스의 말대로 지금까지의 고통은 애교에 불과했다는 것을. 이제부터가 진정한 고통의 시작이라는 것을.

'×발.'

곧이어 심장에서 터져오는 정수의 기운. 나는 상상을 초월한 고통에, 곧바로 의식을 잃어버렸다. 그래서 이런 메시지를 보지는 못했다.

[띠링-]

[축하합니다!]

[시련의 탑 20층을 클리어하셨습니다.]

[파티 보상:악마성의 열쇠 조각(2/9), '플뤼톤'의 랜덤 박스]

"……끄응."

간신히 눈을 떴다. 익숙한 하얀 천장이 나를 반겼다. 레벨5 짜리 내 주거지 속 침실이었다.

옆에도 감촉이 느껴졌다. 꽉 붙어서 기절한 듯 미동도 없는 뿔하피였다. 뿔하피의 외관에는 큰 변화가 없었다. 그냥 날개랑 머리카락이 좀 더 시뻘게진 정도?

"크으……."

몸이 찌뿌둥했다. 그래도 이전과 같은 고통은 없었다. 몸 상태도 나쁘진 않았다. 그나저나 시간이 얼마나 흘렀는지 모르겠다.

'……그것부터 확인해 보자.'

알 수 있는 방법은 간단하다. 히든 퀘스트 시간을 보면 된다.

[남은 시간:24일]

빌어먹을. 벌써 시간이…….

플뤼톤을 잡은 후, 이틀이나 흐른 것 같다. 24일밖에 안 남았는데 시간을 너무 소모했다.

'스테이터스.'

그다음 확인할 것은 내 상태. 도대체 '화염의 정수'가 나에게 무슨 짓을 했는지 확인해 봐야 했다.

-'화염의 군주'(EX급):'화'(火)속성 몬스터들의 군주. 모든 화염 공격에 저항력을 얻는다.

분명 기절하기 전 '아그니스'가 각성 중이라 했었다. 하지만 내 상태창에 각성에 대한 정보는 없다.

대신에-

'화염의 군주?'

새로운 스킬이 생겼다. 그것도 EX등급. '심연의 눈동자' 이후로 EX급은 처음 본다.

설명은 불친절했다. 이리저리 살펴봐도 저 설명이 다였다.

화(火)속성 몬스터들에게 무언가 효과가 있을 듯한데……. 아무리 고인물이라 해도 정보가 없다. 원래 EX등급이란 것도 이 빌어먹을 세상에 떨어지고 나서 처음 보는 거였으니까. 이건 차차 실험해 봐야겠다.

'그다음은……'

[몬스터:'화염의 뿔하피'(★★★★★)]

'……미친.'

변한 건 딱 두 가지였다. '불의 가호' 스킬 숙련도 20렙 달성. 그리고 각성 스킬 화(火)의 정수.

확실히 익숙한 스킬이었다. 저번에 잠깐 확인했을 때, 고룡급으로 각성한 '아그니스'도 분명히 이와 동일한 스킬이 생긴 걸 봤었으니까. '실베론'이 가진 '뇌(雷)'의 정수'와도 비슷하기도 하고.

그것이 가진 의미는 분명했다. 뿔하피는 이번 각성으로 태생 5성급. 그것도 고룡급 드래곤과 비슷한 반열까지 올라섰다. 이제 그 누구도 뿔하피를 태생 1성이라 무시하지 못할 거다.

[……주인님!]

"어? 일어났어?"

놀라는 바람에 기척이라도 낸 걸까, 뿔하피가 깨어났다.

나는 침실에서 일어났다. 정신이 깼는데 계속 누워 있을 수만은 없는 법. 바깥 상황도 파악하러 나가야 한다.

[웅웅! 주인님. 개운해! 뭔가 기분이 좋아!]

정수의 기운이 깔끔하게 자리 잡았나 보다. 계속 아파하던 게 마음에 걸렸는데, 다행이었다.

[주인님! 나! 나! 나!]

뿔하피 역시 일어났다. 그러고는 날개를 번쩍 들었다. 뭔가 텐션이 올라간 느낌. 이렇게 신나 보이는 뿔하피를 본 적이 있던가?

난 호기심에 녀석을 바라봤다. 그러고 보니, 누가 했는지 몰라도 옷도 깔끔하게 갈아 입혀져 있었다.

"왜?"

[……나 훈련하고 싶어! 새로운 스킬 훈련하러 가자!]

눈을 빛내며 말하는 뿔하피. 뭐야, 그거였어? 뭔가 각성 이후 조금 더 사람 같아진 느낌이 든다.

[빨리! 훈련! 훈련!]

뿔하피가 방방 뛰었다. 나는 피식 웃었다. 역시, 녀석은 못 말리는 조류족계의 훈련광이었다.

물론, 곧바로 훈련하러 가지는 않았다. 일행들에게 정신 차렸다는 사실을 알려줘야 했기 때문이다. '플뤼톤'의 랜덤 박스도 까야 하고. 나는 뿔하피와 함께 밖으로 나섰다.

"건호 씨? 건호 씨!"

가장 먼저 만난 사람은 빈서율이었다. 그녀의 외침으로 일행들이 사방에서 몰려들었다.

"리더!"

"아저씨!"

"정신 차린 거야, 오빠?"

얼마 지나지 않아, 멤버 전원이 모였다.

그리고 그동안 있었던 일에 대해 들었다.

일단, 소멸한 몬스터는 없었다. 아무리 약해진 '플뤼톤'이라 해도 놈을 상대로 아무런 희생도 없었다니, 엄청난 성과였다.

다들 레벨도 많이 올랐다. 주예린이 41, 나머지가 30대 후반. 이 역시 대단한 성과였다.

"하여튼, 첫날엔 다들 지쳐 휴식했고 오늘은 오빠 일어날 때까지 훈련하기로 한 거야."

설명은 주예린이 주도했다.

내가 고개를 끄덕이자, 갑자기 서은채가 손을 들며 말했다.

"아저씨!"

"응?"

"그…… 어제 쉐넌이 찾았었어요."

"아, 맞다!"

주예린이 이마를 탁- 쳤다.

나는 물었다.

"왜?"

"어제 쉐넌이 급하게 찾았어. 8강 토너먼트 관련 소식이었는데, 우리 못 간다니까 실격처리 어쩌고저쩌고하던데……?"

"그래?"

"우린 오빠 때문에 정신없었으니까, 대충 흘려 넘겼지. 쯧, 쉐넌도 참 문제야. 사람 목숨이 달렸는데, 이벤트 따위가 뭐라고."

"흠…… 그렇군."

실격이라…….

「갓 컴퍼니」가 분명 언급했었다. 우리가 이벤트에서 꼭 우승해야 한다고. 그러면 30층에 오를 수 있는 실마리가 보일 거라고. 즉, 우리 없이 경기를 펼칠 리 없을 텐데…….

[건호오오오!]

양반은 못 되는 걸까.

주거지 지붕 위쪽에서 쉐넌이 넘어왔다.

[큰일 났어! 빨리! 빨리! 빨리!]

"뭔데? 호들갑 떨지 말고 말해."

[아직! 8강 시작 안 했어! 곧 시작해! 지금 바로 가면 실격을 면할 수 있다고!]

"……그래?"

과연, 인생은 타이밍일까. 아직 해야 할 일도 많았고, 연구해야 할 스킬도 있었지만, 일단은 급한 불부터 끄고 와야 할 듯싶었다.

[응! 지금 바로 이동해야 해! 급해!]

나는 일행들을 둘러봤다. 딱히 전투 준비는 하지 않은 듯한 평상복이었다. 뭐, 문제는 없었다. 클라스가 있지. 고작 이벤트 따위에 이것저것 준비할 수준은 넘어섰다.

"바로 가실까요?"

내가 웃었다. 일행들이 고개를 끄덕였다. 별 긴장도 안 했다. 그냥 잠깐 마실 다녀오는 수준이니까. 난 발을 동동 구르는 쉐넌을 바라봤다.

"그래, 보내 줘라."

[오케이! 빠른 판단 좋아!]

곧이어, 쉐넌이 지팡이를 휘둘렀다. 신비한 빛이 우리 전체를 감쌌다.

스스슥-

육체가 어딘가로 이동하는 느낌.

그렇게 '이벤트' 본선 8강의 서막이 열렸다.

['아레나 대기실'에 입장하셨습니다.]

눈을 떴다.

휘황찬란하게 꾸며진 금빛 방. 이곳저곳 세워진 고풍스러운 장식품들.

"와아아아!"

"우오오오!"

그때였다. 밖에서 환호 소리가 들려왔다. 적어도 수천, 아니, 수만 명이 동시에 외칠 때 나올 것만 같은 소리.

그래. 대형 스포츠 경기장에서나 날 법한 소리였다.

'……뭐야, 이거.'

아레나 대기실. 그리고 환호 소리.

문득, 불쾌한 감정이 솟아올랐다.

"뭐…… 죠?"

"설마 제가 생각하는 그런 광경은 아니겠죠?"

"크음…… 설마."

역시나 일행들도 같은 감정을 느꼈는지, 슬슬 불안해했다. 난 주변을 둘러다 봤다. 다행히 이번엔 옆에 쉐넌도 있었다.

"쉐넌?"

[응? 왱?]

천진난만하게 물음표를 보내오는 요정.

후우, 남들은 귀엽다고만 하는데, 나는 왜 이리 띠꺼워 보일까.

"밖에 들리는 소리는 뭐냐"

[뭐긴 뭐야! 당연히 우리 멋있는 건호의 전투를 구경할 수많은 관중들이지!]

"……뭐?"

황당했다. 분명 짐작은 했지만서도 어이가 없었다. 특히 저 요정의 당당한 태도. 쉐넌이 이벤트에 꼭 참여하라 했던 거 보면, 분명 「갓 컴퍼니」가 주관했을 텐데. 이런 짓을 벌인다고? 탑을 깨는 게 유일한 목표일 것 같은 작자들이?

"요 녀석!"

그때였다. 주예린이 날아다니는 쉐넌을 재빨리 낚아챘다. 쉐넌이 비명을 질렀다.

[꺄악! 뭐 하는 거야! 불쾌한 인간 계집!]

"조용해, 이 쪼그만 녀석아. 도대체 니들 속셈이 뭐야?"

주예린도 나랑 비슷한 감정을 느꼈나 보다. 쉐넌이 미간을 찌푸렸다.

[속셈? 무슨 속셈!]

"관중이라고? 우리 집단을 동물원의 원숭이로 만드는 게 너희들 속셈이야?"

내가 하고 싶은 말이 딱 그 말이다.

30층을 위해서 꼭 우승 상품을 얻어야 한다는 것처럼 말해놓고, 무슨 콜로세움 경기장을 세워놨다.

도대체 그 의도가 뭘까? 이거 설마 상품도 그냥 빛 좋은 개살구 아냐?

[속셈이라니! 어떻게 그런 심한 말을! 우리도 노력한 거라고!]

"노력? 무슨 노력?"

쉐넌의 외침에 주예린도 지지 않고 맞섰다.

"니들이 원하는 탑을 목숨 걸고 올라주는 우리를 한낱 투견으로 만드는 그런 노력?"

[……그, 그건……. 그래도 그렇게 말하지 마! 사실 우리도 생존자들을 위해 열심히 준비한 거라니까!]

쯧, 멍청한 쉐년.

흥분했는지, '우리'라는 말로 본인이 「갓 컴퍼니」의 개라는 것을 인증했다.

뭐, 예상은 하고 있었기에 놀랍지도 않다. 아니, 모든 유저들에게 배포하는 요정이 저렇게 무식해도 되는 거야? 주예린도 헛웃음을 쳤다.

"그래, 꼬맹아. 이런 걸 우릴 위해 준비했다 쳐. 근데 난 도저히 모르겠는데? 이게 왜 우리를 위한 거야? 어디가? 어느 부분이?"

조목조목 따지는 주예린. 그리고 그에 응답하는 쉐년.

[사실 여기는 이틀 전부터 열렸던 '축제'의 장이야. '아레나'만 건호 때문에 연기되고 연기되다 이제야 열린 거고! 당연히 건호도 이틀 전에 초대해야 했는데 상황이 꼬여 버린 거라구.]

"……축제?"

[흥! 이 공간이 '아레나'가 전부라 하면 오산이야. 이곳 밖으로 나가면 엄청나게 널따란 광장이 있어! 각종 먹거리와 음주, 즐길 수 있는 도박, 그리고 그 뭐야! 너희들 남녀가 즐기는 그게!]

"……뭐, 그…… 거?"

[그래, 그거를 위한 장소들도 싹! 세팅해 놨단 말이야! 그동안 생존하느라고 고생한 너희들을 위해 나름 우리가 준 선물

인데, 그걸 그렇게 매도하다니!]

"미친."

헛웃음이 나왔다. 주예린도 어이없다는 듯 피식 웃었고, 일행들도 입을 떡 벌렸다.

······진짜 미친놈들. 지금껏 사지로 몰아놓고 이런 걸 제공해 주면 기뻐할 줄 알았나?

수많은 인류가 목숨을 잃었고, 수많은 청춘들의 꿈이 짓밟혔다. 그런데 고작 며칠 쾌락을 선물해 주면 마냥 기뻐할 줄 알았냐고. 차라리 그렇게 간섭력이 남아돌면 그냥 이 세상을 원상태로 돌려놓으면 되잖아.

[어쨌든! 얘기는 나중에 해! 이제 시작이니까! 그럼 난 뿅!]

얄밉게 사라지는 요정.

"하, 요즘 채팅창 끊었더니, 이런 골 때리는 정보를 몰랐네······."

조용히 읊조리는 주예린.

그와 동시에 대기실 문이 활짝 열렸다.

"와아아아!"

더욱 커다래지는 환호 소리.

쉐넌의 말에 따르면 저 관중들이 다 생존자들이란 소리지?

웃음도 안 나왔다. 이런 이벤트에 환호하며 결투를 즐긴다고? 단체로 약이라도 빨은 건가? 도대체 이틀 동안 무슨 짓을 한 거야?

"하, 깽판 치고 싶다."

속마음이 흘러나왔다. 마음 같아서는 저 관중들이고, 본선 상대고, 갓컴퍼니고, 뭐고 다 휩쓸어 버리고 싶었다. 주예린이 동감했다.

"그래 볼까? 그냥 저질러 버려?"

"일단, 상황 좀 더 봐야지. 진짜 좋은 보상일 수도 있잖아."

마음에 들지 않는다고 곧바로 깽판 칠 만큼 미숙하지 않았다. 특히나 「갓 컴퍼니」가 어떤 존재인지 제대로 파악도 되지 않은 상태에서 말이다. 일단은 우리의 생존이 달린 문제니.

"후우."

한숨을 내쉬고 있자, 밖에서 사회자 요정의 목소리가 들려왔다.

[자! 오늘의 마지막 경기! 4조의 경기가 있겠습니다! 먼저, D조 2등이었던 '으르렁' 입장하세요!]

대기실 문이 열린 거 보니, 우리가 4조인가보다. 아직 우리 집단명이 나오지 않은 걸 보면, 조금 이따가 나가야 하는 것일 테고.

"아저씨! 이거 보세요!"

서은채가 다가온 건 그때였다. 그녀는 나에게 종이 쪼가리를 내밀었다. 딱 두 장이었다.

"이게 뭐야?"

"대기실 책상에 올려져 있던 거예요."

나는 냉큼 받아 확인했다. 두 종이 위에는 '8강 대진표' 그리고 '보상'이라는 글자가 적혀 있었다.

뭐야, 쉐넌. 이런 중요한 정보를 빼놓고 내빼?

"그, 특이한 점이 있어요."

"무슨?"

"소수정예 집단이 중복으로 적혀 있어요."

나는 재빨리 눈을 굴렸다.

[1조. (D-1) 소수정예 vs (A-2) MVP]

[2조. (C-1) 화양 vs (B-2) 크로우즈]

[3조. (B-1) 문스터즈 vs (C-2) 사람]

[4조. (A-1) 소수정예 vs (D-2) 으르렁]

예선전 조 순위대로 구성해 놓은 8강 대진표의 모습. 1, 2조의 승자와 3, 4조의 승자가 결승에서 만나는 방식이었다.

그리고 서은채의 말대로였다.

1조에 보이는 D조 1등이었던 '소수정예'. 분명 우리와 다른 팀이다.

"이거, 오빠들 아닐까?"

어느새 옆에 주예린이 다가와 있었다.

나는 그녀에게 물었다.

"채팅창은 물어봤어?"

"미안, 20층 이후로 정신없어서 못 켰어."

"미안할 게 뭐 있어. 이따가 알아보면 되지."

소수정예라……. 소수정예란 이름을 가지고 8강까지 올라올 수 있는 사람이라면, 형들일 확률이 높다.

[자! 다음으로, 오늘 또 한 번 나오는 이름이죠? A조 1등이었던 '소수정예' 입장하세요!]

"와아아아!"

"또 보여줘라. 소수정예!"

"이번에도 소수구나!"

쏟아지는 환호.

마침내 우리가 들어갈 차례가 되었다. 소수정예에 대한 관중의 반응은 별다를 거 없었다. 전 '소수정예' 팀이 이겼다는 것과 그 팀도 소수의 인원이라는 것 정도?

하긴, 채팅방 고인물들에게나 유명하지, 일반 생존자들은 과거 「몬스터즈」의 랭커 따위 관심도 없었을 테니까.

나는 보상 종이를 주머니에 꾸겨 넣었다. 이건 나중에 확인해야지.

"그냥, 빨리 끝낼까?"

주예린이 물었다.

난 고개를 끄덕였다.

"어, 귀찮으니까 최대한 빨리."

동물원 원숭이가 되기 싫으면? 제대로 구경하기 전에 끝내버리면 되는 거다.

Chapter 4

집단 '으르렁'. 놈들의 숫자는 총 25명. 대충 확인한 결과 다섯 명 정도가 레벨 30 초반대, 나머지는 전부 20대 초중반이다.

'……레벨 30대 초반이면 꽤나 높은데?'

아마 채팅방 고인물 소속 집단일 수도 있겠다. 놈들은 몬스터들을 대거 소환한 채 진을 갖추고 있었다. 역시「몬스터즈」를 오래 해본 놈이 있는 것 같은 게, 한 때 PVP에서 쓸 만하다고 불렸던 그런 진형 중 하나였다.

"하지만…… 모든 진형은."

나는 일행들에게 신호를 보냈다.

척이면 척, 알아듣는 베테랑들.

바로 몬스터들을 소환한다. 하긴, 탑을 오르기 위해 실행했던 단체훈련만 몇 개인데, 이 정도는 기본이지. 내 대사에 주예린이 응답한다.

"레벨 앞에 장사 없지요."

씨익 웃는 일행들.

곧이어 양종현이 나섰다. 총 12개의 디버프가 상대의 몬스터들에게 무작위로 걸린다.

'그다음 브레스 신호.'

크라라라!

'아그니스'와 '실베론'의 몸체가 등장했다. 커다란 덩치가 경기장을 가득 채웠다. 우리 팀이라 그렇지, 상대 측면에서 보면 그 위압감이 장난 아닐 것 같았다.

'굳이 내가 나설 필요 없지.'

내 판단 하, 이 두 마리 선에서 정리할 수 있다.

물론, 내가 나서면 더 빨리 끝낼 수 있다. 하지만 그럴 수 없었다. 이번 이벤트에 혹시나마 변수가 있다면, 그건 형들이 될 테니까.

형들은 철저히 본인들을 숨겼다. 채팅창에 보이지도 않기에 레벨이 몇인지도 모르고, 새로 시작했기에 아무런 정보가 없다. 그렇다면 굳이 나도 내 능력을 까고 갈 필요 없었다. 형들이 볼 수도 있는 거니까.

"와! 미친! 드래곤이다!"

"지, 진짜. 두 마리나 있어!"

"찐 소수정예다!"

관중들의 환호소리가 더 커졌다.

당황하는 '으르렁' 단원들. 이제야 각종 실드와 보호 버프를 발동한다. 그러나 이미 늦었다. 뭐, 했다 해도 상관없고. 브레스 앞에 다 녹아버릴 테니까.

콰라라라라!

실베론의 드래곤 피어.

로드의 포효 앞에 대다수의 몬스터들이 공포에 빠진다.

그리고 곧이어-

파즈즈즈즉!

화르르르륵!

두 드래곤의 숨결이 놈들을 뒤덮었다. 아레나 전체를 덮는 전기와 화염의 콜라보. 몬스터들이 순식간에 지져지고 태워졌다.

"……."

경악하는 '으르렁' 단원들. 그 간단한 스킬 한 방에 거의 90%의 몬스터가 날아갔다. 그리고 이어지는 뿔하피 깃털 폭파.

[받아라아! 깃털 폭파!]

콰가가강!

볼링 스페어 처리하듯 유도해 날아가는 깃털. 그리고 이어지는 폭발. 단박에 모든 몬스터들이 정리됐다.

순간, 관중들의 환호가 끊겼다. 경기장 전체가 정적에 휩싸였다.

"……미, 미친?"

"저게 말이 돼?"

"밸…… 런스 붕괴 아니야?"

"아니, 무슨……. 몬스터 3마리로 적어도 100마리는 돼 보이는 몬스터들을 잡냐. 그것도 10초는 걸렸나?"

"10초 안 됐을걸?"

고인물이 아닌 자들이 보기에는 충격적인 장면. 아무래도 이전 경기들 수준이 생각보다 좋진 못했나 보다. 겨우 이 정도로 놀라는 것 보니.

그렇게 짧은 침묵이 흘렀고-

[으, 으음……. 내 정신 좀 봐. 4조의 경기는 집단 '소수정예'의 승으로 돌아갑니다!]

사회자 요정의 목소리가 들려왔다.

"와아아아아아!"

다시 한번 터지는 환호.

우리는 그 환호가 듣기 싫어 재빨리 대기실로 이동했다.

[경기가 종료되었습니다.]

[4조 경기에서 승리하였습니다.]

[다음 경기 일정은 요정을 통해 제공됩니다.]

대기실에 도착하자마자 뜨는 메시지.

곧바로 신비한 빛무리가 우리를 감쌌다.

[광장으로 이동합니다.]

[로딩 시간이 있으니 양해 부탁드립니다.]

그리고 곧바로 암전되는 시야. 오랜만에 로딩 창이 보였다.

[Loading…… 001/100]
[Tip '집단 경쟁전' 기간 동안 축제가 열립니다. 축제는 결승까지 지속하니 여한 없이 즐겨보세요.]

하아, 또 이건가? 이제는 익숙했다.

갑자기 이런 화면으로 넘어가는 것도 한두 번이지. 별다른 느낌도 들지 않는다. 그냥 그러려니 했다.

[Loading…… 012/100]

천천히 올라가는 숫자.

그래도 메인 퀘스트 때보다 로딩속도는 빠른 것 같았다.

'……광장이라.'

문득, 쉐넌의 말이 떠올랐다. 「갓 컴퍼니」가 생존자들을 위해 준비했다는 그곳. 우리를 그곳으로 보내려 하는 것 같은데……. 어디, 어떤 모습일지 구경이나 해볼까?

'아니, 그전에……'

형들에 대한 정보가 우선이다. 나는 일단 용사 채팅창을 켰다. 그게 현재로서 이용할 수 있는 최고의 정보통이니까.

[카드값줘체리(Lv.30):소수정에 미쳤;;]

[병아리콩(Lv.28):레알 미쳤잖아~ 그래서 둘 중 누가 찐인데? 드래곤 있는 4조가 찐인가?]

[조류족성애자(Lv.26):ㅇㅇ 내가 만난 건 4조. A조 예선에서 압도적 1등이었음.]

[카드값줘체리(Lv.30):찐은 둘 다 찐 아닐까? 왠지 팀 나눠서 나온 느낌이던데. 보상 독식하려고.]

[병아리콩(Lv.28):하긴, 1조 소수정에도 3명으로 다 씹어먹었잖아.]

[문스터(Lv.34):……그나저나 나 4강에서 소수정에 만남. ㅆㅂ.]

[병아리콩(Lv.28):허얼, ㅆㅂ무새 오빠 4강까지 올라갔어? 그래도 대단하네.]

역시. 채팅창의 이슈는 우리였다.

나는 가만히 이들의 대화를 수집했다.

또 다른 소수정에. 그들에 대해 알 수 있는 것은 딱 두 가지였다.

단원이 총 셋이라는 것. 그리고 셋 다 무지막지하게 세다는 것.

'……형들인 것 같은데.'

이건 나중에 4강 경기 진행할 때, 직접 봐야 확실히 알 것 같았다. 내 경우에는 듣는 거보단 보는 게 더 확실하니까.

[Loading…… 061/100]

[Tip '이벤트' 집단 경쟁전에서 우승해 보세요. 아마 지금껏 보

지 못했던, 유용하고도 신선한 보상을 받으실 수 있을 거예요.]

아, 맞다. 보상.

서은채가 줬던 종이. 끝나고 확인하려 했었는데, 괜히 궁금해졌다. 궁금하다 보니, 자꾸 의식이 바지 주머니로 향했다. 거기다 꾸겨 넣어놨는데⋯⋯. 왠지 모르게 계속 신경이 쓰였다.

그렇게 잠깐 기다리자 메시지가 떴다.

[아이템 '이벤트 보상이 적힌 종이'를 확인하시겠습니까?]

오? 이런 식으로 확인할 수 있었어?

종이가 아이템이라면 그럴 수 있다. 심심한데 잘됐네. 나는 눈짓으로 Yes를 클릭했다.

[보상 목록입니다.]
[우승 집단: 'GC-202'(★★★★★) 소환 이용권]
[준우승 집단: 'GC-102'(★★★★) 소환 이용권]

'뭐야, 이건 또?'

목록은 간단했다. 딱 1등과 2등 집단. 둘에게만 보상이 주어지는 듯했다. 보상 종류는 '특정 몬스터 소환 이용권'

「몬스터즈」에서도 이벤트 당시 간혹 뿌리던 건데, 확률 뽑기가 아니라 지정된 몬스터가 100% 확률로 나오는 아이템이다.

문제는-

'······몬스터 이름이 이게 뭐냐.'

괴상했다. 영어와 숫자로만 이뤄진 몬스터는 본 적이 없는데. 이번에 새로 만든 몬스터인가? 게다가 둘의 이름도 비슷하다. 둘의 차이가 뭘까.

'쩝, 뭔지는 모르겠지만······.'

분명 쉐넌이 말했었다. 탑을 등반할 때, 도움이 될 만한 보상이라고. 그렇다면 2등보다는 무조건 1등을 얻어야지. 태생 5성이기도 하고.

[로딩을 완료합니다.]
[축제 지역 '광장 입구'로 이동합니다.]
[접속 서버:1서버 (대한민국)]
[즐거운 시간 되시길.]

마침내 완료된 로딩.

'이번엔 좀 빠르네.'

나는 시야가 번쩍이는 걸 느끼며 눈을 감았다.

시끌벅적-

도착한 광장은 무척이나 넓었다. 사람들도 많았다. 하하호호 웃고 떠드는 집단부터 해서 술에 취해 돌아다니는 이들, 식사하며 담소하는 이들, 시비가 붙어 싸우는 이들까지……. 다양한 사람들로 가득 차 있었다.

[상점에 파는 모든 음식과 주류는 무료입니다.]

광장 입구 현수막에 달린 문구. 쉐넌의 말대로였다. 암울한 현실과는 완전 다른 모습의 세계.

디스토피아적인 환경에서 절망했던 생존자들을 위한 오아시스 같은 느낌의 공간이었다.

"……이게 뭐야."

"이런 곳이 있었다고요?"

"이게 고작 이틀 열린 축제의 모습이라니……. 믿기지 않네요."

일행들도 놀랐다. 그러나 들뜬 느낌의 놀람은 아니었다.

찌푸린 인상. 불쾌한 감정.

"뼁이는 우리가 다 치고, 꿀은 딴 놈들이 빨고 있었네?"

주예린이 직설적으로 말했다. 다른 일행들도 고개를 끄덕였다. 그녀의 말에 동조하는 거다.

맞다. 사실, 거창할 거 없었다. 우리는 「갓 컴퍼니」에게 분노? 아니, 삐쳐 있었다.

그동안 흘린 피와 땀이 수백 리터다. 온몸이 타들어 가는 고통까지 겪어가며 탑을 공략했다. 정작 「갓 컴퍼니」를 위해 희생한 건 우린데, 이들은 별다른 노력 없이 보상만 누리고 있다.

'뭐, 이들이 잘못한 건 아니지만.'

한숨이 나왔다. 나였으면 어땠을까. 탑을 올라야 한다는 목표가 없었으면, 나도 이곳에 있지 않았을까?

이들이 잘못한 건 없다. 이들도 피해자다. 멀쩡한 세상에서 잘살고 있다가 미지의 존재에게 지옥으로 끌려온 불쌍한 영혼들이다.

문득, 궁금해졌다. 우리가 왜 이런 고통을 받아야 할까. 도대체 이런 걸 준비하는 '갓 컴퍼니'는 무엇이고, 날 죽이고 싶어 하는 '사이버'는 누구일까. 탑을 오르면 어떤 참혹한 진실이 우리를 기다리고 있을까.

알고 싶은 욕구가 생겼다. 인류가 왜 이런 고통을 받아야 하는지, 도대체 이 세상의 이면에 무엇이 존재하는지 파헤쳐 보고 싶어졌다.

"이제, 어떡할까요?"

빈서율이 다가온 것은 그때였다.

그녀가 말을 이었다.

"4강 시작할 때까지 여기서 그냥 놀아야 하는 거예요?"

"음, 저도 잘 모르겠네요."

별로 놀고 싶은 기분은 아니었다. 새로 얻은 스킬들도 확인해야 하고 탑 21층부터 30층까지의 견적도 짜봐야 했으니까. 문득, 속 편한 생존자들이 부러워졌다.

[건호오오오!]

멀리서 쉐넌이 나타난 것은 그때였다.

[믿고 있었다구우우! 여욱시, 내가 다른 요정들 사이에서 얼마나 어깨 펴고 다닌 줄 알아? 드래곤 브레스 한 방에 푸화아악!]

불과 몇 분 전 나눴던 대화는 다 잊어먹은 걸까. 쉐넌은 다시 해맑았다. 쩝, 저 단순무식한 요정이 무슨 잘못이냐. 어차피 말해봐야 똑같다. 소귀에 경 읽기.

"……쉐넌."

[응! 응?]

"……너넨 진짜 나쁜 놈들이야."

[뭐, 뭣? 왜 또!]

"아니, 별건 아니고. 이런 걸 만들어 놨으면 적어도 놀게 할 시간은 줘야지. 히든 퀘스트 제한 시간이나 걸어놓고 이딴 걸 제공해 주면 어쩌잔 거냐. 놀리는 것도 아니고."

[……딸꾹!]

쉐넌이 식은땀을 흘린다. 그러면서 딸꾹질하는 척한다.

"무슨 요정이 딸국질이야?"

[하하핫……! 건호! 좀만 이해해 줘. 다 이유가 있단 말야.]

"됐고, 4강까지 계속 여기 있어야 하는 거야? 터로는 못 돌아가?"

[엥? 안 놀려구? 건호라면 특급 만찬과 고오급 주류가 있는 식당으로 안내할 수 있어! 거긴 아무나 사용 못 한다고!]

난 일행들을 돌아다 봤다. 놀고 싶으면 놀라는 뜻이었다. 그러나 웬일인지 다들 고개를 젓는다.

"난 이번에 얻은 것 좀 정리해 봐야겠네."

"나도 많은 것을 느꼈소. 악마들을 상대하려면 지금 훈련량으로는 턱도 없을 것 같더군."

"······30층까지 얼마 남지 않았으니까요."

과연 같은 집단이라는 것일까.

내 마음과 이심전심으로 통했다. 난 쉐넌을 돌아다봤다.

"그렇다는데?"

[후우, 알겠어. 터로 보내줄게! 대신 이번엔 정말 지각하면 안 돼!]

"4강이 며칠 후인데?"

[으음, 정확히 나와봐야 알겠지만, 아마 내일 바로 진행할 거야.]

"알겠다."

[히잉, 별난 사람들이 몇몇 있다고 들었지만, 그게 우리 집단 일 줄이야!]

쉐넌이 축 늘어진 자세로 지팡이를 들었다.

'별난 사람들······.'

아마 축제를 즐기지 않고 나처럼 훈련하러 나가는 사람들을 말하는 걸 거다. 그래도 좀 깨어 있는 이들. 곧이어, 요정이 지팡이를 휘둘렀다.

[얍!]

그렇게 우리는 터로 돌아왔다.

"우선 이거부터 까보죠."

"넵!"

주거지 앞. 내일 있을 4강 전까지 각자 훈련을 하기에 앞서, 정리하고 넘어가야 할 것이 있었다. 바로-

'플뤼톤'의 랜덤 박스.

저번에 '아스모데우스' 상자에서 나왔던 목걸이는 양종현이 잘 쓰고 있다.

그렇다면 과연 이번엔 뭐가 나올까? 기대됐다. 뭐가 나오든, 집단의 전력이 강화됐으면 좋겠는데.

"자, 깔게요?"

어느새 빈서율에게 넘긴 아이템. 모두의 이목이 랜덤 박스에 집중됐다. 곧이어 그녀의 손이 움직였다. 붉은빛과 함께 상자가 천천히 열렸다.

번쩍!

[빰빠바~]
[축하드립니다! A급 아이템 '플뤼톤의 리본 머리끈'이 등장합니다!]

'……리본 머리끈?'

뭐지, 이 귀여운 아이템은?

['플뤼톤의 리본 머리끈'(A급)]
-특징:화(火)속성
-'플뤼톤'의 랜덤 박스에서 등장하는 아이템입니다.
-'플뤼톤'의 기운이 담긴 머리끈입니다.

-속성 대미지 500% 증가.

-화염 계열 스킬 효과 200% 증가.

"앗 뜨거!"

빈서율이 소리친 건 그때였다. 그녀가 화들짝 놀라 리본을 놓쳐 떨어뜨렸다. 눈이 휘둥그레져 있는 게 많이 놀란 듯싶었다. 놀란 건 나도 마찬가지였다.

화염 저항 Lv.5가 뜨거워할 정도라고?

"서율 씨, 괜찮아요?"

"네, 넵. 그냥 놀라서. 엄청 뜨겁네요."

다가가 리본을 집어봤다. 별로 뜨겁지 않다. 혹시나 싶어 다른 일행들에게도 만지게 했는데 역시나 다들 뜨거워했다.

'그러고 보니……'

내 능력치 화염 저항 Max. 사실 「몬스터즈」에서 봤었던 최고의 저항 능력치는 레벨 5다.

Max라는 등급은 이번에 처음 보는 등급. 그거와 연관이 있는 걸까?

"괴, 굉장히…… 예쁜 아이템이네요. 리본이라니……."

"그러게. 오빠가 차면 딱 맞겠네. 우린 만지지도 못하고."

"허허, 리본 찬 건호라."

여성용 리본 머리끈. 효과가 좋다고 해도 착용하기 좀 모호하다. 물론, 진짜 효율적이면 착용하겠는데 사실, 이건 뿔하피에게 더 어울린다. 뿔하피는 화(火)속성 몬스터라 모든 스킬이 화염 계열로 인식되기 때문이다.

'어마어마하겠네.'

이걸 착용한 뿔하피.

지금도 강한데, 이제 더 세지게 생겼다.

과연 어디까지 세질까 기대된다.

"그럼 이번 아이템은 제가 가지도록 하죠."

"그러게나."

일행들도 수긍했다. 어차피 만질 수 있는 사람이 나뿐이기에 결정은 빨랐다.

정리가 끝나고 일행들은 모두 각자 훈련하러 이동했다. 나역시 훈련하기에 앞서 뿔하피에게 리본을 끼워줬다.

역시 뿔하피는 좋아했다.

[주인님! 이거 내 거야?]

"어, 안 뜨겁지?"

[하나도! 고마워 주인님!]

자, 이제 템을 줬으니 실험해 봐야 할 차례.

나는 뿔하피와 함께 '터' 밖으로 나왔다. 4강까지 기간은 하루. 탑 21층을 공략하기엔 무리다. 그래서 난 탑 16층에 놀러가볼 생각이었다. 그것도 혼자서.

'원래 탑은 깼던 곳도 재도전 가능하니까.'

단, 한 번이라도 클리어한 층은 경험치나 보상 획득이 불가능하다. 가능한 것은 스킬 숙련도와 기록 리셋 정도?

그래서 「몬스터즈」 시절엔 히든 피스 층 아니면 굳이 재도전은 하지 않았었다.

'탑 16층…….'

만티코어가 나오는 곳. 그곳엔 혼자 가도 죽지 않을 거라는 확신이 있었다. '그레이트 만티코어'(★★★★★)에게 섬창만 꽂으면 클리어할 수 있는 비교적 간단한 층이니까.

"들어갈까? 뿔하피?"

[웅! 웅!]

이번에 새로 얻은 스킬들. 내 캐릭터 스킬 '화염의 군주'와 뿔하피의 각성 스킬 '화(火)의 정수'. 이렇게 딱 두 가지만 실험해 보고 나올 생각이었다.

[삐빅-]

[시련의 탑 16층입니다.]

[훈련이다! 훈련!]

뿔하피가 신나서 날아다녔다. 나는 그 모습을 보며 피식 웃었다. 마치 애완견 산책이라도 데리고 나온 기분이었다.

'산뜻하네.'

불과 며칠 전과는 딴판이었다. 후끈후끈 텁텁했던 공간이 이제는 내 집처럼 편하기만 했다.

나는 주변을 둘러봤다. 사막 초반부 '화염 전갈'(★★★)들이 보였다. 우선 저놈들로 실험해 볼까?

"뿔하피."

[웅! 웅!]

"화염 마법 쓸 수 있겠어?"

일단, '화(火)의 정수'부터 실험해 보기로 했다. 레벨에 따라 존재하는 모든 화염 마법을 다룰 수 있는 스킬이라는데, 과연 우리 뿔하피가 화염 마법을 알기나 할까? 배운 적도 없을 텐데.

[웅! 쓸 수 있어!]

"오?"

[근데 지금은 이거밖에 안 돼.]

후우웅!

뿔하피가 시뻘건 양쪽 날개를 한 번 휘저었다. 그러자 불의 기운이 화르륵-하며 가슴으로 뭉친다.

동그랗게 압축된 불의 공이었다.

"파이어 볼이야?"

화염 스킬 중 가장 기초적인 스킬이다. 워낙 유명한 스킬이라 초반 많은 화(火)속성 몬스터들이 지닌 스킬.

일단, 다행이었다. 실베론처럼 숙련도만 올리면 모든 스킬을 쓸 수 있는 그런 메커니즘인가보다.

[웅웅! 쏴 볼까?]

"그래."

하피가 다시 날개를 휘저었다.

슈우웅!

그러자 쏜살같이 날아가는 파이어 볼.

콰아아앙!

커다란 폭발과 함께 전갈이 흔적도 남기지 않고 갈기갈기 찢어졌다. 근처에 있던 사막의 모래는 커다란 충격에 움푹 패어 있었다.

'이거 기초 스킬 대미지가 아닌데?'

나는 놀랐다. 저 전갈이 3성이라 해도 탑의 몬스터다. 어디 가서 파이어 볼 맞고 소멸할 그런 몬스터가 아니란 말이다.

'……과연 2차 각성 몬스터라는 걸까.'

위력이 어마어마했다. 아마, 아이템 효과까지 받아서 더 극대화된 걸 거다.

"뿔하피."

[웅! 주인님!]

"여기 싹 정리하면서 숙련도 좀 올려볼래?"

[파이어 볼만 계속 쓰면서?]

"웅, 할 수 있겠어?"

[문제없어!]

'화(火)의 정수'는 여기까지.

일단, 숙련도를 올려봐야 다른 스킬들도 구경할 수 있을 것 같았다. 나중에 '아그니스'랑 같이 합동 훈련 시켜도 좋을 것 같고. 우선은, 이곳에서 사냥이나 좀 시키자.

"실베론, 켈피 너희들도 나와."

곧이어 켈피가 나타났고, 실베론이 인간의 모습으로 나타났다. 실베론이 말했다.

[주인. 크으……. 뜨겁군.]

"아, 맞다. 화염 저항."

온도가 너무 선선해서 까먹었다. 실베론은 화염 저항이 없었지. 나는 물었다.

"많이 힘들어?"

[괜찮다……. 견딜 만하다. 본신의 힘이 있었다면 아무것도 아니었을 텐데.]

역시, 태생 5성. 태생 5성쯤 되면 저항 때문에 급사할 일은 없다.

"그럼 뿔하피랑 같이 숙련 좀 쌓아봐. 저항도 좀 올리고."

[……알겠다, 주인.]

사실, 걱정했었다. 이제 21층부터 시작해야 하는데, 실베론 혼자 화염 저항 훈련시키기엔 살짝 애매한 상황이었기 때문이다. 그래, 이 기회에 적어도 저항 렙 4까지는 찍어보자, 실베론.

난 몬스터들을 내버려 두고 자리를 옮겼다. 창을 고쳐잡고 더 깊숙이 들어갔다. 계속 가다 보면 사막 언덕이 몇 개 보이는데, 그중 한 언덕에 탑의 보스 '만티코어'가 서식한다.

난 자세를 낮추고 경계했다. 강해졌다고 방심하면 안 된다. 아무리 쉽게 느껴져도 이곳은 시련의 탑. 만만한 공간이 아니다.

"응?"

얼마 지나지 않았을까, 이상한 점을 발견했다.

"왜 공격을 안 하지?"

본래 사막의 몬스터들은 호전적이고 저돌적이다. 원래 이쯤 걸었을 때, 수십 마리 몬스터들에게 둘러싸여야 한다. 저번에도 그랬으니까.

하지만, 이번엔 뭔가 이상했다. 전갈, 뱀, 사막여우 등등의 몬스터들이 날 물끄러미 바라볼 뿐, 공격해 들어오지 않았다. 마치 날 같은 팀으로 인식하고 있는 느낌?

"여우야."

난 주변에 보이는 '불꽃 사막여우'(★★★)에게 다가갔다.

째진 눈과 홀쭉 빠진 얼굴. 생긴 건 나름 귀여운 모습이지만 굉장히 흉포한 놈이다. 불과 며칠 전만 해도 치열한 혈투를 벌였던 놈 중 하나.

-그르릉?

그러나 내가 다가가자 꼬리를 만 놈이 그르렁거리며 애교를 떤다.

'……뭐야, 이거?'

다른 몬스터들도 마찬가지였다. 내가 먼저 호의를 가지자 주변에 있던 몬스터 전부가 우르르 몰려들었다. 배를 발라당 뒤집어 깐 여우도 보였다.

"……설마."

나는 스킬 창에 눈길을 돌렸다.

['화염의 군주'(EX급)]

이 세상 모든 '화'(火)속성 몬스터들의 군주가 된다는 게…… 이런 의미였어?

별다른 설명 없는 불친절한 스킬. 아무래도 이 스킬의 첫 번째 효능을 찾은 것 같다. 어쩐지, 놈들에게 없었던 친근감마저 느껴지더라니…….

"그래도 이제야 좀 「몬스터즈」답네."

원래 이 게임의 매력이 이렇다. 내가 과거 「몬스터즈」에 한참 빠졌던 이유. 불친절한 설명을 듣고 여러 가지 실험을 통해 하나하나 알아가는 맛이 있기 때문이다.

-그릉그릉!

여우가 다가왔다. 나는 손을 뻗어 여우를 만져봤다.

[띠링-]
[히든 조건이 발동합니다.]
[조건:야생 화(火)속성 몬스터와 접촉]

"뭐야, 이건 또?"

순간, 머리가 지끈거렸다. 막대한 정보들이 머릿속에 두서없이 틀어박히는 느낌이었다. 그와 동시에, 메시지가 눈앞에 떠오르기 시작했다.

[스킬 '화염의 군주'(EX급)가 개화합니다.]
[모든 화(火)속성 몬스터에게 명령이 가능합니다.]
[아공간 '불지옥'을 통제할 수 있습니다.]
[화(火)속성 몬스터를 테이밍할 수 있습니다.]

"테이밍?"

난 눈살을 찌푸렸다. 테이밍을 떠올리자마자, 그에 관한 정보가 머릿속에서 정리되기 시작했기 때문이다. 그와 동시에 다시 한번 메시지가 떴다.

['불꽃 사막여우'(★★★)를 테이밍하시겠습니까?]

아무래도 접촉을 하면 테이밍이 가능한 것 같았다.

"아니."

나는 일단 취소했다. 정보부터 정리해야 할 것 같았기 때문이다.

'우선 테이밍 가능 수.'

테이밍은 총 다섯 마리까지 가능하다. 스킬 숙련도가 오르면 더 할 수 있을진 모르지만, 지금은 그랬다. 게다가 중복은 안 되고 꼭 화(火)속성이어야만 한다.

'다음은, 불지옥.'

가슴 속에 자리 잡힌 거대한 불지옥이 느껴졌다. 테이밍 된 몬스터는 아공간 '불지옥' 속에 들어가 있는다. 그리고 그 '불지옥'은 하루에 한 번, 10분 동안 이곳 현실에 소환할 수 있다.

"이것도 필살기네."

섬창과 동일한 쿨다운. 그러나 섬창보다 더 높은 EX등급.

아직 사용해 보진 않았지만 기대가 됐다. 나름 비장의 한 수가 되어줄 거다.

"그렇다면……."

오늘 해야 할 일이 나왔다. 바로 화(火)속성 몬스터 다섯 마리 테이밍 하기.

그리고 그 다섯 마리는…….

"제일 센 놈들로 해야겠지."

제일 먼저 떠오르는 놈이 있다. 바로 근처에 서식하는 놈. 과연 놈도 테이밍이 가능할까? 한번 가보자.

언덕 위 사막. 거대한 사자 괴물 한 마리가 앉아 있었다. 탑 16층의 보스. '그레이트 만티코어'(★★★★★)다.

놈은 아직 깨지 않은 상태. 건드는 순간, 수백 마리의 '사막 만티코어'(★★★★)들을 소환하는 까다로운 놈이다.

난 창을 늘어뜨린 채로 조심히 다가갔다. 놈도 화(火)속성 몬스터라지만 방심하면 안 된다. 보스급이지 않은가. 내 스킬이 안 먹힐 수도 있다.

'철저히 대비하자.'

놈이 적의를 가지는 순간, 바로 광전사 모드에 섬창을 갈겨야 한다. 한치의 머뭇거림도 있어서는 안 된다.

-그르릉?

그때였다. 놈의 눈이 번쩍 뜨였다. 흉측한 노인의 얼굴. 그러나 기세는 흉악하지 않았다.

-그르릉! 그르릉!

눈을 커다랗게 깜빡이며 적의가 없음을 강력하게 어필한다. 사자답지 않은 소리까지 내가면서…….

"뭐야…… 진짜로?"

놀랐다. 솔직히 기대를 안 했다면 거짓말이지만, 그래도 놀라운 건 놀라운 거다. 일반 보스도 아니고 탑 보스가 스킬 하나에 이렇게 순종적으로 변할 수 있다니. 난 놈을 불러봤다.

"이리와!"

-커헝!

앉아 있던 놈이 번쩍 점프해서 내 앞에 멈춰 섰다. 그리고 고개를 숙인다.

'개…… 간지네, 이거.'

테이밍하려면 어쩌지? 손을 가져다 대볼까?

[그레이트 만티코어'(★★★★★)를 테이밍하시겠습니까?]

손을 가져다 대니, 메시지가 뜬다. 이로써 분명해졌다. 화(火)속성 몬스터 앞에서 나는 이제 거의 무적이나 다름없다.

"할게."

[그레이트 만티코어'(★★★★★) 테이밍에 성공합니다.]
[아공간 '불지옥'에 몬스터가 추가됩니다. (1/5)]

커다란 만티코어가 하얀빛과 함께 사라졌다. 그 기운이 내 가슴속으로 들어왔다. 기분 좋은 따뜻한 바람이 속에서 일었다.

[띠링-]
[보스를 섬멸하였습니다.]
[시련의 탑 16층을 클리어하셨습니다.]

삥 받았다.

나머지 4마리를 빨리 채우고 싶었다. 당연히 가장 먼저 떠오르는 몹은 '플뤼톤'. 20층의 악마였다.

그러나 놈을 잡으러 가지는 않았다. 혹시나 스킬이 통하지 않을 경우, 엄청난 위험을 부담해야 하니까.

게다가 본능적으로 느껴졌다. 아무리 '화염의 군주'라 해도 '시련의 악마' 테이밍은 절대 불가능하다. 놈들은 '몬스터'라 하기엔 꺼림칙한 뭔가가 있었으니까. '사이버'의 하수인 느낌이라 그런가?

하여튼, 그래서 다른 층의 보스들로 네 자리를 채워 넣었다. 다들 만티코어에 꿀리지 않는 놈들이었다.

탑 14층의 '인페르노'(★★★★), 탑 15층의 '샐러맨더'(★★★★), 탑 18층의 '발록'(★★★★★), 탑 19층의 '이프리트'(★★★★★).

그렇게 탑을 한 바퀴도니 벌써 날이 밝았다. 아공간 '불지옥'에 놈들을 채워 넣는 데만 하루를 꼬박 새운 것이다.

'마음 같아서는……'

'연옥 슬라임'(★★)도 찾아 테이밍해 보고 싶지만, 그건 너무 위험하다. 놈의 단체 스킬은 피아를 가리지 않으니까.

'터'에 도착하니 동이 텄다. 주거지에 들어가서 잠깐 수면을 취할 생각이었다. 피곤하진 않았지만, 머리가 지끈거렸다.

많은 정보들이 들어왔기에 휴식하며 정리 좀 하고 싶었다. 의식에서 깬 이후로 제대로 쉬지도 못했기도 했고.

취침 후 점심쯤 되었을까.

[건호오오오!]

밖에서 들려오는 쉐년의 목소리와 함께 잠에서 깼다. 간만의 꿀잠이었다. 밖으로 나오니 일행들이 기다리고 있었다.

"이따, 두 시간 후? 쯤 4강 경기가 열리나 봐. 쉐년이 이번엔 미리 가서 경기 좀 보는 게 어떠냐는데?"

주예린이 말했다.

"그래?"

"응, 준비하면서 식사도 그쪽에서 간단하게 해결하면 편하잖아."

하긴, 식사 준비는 항상 빈서율과 서은채가 하니까. 차라리 축제에 가서 먹는 게 편할 수도 있겠다.

'그리고 무엇보다.'

또 다른 '소수정예' 집단. 형들로 추측되는 집단의 경기를 놓칠 수는 없었다.

광장의 모습은 어제 보던 그대로였다. 시끌벅적한 모습. 축제를 즐기는 모습.

나는 쉐넌을 불렀다.

"쉐넌."

[응응!]

"어제 말했던 식사. 오늘도 유효해?"

[식사?]

"왜, 특급 만찬이랑 고급 주류가 있는 식당으로 안내해 줄 수 있다며."

[아! 물론이지! 헷헷! 나만 따라오라구!]

신난 표정의 쉐넌이 앞장섰다.

그냥 생각을 바꾸기로 했다. 일단 만들어놨으니, 성의를 봐서라도 먹어주는 거로. 돈 드는 거 아니니까.

목적지는 가까웠다. 이곳저곳 관문을 지나니, 비교적 사람들이 북적이지 않는 거리에 도착했다.

그곳에 지어진 호화로운 식당. 쉐넌이 그곳 안으로 안내했다. 식당은 텅텅 비어 있었다.

[조용하지? 이곳 식당가는 레벨 30 이상부터 이용할 수 있어.]

"30?"

[응응! 건호 파티는 전부 30 넘잖아!]

"그런 것도 차별하는 거야?"

[우음, 난 잘 몰라. 그저 안내만 할 뿐.]

쉐넌이 총총거리며 물러났다. 일행들이 고급스러운 식탁에 앉자, 곧이어 서빙 요정들이 음식을 들고 날아왔다. 갓 만들어진 따끈한 요리들이 식탁에 차곡차곡 쌓여갔다.

"와……."

"치, 치킨?"

"이건 무슨 음식이죠?"

"캐비어 같은데……."

종류는 다양했다. 기본적인 맛을 장담하는 음식부터, 평소 빈서율의 요리실력으로 만들지 못했을 것만 같은 화려한 음식까지.

"되게 운치 있는 곳이네."

주예린이 주위를 둘러보며 말했다. 그녀 말대로였다. 음식 말고도 건물의 분위기나 바깥에 비치는 풍광이 무척이나 아름다웠다.

오길 잘한 건가?

"그럼 먹어보죠."

우리는 식사를 시작했다. 맛은 훌륭했다. 요리를 비울 때마다 요정들이 움직이며 채워 넣어줬다.

음료도 종류별로 즐겼다. 간만에 혀가 행복한 포식. 문득, 맞은편에 앉은 빈서율이 물었다.

"……이런 걸 제공해 주는 이유가 뭘까요?"

"우리한테요?"

"우리도 그렇고, 그냥…… 이곳에 있는 생존자 전부한테요."

나도 궁금하긴 했다. 주제가 흥미로웠는지 주예린도 끼어들었다.

"그러게. 보니까 밑에 저렙들까지 전부 챙겨주는 것 같던데……."

"으음, 생존자들의 존재 자체가 저들에게 도움이 되는 거 아닐까요?"

빈서율의 추측에 주예린이 고개를 옆으로 꺾었다.

"그럼 지금처럼 레벨에 따라 차등 대우하는 건?"

"생존자들이 강해질수록 더 도움이 되는 거겠죠."

"어떤 식으로?"

"음, 저번에 말했던 간섭력 같은 거 아닐까요?"

"일리는 있네. 뭐, 다른 꿍꿍이가 있을 수도 있겠지만……."

여자들의 대화. 그 외에도 여러 가지 추측들이 오갔지만, 말 그대로 추측일 뿐. 확실한 건 없었다.

사실 나도 떠오르는 게 있긴 했다. 좀 소름 돋는 추측이라 말은 못 했지만…… 대충 이렇다.

우리를 이 빌어먹을 게임에 떨어뜨린 게 사실 「갓 컴퍼니」의 소행이고, '축제'는 그저 인류에게 미안해서 제공한 거 아닐까 하는…….

'……음, 그건 좀 너무 나갔나?'

어쨌든, 우리는 주린 배를 채웠다. 그 후, 쉐넌을 따라 '아레나'로 이동했다.

"와- 사람들 좀 봐."

"이게 뭐라고 엄청 북적이네요."

커다란 콜로세움 형식의 경기장. 입구에 들어가기 위해 길게 줄 서 있는 자들.

저런 거 보면 좀 신기하긴 했다. 몬스터끼리 싸움하는 거 구경하는 게 뭐라고 이렇게 인기가 많단 말인가.

초보들이라 그런가?

[카드값줘체리(Lv.29):다들 경기장 입장 완료?]

[병아리콩(Lv.27):물론이지. 오늘의 관심사는 그거잖냐. 어떤 소수정예가 더 멋있게 이길까.]

[문스터(Lv.34):닥쳐 ㅆㅂ. 내가 이긴다.]

[병아리콩(Lv.27):응 ㄲㅈ. 너님 싸우는 거 봤는데 절대 못 이김.]

[문스터(Lv.34):ㅆㅂ…]

[조류족성애자(Lv.26):근데 두 소수정예가 싸우면 누가 이길까?]

[병아리콩(Lv.27):글쎄, 그건 결승에서 보면 알겠지?]

[조류족성애자(Lv.26):난 뽈하피에 한 표.]

[병아리콩(Lv.27):?]

'쩝, 고인물들한테도 인기 많네……'

형들에 관한 정보를 얻을까 싶어 시야 구석에 잠깐 켜둔 채팅창. 역시나 아직도 모든 관심사는 '소수정예'에 집중되어 있었다. 하긴, 뭐든지 순위 매기려고 하는 게 우리나라 종특이니까. 나름 재미 요소를 찾을 수는 있겠다.

"오빠, 같이 앉자."

경기장에 들어가 관중석에 앉자, 주예린이 냉큼 내 옆자리를 차지했다. 내가 쳐다보자 그녀가 말을 이었다.

"곧 나올 소수정에 집단 말야. 오빠들일 확률 거의 100%잖아. 그거 같이 분석해 보자."

"분석?"

"응, 일단 1등은 우리가 가져와야 하니까, 대책은 마련해 봐야지."

역시, 그녀도 나와 같은 생각을 하고 있다. 주예린이 빙긋 웃었다.

"그래도 걱정 마."

"뭐가."

"아무리 오빠들이라 봤자, 우리한텐 절대 안 될걸?"

"……그건 무슨 자신감이냐."

"솔직히 맞잖아. 사실 나나 오빠들이나 다 돈빨이었지, 비운오빠 없었으면 절대 랭킹권에 못 있었을걸? 탑 공략부터 몬스터 세팅까지 오빠가 다 해줬었는데."

"그래도 방심하지 마. 혹시 모르니까."

주예린의 말엔 전적으로 동감한다.

하나, 뭔가 꺼림칙한 느낌이 들었다. 형들이 우릴 찾기 위한 노력을 별로 안 하는 느낌? 채팅창에 등장하지 않는 것만 봐도 그렇지 않은가. 그냥 본능적으로 느낌이 싸했다.

[자! 신사 숙녀 여러분! 많이 기다리셨습니까!]

이벤트를 시작하려는 듯 사회 요정의 목소리가 울려 퍼졌다. 난 의자에 기대앉아 여유롭게 주변을 둘러봤다.

어느새 사람들로 가득 차 있는 원형 경기장. 그리고 결투장 겉면은 투명한 막으로 가려져 있었다. 안전장치일 거다. 저 안에서 어떤 공격을 하든 이곳 관중석을 지켜줄 방어막.

[건호! 아직 우리 차례 아니라서 이곳에 있을 수 있는 거야. 1경기 끝나면 바로 대기실로 가야 해! 알겠지?]

쉐넌이 옆에서 종알거렸다. 경기 끝나면 휴식시간이 20분 있다느니, 또 지각하면 안 된다느니 하는 얘기들.

"그래, 알아서 옮겨줘라."

[오케이!]

시간이 흘렀다. 사회요정의 짧은 소개 후, 곧이어 2조에서 승리했던 집단 '크로우즈'가 경기장에 나섰다.

"와아아아!"

"크로우즈! 까마귀들!"

터지는 환호 소리. 난 대충 둘러보며 스캔했다. 약 20명 정도 되어 보이는 단원들. 거기에 레벨 30 초중반 정도의 인원이 대충 3명 정도 있었다.

'별 볼 일 없네.'

판단은 빨랐다. 전에 4조 만났던 집단 '으르렁'과 별다를 것 없는 수준. 저번처럼 드래곤 브레스 쓰면 다 찢겨나갈 정도의 수준이었다.

[자! 다음은 1조의 우승팀이었죠. 강력한 우승 후보이자 고작 3명으로 4강까지 올라온 집단, 소~수정예!]

"와아아아아!"

"우와아아아!"

방금보다 더 큰 함성 소리.

'……드디어.'

나와 주예린이 시선을 집중했다. 형들의 모습. 솔직히 어떻게 생겼는지는 기억에 뜨문뜨문하다.

정모에 나간 적도 없고 기껏해야 셀카 사진 몇 장 확인했던 정도였으니까. 곧이어 주예린이 반응했다.

"오빠들 맞네."

"그래?"

"응, 사진으로 봤던 것들 어렴풋이 기억나."

나는 시선을 돌렸다. 대기실에서 여유롭게 걸어 나오는 남자 셋. 그중 가장 덩치 큰 사람. 날카로운 눈매에 익숙한 모습이 눈에 띄었다.

'의진이 형.'

그래, 내 기억이 맞다면 저 사람이 바로 랭킹 1위, '매우큰사람'. 조의진 형일 거다.

'……어디 얼마나 키웠는지 볼까?'

나는 심연의 눈동자를 활성화했다.

[스킬 '심연의 눈동자'(EX급)이 튕겨 나옵니다.]

"크윽!"

순간, 눈이 번쩍이며 통증이 일었다. 아릿한 고통과 함께 스킬이 자동 취소됐다.

'······뭐야?'

그 순간, 형과 잠깐 눈이 마주쳤다.

"허억!"

섬뜩한 느낌에 심장이 철렁했다. 뭔가 이상했다. 남들이 보기엔 멀쩡해 보일 수도 있겠지만, 자세히 보니까 분명히 보였다.

'······초점 없는 시뻘건 눈동자.'

마치 이지를 상실한 채 인형처럼 움직이고 있는 그런 느낌이었다. 게다가 그 끈적한 살기. 절대 인간의 눈빛으로는 낼 수 없는 그런 종류의 기운이었다.

그래, 악마. 탑에 사는 악마들과 비슷한 느낌이다.

"오빠?"

내가 한쪽 눈을 부여잡고 눈살을 찌푸리자, 주예린이 고개를 갸웃했다. 날 잠깐 쳐다보던 형은 시선을 다시 상대 집단에게 돌린다.

"갑자기 왜 그래?"

"······형들이 좀 이상한 것 같아."

"잉? 그게 무슨 소리야."

"잠시만."

난 잠깐 눈을 감고 생각에 잠겼다. 저 눈초리. 익숙한 느낌이었다. 마치 어디서 본 것 같은 느낌의 기운.

'······설마.'

솔직히 떠오르는 건 하나였다. 그런데 인정하기는 싫었다. 인정하는 순간, 너무 답답하고 짜증 날 것 같았다.

'……사이버.'

그렇다. 형의 눈동자가 놈, 그러니까 시련의 탑 8층에 잠깐 등장했던 '사이버'의 눈과 묘하게 닮아 있었다.

나는 그 사실을 주예린에게 조용히 속삭였다. 그러자 화들짝 놀라는 그녀.

"뭐야, 진짜로?"

"응."

"마, 말도 안 돼, 잘못 본 거겠지."

"확실해. 그 느낌 그대로야."

"그럼 오빠들이 사이버한테 넘어간 거라고?"

"……제기랄."

형이 어쩌다 그렇게 됐을까. 제일 먼저 떠오르는 건 그거다. '사이버'가 들어오라 제시했던 포탈. 분명히 두 번째 메인 퀘스트 이후, 용사 채팅창에서 형들과 잠깐 대화를 한 적이 있다.

뭐, 부산에서 천천히 올라가겠다고 했었지. 그렇다면 그 이후에 넘어간 것일 텐데…….

문득 소름이 돋았다. 만약 그때 일행들과 함께 그곳에 들어갔다면 우리도 형들처럼 될 수도 있었다는 거잖아?

주예린이 속삭였다.

"그럼 어떡하려고?"

"으음……."

그러게나 말이다. 진짜 어떡해야 할까?

형들을 구해내야 하는 건가, 아니면 적으로 인식해야 하는 건가. 그전에 형들과 대화는 가능한 걸까?

"일단은 갓 컴퍼니 측과도 얘기해봐야지."

"그치, 설명은 들어야지."

"우선은……."

'사이버'는 분명히 날 죽이려 했다. 즉, 형들도 우리에게 호의적으로 대하지 않을 가능성이 크다.

"형들 능력부터 파악하자."

"오케이."

주예린이 고개를 끄덕였다. 일단 우리의 목표는 이곳에서 1등. 그러기 위해서는 형들의 전투 스타일부터 파악해야 한다. 지금으로선 형들의 레벨도 모르고 어떤 특전을 받았는지도 모른다. 즉, 결승에서 상대할 정보가 부족하다.

[자 그럼! 경기~ 시작합니다!]

때마침, 사회 요정이 스타트를 끊었다. 두 집단의 숨 막히는 대치. 우리는 경기장에 시선을 고정했다.

짧은 침묵-

환호 소리도 잠깐 줄어들었다.

곧이어 '매우큰사람'이 손을 뻗었다.

스르륵-

일순간이었다.

덩그렁-

'크로우즈'에서 나름 강해 보였던 멤버 다섯 명의 목이 잘려 나갔다.

"암살족이야!"

주예린이 외쳤다.

맞았다. 떨어져 나간 목 위에 일순간에 등장한 다섯 마리의 몬스터. 암살족의 습격이었다.

'이거, 까다로운 스타일이네.'

오직 PVP를 위한 종족. 보호족이 없으면 막아내기 무척 까다로운 종족이 바로 암살족이다.

놈들은 몬스터가 아닌 캐릭터를 직접 노리니까.

스걱! 스걱!

암살족들이 당황한 크로우즈 유저들을 학살하기 시작했다.

"고, 공격해!"

그들 중 하나가 외쳤다. 진을 짜고 있던 수십 마리의 몬스터들이 형들을 향해 나섰다. 그러나 또 다른 남자가 움직인다.

"아마, 저 오빠가 토실 오빠일 거야."

랭킹 2위 토실토실. 말 그대로 포동포동한 형이 신호를 보냈다. 그러자 옆에 있던 커다란 코끼리? 아니, 매머드가 발을 한 번 크게 굴렀다.

콰아아앙!

쩍- 갈라지는 땅.

땅에서 튀어 오름과 동시에 상태 이상 '기절'에 걸리는 몬스터들. 전부 다 멈추는 거 보니 광역 스턴이다.

"헐, 오빠. 광역 CC기는……?"

주예린이 외친다.

맞다. 「몬스터즈」에서 광역 CC는 태생 5성 몬스터에게만 주어지는 산 유물이다. 제기랄, 가지가지 하는구먼.

곧이어, 마지막 한 사내가 나섰다. 이제 남은 멤버는…… 랭킹 3위였던 '곱창사랑'이 분명했다. 그리고 그는 놀랍게도 검을 들었다. 잠깐, 캐릭터가 무기를 드는 거면……?

"서, 설마 합체족?"

주예린이 비명을 내질렀다.

검을 든 '곱창사랑'. 그가 기수식을 취했다. 목표는 단체 스턴에 걸린 몬스터들. 어떤 검술인지는 모르겠다. 그러나 확실히 우스워 보이는 힘은 아니었다.

"오, 오빠. 저거 합체족 맞지?"

"어, 무조건."

굳이 물어볼 것도 없었다. 「몬스터즈」에서 캐릭터가 무기를 든다? 100이면 100 합체족이다. 그게 아니라면 캐릭터가 무기를 들 이유가 없다.

제기랄. 벤치마킹한 건가?

하기야, 이해는 간다. 「몬스터즈」에서 몇 년간 합체족으로 PVP 1위 자리를 우려먹었는데, 그것도 옆에서 내가 쓰는 걸 봐왔는데, 이상함을 못 느낄 리 없지.

"헹, 곱 오빠. 비운 오빠 따라쟁이였네?"

코웃음 치는 주예린.

하지만 나는 고개를 저었다. 따라쟁이건 뭐건 지금 그 힘이 얼마나 센지부터 파악해야 한다.

"일단 보자. 만만치 않은 것 같아."

"……그래?"

곧이어 그의 검에서 빛이 새어 나왔다. 기분 나쁜 끈적한 느낌이 공간 전체를 뒤덮었다. 곧이어 그가 검을 천천히 옆으로 베어냈다.

아주 천천히…… 공간을 밀어내는 느낌으로……. 그렇게 검날이 자세의 끝에 다다랐을 때였다.

쿠우웅!

무언가 경기장 내부에서 폭발하는 소리가 들렸다.

쏴아아!

그와 동시에, 표적을 향해 퍼져가는 부채꼴의 검기.

-키아아아!

-크아아앙!

집단 '크로우즈'의 몬스터들이 반항하지도 못한 채 전부 쓸려 나갔다. 광역 스턴 때문에 제대로 움직이지 못하는 탓이 컸다.

'……미친.'

이건, 마치 내 '디스트럭션 쇼크웨이브' 베끼 판을 보는 것 같은 느낌이었다.

'설마…… 이것도?'

불가능한 건 아니다. 형들이 '사이버'에게 넘어갔고, 그 '사이버'가 날 꾸준히 지켜봐 왔다면 형들에게 비슷한 스킬을 줄 법도 하니까.

어쨌든, '곱창사랑' 형의 단 한 수에 몬스터들 대부분이 반으로 갈라졌다. 곧이어 암살족들이 그로기 상태에 빠진 '크로우즈' 멤버들을 이곳저곳 누비며 멱을 따기 시작했다.

"……."

경기장 내에 정적이 흘렀다. 그리고 마침내, 마지막 멤버의 목을 벴을 때-

"와아아아!"

"우와아아!"

거센 함성 소리가 울려 퍼졌다. 역시나, 경기는 쉽게 끝났다. 고작 3명으로 20명의 유저를 압도적으로 발라 버린 것이다.

"미쳤다! 소수정예!"

"요즘 소수정예가 대세라며?"

"와, 이러면 또 모르겠는데?"

"뭐가?"

"난 4조 소수정예가 이길 거라 생각했거든."

"와, 그러게. 1조 소수정예도 만만찮아. 이거 좀 애매해지겠는데?"

옆 관중석에서 웅성거리는 소리가 들려왔다.

[카드값줘체리(Lv.29):와 방금 경기 미쳤;;]

[병아리콩(Lv.27):ㄷㄷ. 진짜 천외천이다.]

[아리아리동동(Lv.26):이러면 결승 진짜 모름.]

[병아리콩(Lv.27):ㅇㅈ.]

[몬스터콜렉터(Lv.29):근데 상관없지 않나? 어차피 다 소수정예잖아.]

[병아리콩(Lv.27):그것도 그러네? 누가 이기던 보상 둘이 나누는 거 아녀?]

채팅창도 마찬가지였다. 형들이 보여준 퍼포먼스가 대단했는지, 우리와의 대결을 두고 쉽게 예측하지 못하는 분위기였다. 뭔가 이상한 오해도 하고 있는 듯했지만…….

[4강 1조의 승자는 소~수정예!]

사회자 요정의 외침이 들려왔다. 곧이어 빛무리가 생기더니 형들이 사라졌다. 대기실로 이동한 거겠지.

아니면, 광장으로 이동했을 수도 있다. 쉐넌의 말에 따르면 오늘은 준결승까지만 치른다고 했으니까.

"저 정도면 그래도 할 만한 거 아냐?"

옆에서 주예린이 물어왔다.

"아니."

그러나 난 고개를 저었다.

"저기서 보여준 모습이 전부라고 생각하면 안 돼."

"아."

이번엔 '심연의 눈동자'로 제대로 파악하지 못했다. 처음이었다. 상대의 스킬과 레벨 등을 모르고 싸워야 한다는 것이 이토록 불안할 줄은 몰랐다.

남의 정보를 판단할 수 있다는 것. 그게 얼마나 큰 힘이 되는지 이번 기회에 똑똑히 알았다. 괜히 EX급 스킬이 아닌 것이다.

"그리고 분명 형들한테도 특전이 있을 거야."

"아, 그렇겠네. 랭커였으니까."

"아직, 그걸 못 봤어."

사실, 제일 불안한 게 그거다.

특전. 분명 랭킹 1~3위인 만큼, 내 거와 비슷한 정도…… 아니면 내 것을 능가할 만한 사기 스킬을 받았을 텐데…… 그게 뭘까?

[건호오! 이제 대기실로 들어가야 해! 다음 경기 준비해야지!]

쉐넌이 보채기 시작했다.

나는 고개를 끄덕였다.

"그래, 옮겨라."

어차피 형들과의 결승은 추후. 일단, 4강부터 해결하고 생각하자.

그러나 생각은 계속 이어졌다.

'여기서 불지옥을 써야 하나?'

아직 한 번도 써본 적 없는 기술. '섬창'(殲槍)과 마찬가지로 내가 가진 필살기 중에 하나.

원래는 4강에서 써볼 생각이었다. 하지만, 형들을 보고 쓸 마음이 쏙 들어갔다. '불지옥'뿐이랴? '섬창'도 아껴야 한다. 비장의 한 수는 상대가 몰라야 비장의 한 수가 되는 거니까.

"이번엔 어떻게 상대할까요?"

마침, 빈서율이 물어왔다.

"저번이랑 똑같이. 속전속결로 갑시다."

"브레스로요?"

"네, 지금부터 전략 노출은 최소화할 겁니다. 저번에 보여줬던 스킬들만 사용할 거예요."

"아, 알겠어요."

20분은 금방 지났다. 상대는 집단 '문스터즈'. 놈들이 먼저 경기장에 나가 있었고 곧이어 사회 요정의 외침이 들려왔다.

[자! 다음은 4조의 우승팀이었던! 요즘 핫한 팀이죠? 소~수정예가 입장하겠습니다아!]

그와 동시에-

"와아아아!"

"소수정예! 소수정예!"

"드래곤! 더블 드래고온!"

밖에서 들려오는 환호 소리.

우리는 하얀 빛으로 반기는 출구를 향해 걸어 나갔다. 난 건너편에 전투 준비하고 있는 상대를 빠르게 스캔했다.

집단 '문스터즈' 리더의 이름은 문태준. 사실 반가운 이름이기는 했다. 시련의 탑 1층에 도전하기 전, 랭킹보드를 확인했을 때 봤던 기억이 있으니까.

그 당시 1등이었던 집단. 나름 채팅방 고인물들 중에서도 레벨이 준수했던 기억도 있다.

'맨날 채팅창에서 시발시발 거리는 놈이기도 하고.'

'병아리 콩'이 부르짖던 ㅆㅂ무새.

놈이 바로 문태준이다. 그래도 이곳에서 보니 반갑네.

"느그가 채팅창에서 나대던 그 소수정예 아그들이가?"

호오, 문태준이 자신감 있게 앞으로 나왔다. 꽤나 호쾌하게 생긴 사내. 말투를 보아하니 부산사람인 듯했다. 나는 대충 대꾸했다.

"피차 할 말 없을 테니 빨리 끝냅시다."

"마, 자신감이 좀 과하네? 조심하는 게 좋을 기다."

"악의는 가지지 마시고."

쩝, 자신감은 누가 부리고 있는 건지, 그래도 호쾌한 게 마음에 든다. 분명 우리한테 상대가 안 될 거라는 걸 알 텐데, 그래도 호전적이었다. 아니면, 원래 그냥 지르는 스타일인가?

'인원은 총 19명이고.'

멤버들을 쭉 확인하니, 나름 밸런스도 신경 써서 키운 흔적이 보였다. 그래도 우리 일행들에겐 턱도 없겠지만.

"그럼 가겠습니다."

나는 손을 들어 신호를 보냈다.

주예린에게 드래곤을 소환하라는 표시다. 그러자 다시 한번 등장하는 '아그니스'와 '실베론'의 몸체.

크라라라!

두 드래곤이 또 한 번 경기장을 가득 채웠다.

"와아아! 또 드래곤이다!"

"역시! 드래곤!"

"캬, 언제 봐도 부럽다."

들려오는 관중들의 소리.

하지만 문태준은 예상했다는 듯 단원들에게 명령을 내린다.

"야들아! 브레스다. 퍼지라!"

산개하는 몬스터들. 이것들 봐라? 저번에 당한 걸 봤는지 바로 브레스에 대비한다. 그러나 이거 한 방이면 끝이지. 나는 곧바로 실베론의 '드래곤 피어'를 사용하려고 했다.

[이런…… 주인!]

"왜!"

[침묵이 걸린 것 같다.]

호오, 제법인데.

실버 드래곤에게 침묵 디버프까지 걸다니. 이것도 예상한 건가? 뭐, 굳이 정화할 필요는 없다. 이미 놈들의 몬스터가 사방으로 산개했으니까.

"그럼 그냥 브레스만 갈겨. 그건 침묵 안 걸렸지?"

[그렇다. 명을 받들지.]

꼭 브레스로 한 방에 처리하란 법은 없다. 곧이어 실베론의 뿔에서 전기가 모였고 아그니스의 입에도 화염이 이글거렸다.

파즈즈즉! 화르르륵!

곧이어 쏟아지는 두 드래곤의 숨결.

실드를 치고 도망을 다니고 별 쇼를 다 해도 어쩔 수 없다. 놈들 중 태생 5성과의 간극을 좁힐 만한 몬스터는 단 하나도 없었으니까.

브레스 한 방에 절반이 사라진 집단 '문스터즈.' 이미 승기는 잡혔다.

"캬! 역시 소수정예!"

"와아아아! 시원하다!"

"근데 쟤네는 또 브레스네. 혹시 저게 다 아니냐?"

"……저게 다라도 센 거 아닐까?"

"……그렇긴 하네."

웅성거리는 소리를 뒤로하고 나는 뿔하피를 소환했다. 다른 일행들도 본인들의 몬스터를 소환했다. 그렇게 이어진 1차 격돌.

콰아아앙! 파카카캉!

쏟아지는 스킬들. 격돌은 2차로 이어지지 못했다. 전략 따위는 중요하지 않았다. 기본적인 스펙 차이가 너무 심했으니까.

놈들의 몬스터들은 고작 1분도 안 돼서 전부 소멸해 버렸다. 문태준이 고개를 절레절레 흔들었다.

"하…… ×바. 겁나 쎄노."

"끝난 것 같은데, 기권하실 겁니까?"

"더해서 뭐 하겠노. 다 뒤지뺐는데."

깔끔한 문태준의 포기. 4강은 가볍게 '소수정예'의 승리로 끝났다.

[경기가 종료되었습니다.]

대기실에 돌아온 우리. 나는 쉐넌에게 부탁해 곧바로 '터'로 이동시킬 것을 요구했다.

비상대책 회의가 열렸다.

쉐넌이 말하는 결승은 약 이틀 후. 주제는 간단했다.

'탑을 오르는 게 먼저냐? 아니면 우승 대비를 하는 게 먼저냐.'

원래는 탑을 오르려 했다. 하지만, 형들이 너무 불안하다는 주예린의 주장이 컸다.

하긴, 그 말에는 동의했다. 왠지 제대로 대비하지 않으면 우승을 놓칠 것 같은 그런 기분이 들었으니까.

"지금 히든 퀘스트가 23일 남았죠?"

빈서율이 물었다.

"어, 이번에 또 준비한다고 시간 뺏기면, 그때는 21일이야……. 딱 3주."

주예린이 답했다.

"으음, 3주면 적당한 건가요?"

"턱도 없는 소리지. 탑 30층까지 3주 만에 올라가라니……. 그건 진짜 힘들어."

"불가능하단 소리는 안 하시네요?"

"그치. 오빠한테 불가능은 없으니까."

주예린이 날 바라보며 웃는다.

어이가 없었다. 저게 무슨 날 만능 공략꾼 취급하네?

그때, 양종현이 물어왔다.

"그 소수정예 멤버들이 과거 리더와 함께했던 자들이오?"

"네, 그런데 상태가 좀 이상해요."

주예린이 일행들에게도 자세한 설명을 해줬다. 그러자 기함을 토하는 단원들.

"허, 놈의 끄나풀이 되었단 말이오?"

"확실한 건 아니지만 그렇습니다."

할아버지가 물었다.

"그럼 일단은 우승 준비에 전념을 다 하는 것이 맞지 않겠나?"

"음……. 그게 사실, 형들에게 질 거라는 생각은 하지 않습니다."

애초부터 그랬다. 전략으로도 게임으로도 형들은 나한테 안됐었으니까. 지금도 별다를 건 없을 거다.

"그러면 무엇이 문젠가."

"매우큰사람. 그 형의 암살족이 문제입니다."

"……암살족?"

"보호족이 없는 저에게는 치명적이거든요."

언젠간 터질 줄 알았다. 그전에 빨리 보호족을 충당하려 했는데, 생각보다 더 빨리 터졌을 뿐.

"허, 건호 씨가 위험할 정도예요?"

빈서율의 눈이 휘둥그레졌다.

"네, 하지만 방법이 없는 건 아닙니다."

"……어떤?"

"전 21층에 가서 훈련해 보려 합니다."

"오…… 빠, 설마!"

주예린이 기함한 것은 그때였다.

"거길 보호족 없이 들어가겠다고? 그건 자살 행위야!"

"괜찮아."

시련의 탑 21층. 마침, 그곳에 수백 마리의 암살족이 리젠되는 필드를 알고 있다. 본래 클리어할 때는 무시하고 지나가는 공간. 하지만, 나는 그곳에서 형들을 상대할 감을 찾을 생각이었다.

"뭐가 괜찮아! 큰일 날 소리 하네?"

주예린이 허리에 양손을 짚고 반대했다.

보호족 없이 암살족을 상대하는 것. 날 믿는 그녀도 그것만큼은 정말 위험하다고 판단하는 거다.

난 일단 그녀를 진정시켰다.

"당연히 확실히 연습은 하고 가야지."

"……연습?"

"응, 실험해 볼 것도 있고."

새로운 필살기. '불지옥'.

그 존재에 대해 일행들도 모르고 나도 모른다. 하지만 왠지 느낌이 왔다. 이번 싸움의 실마리는 이 '불지옥'에 있을 거라는 예감이 생겼다. 내 가슴 속에 똬리를 틀고 있는 화염의 정수. 그리고 정수의 힘으로 만들어진 불지옥.

그 사기 스킬인 '섬창'이 S급이다. 하지만 '화염의 군주'는 무려 EX급. 분명 뭔가 다른 걸 보여줄 거다.

"실험?"

"응, 따라와 봐. 훈련소로."

일단, 그곳에서 실험부터 해보자.

훈련소 안.

일단 주예린을 제외한 모두를 내보냈다. 가슴속에 활활 타오르고 있는 '불지옥'. 이것을 현실로 꺼내놓자니, 갑자기 두려워졌기 때문이다.

그냥 본능적으로 느껴졌다. 아직 완벽하게 통제하지 못할 것 같은 느낌. 그 뜨거운 염화가 피아구분을 하지 않고 모두 집어삼켜 버릴 것만 같은 느낌. 아직, 일행들 앞에서 쓰기에는 많이 위험할 거라는 판단이었다.

"그래서, 나탈리로 공격하면 돼?"

주예린이 물어왔다.

나는 고개를 끄덕였다. 일단, 기초적인 암살족 공격에 관한 감을 익힐 생각이었다.

"어, 시작해."

"아무리 나탈리가 약하다 해도 암살족이야, 조심해야 해."

"괜찮아."

눈을 감았다. 그리고 신호를 줬다. 공격하라는 신호.

스르륵-

곧이어 암살족 '나탈리'(★★★★)가 공격해 들어왔다. 바람에 나부끼는 소리. 비록 은신 상태지만 분명히 그 기척이 느껴졌다. 나는 창을 꽉 잡고 그 기척에 계속 집중했다.

수욱!

왼쪽에서 바람 찢는 소리가 들렸다.

느껴졌다. 목으로 날아오는 칼날이. 본능적으로 창을 들었다. 왠지 막을 수 있을 거란 생각이 들었다.

까앙!

역시나, 가볍게 막히는 은신 공격. 솔직히 너무 가벼웠다. 그냥 애기가 살짝 건든 느낌?

후웅!

곧이어 창대를 돌려쳐, 나탈리의 중심을 무너뜨렸다. 단박에 나자빠지는 나탈리. 한 방에 전투 불능이 되어버린다. 아무리 4성이라 해도, 이건 생각보다 너무 쉬운데?

"……이게 무슨."

주예린이 입을 떡 벌렸다.

나도 솔직히 조금은 놀랐다. 그냥 '불지옥'을 쓰기 전에 감만 익히려던 건데, 이렇게 정확하게 잡아낼 줄은 몰랐다.

"보호족도 없이 이렇게 생으로 암살족을 때려잡는다고?"

"그런가?"

"그런가는 무슨 그런가야! 투명은 또 어떻게 본 건데?"

"그냥…… 느껴지던데."

"이 괴물!"

사실, 말이 안 되긴 한다. 물론 내 기본 능력치가 있기에, 나탈리의 공격에 당한다 해도 바로 죽진 않겠지만, 그래도 이렇게 막아내는 건 불가능하다.

탐지 스킬이 없는 한 적어도 한 방은 내어줘야 했다.

「몬스터즈」 당시 비운 캐릭터도 그 때문에 꼭 '보호족'을 끼고 다녔으니까.

물론, 보호족 말고도 해결할 방법이 없는 건 아니다. 바로 광역 딜을 넣는 범위 스킬. 요컨대 '리치'(★★★★★)의 '블리자드' 같은 스킬로 암살족이 닿기 전에 죽일 수 있는 방법이 있다. '암살족'은 방어력이 약하니까.

"그럼, 이제 아그니스 소환해 줘."

나는 다시 창을 늘어뜨린 채 그녀를 바라봤다. 이제 이 실험의 궁극적인 목표, '불지옥'을 소환해 볼 생각이었다.

"이번에 얻었다는 그 스킬 써보려 그러는 거지?"

"어, 소환해 놓고 너도 잠깐 나가 있어. 위험하니까."

"……그 정도야?"

"나도 잘 몰라. 그냥 확실하진 않으니까, 만약을 대비하는 거지."

사실 정수의 힘이 아직도 두렵다. 통제할 수 있을 거라 자신할 수도 없다. 문득, 그때 그 고통이 떠올랐다.

절대 잊을 수 없는 기억. 화염 저항 레벨 4로는 버티기 힘든 그런 끔찍한 고통을 일행들에게 겪게 하고 싶진 않았다.

물론, 아그니스야 태생 5성. 그것도 불 속성이니, 혹여나 위험하더라도 견뎌낼 수 있을 거다. 용족이니, 조언을 구할 수도 있을 거고.

"어쨌든, 그럼 오빠 알아서 해. 난 단원들한테 21층 알려주고 있을 테니까."

"그래, 부탁하마."

주예린이 나갔다.

물론, 적발의 미녀. 아그니스는 소환해 둔 채였다. 그녀가 말을 걸었다.

[……훈련인가?]

"어, 정수의 힘을 사용해 볼 생각이야."

[조심해라. 아직 힘이 정제되지 않은 채로 거칠게 날뛰고 있어. 잘못하다간 그 기세에 먹힐 수도 있다.]

조언해 주는 레드 드래곤. 화(火) 속성 몬스터의 군주라는 것은 다른 유저가 소환한 몬스터들에겐 먹히지 않는 것 같았다. 하긴, 그게 통하면 진짜 밸런스 붕괴지.

"그래서 써? 말아?"

[써봐라. 내가 잘 통제하도록 도와주지.]

아그니스가 내 등 뒤로 다가왔다. 그러고 보니, 의문이 들었다. '화염의 정수'와 드래곤은 어떤 관계일까.

"이 기운에 대해 잘 알아?"

[……모른다. 하지만 느낌은 대충 안다.]

"느낌?"

[원래 용족은 심장에 그 속성의 기운을 모은다. 그리고 그대가 가지고 있는 그 정수는 우리가 가지고 있는 그것과 비슷하지.]

"심장이면…… 뭐, 드래곤 하트? 그런 거랑 비슷한 건가?"

[하트나 심장이나 같은 뜻 아닌가? 뭐, 비슷하다고 생각하면 된다. 용족은 수천 년간 그 기운을 품어오며 자연스럽게 다스리는 법을 익힌다지만, 그대는 처음……. 더군다나 거의 로드 급의 기운을 단숨에 품어버렸다. 천천히 조심해서 다뤄야 한다.]

호오, 그렇군. 심장 속에 있는 게 드래곤 하트랑 비슷한 느낌이란 말이지?

[그럼 어디 천천히 써봐라.]

아그니스가 등 뒤에 손을 댔다. 그러자 따스한 기운이 몸 안에 들어왔다.

'……이게 뭐지?'

기운의 흐름이 생생하게 느껴졌다. 생전 처음 느껴보는 감각. 심장 속에 자리 잡은 정수와 비슷한 기운이 천천히…… 아주 천천히, 조심스럽게 움직이기 시작했다.

마치 날뛰고 있는 정수의 기운을 살살 달래는 느낌이었다.

[집중해라. 그리고 내 기운이 이끄는 대로 움직여 봐라.]

나는 눈을 감았다. 그리고 모든 감각을 동원하여 불의 기운을 통제하려 노력했다.

[그대가 가진 능력을 정형화시키려 노력해라.]

생각해 보니, '불지옥'은 스킬화 되어 있는 게 아니다. 그냥 부가적으로 개화하며 깨달은 능력. 이런 식으로 기운을 움직여 사용해 보는 건 나도 처음이다.

'불지옥을 연다.'

마음속으로 읊조렸다. 그리고 아그니스가 안내해 주는 흐름대로 기운을 통제했다.

쿠구구구!

땅이 흔들리기 시작했다. 그러나 걱정 안 해도 된다. 훈련소 만렙은 어떤 물리적 충격에도 부서지지 않는다는 설정이니까.

[아공간 '불지옥'이 활성화됩니다.]

화르르륵!

순간, 섬뜩한 기운이 공간 전체를 지배했다. 곧이어 심장 속에서 날뛰던 화염의 기운이 몸 밖으로 튀어나오기 시작했다. 그와 동시에 허공에 생기는 커다란 원형 문.

[크으으으……]

아그니스가 괴로워하기 시작했다. 훈련장 내부가 뜨겁게 달아올랐다. 각종 운동기구들이 녹아내리기 시작했다.

'……미친.'

허공에 떠 있는 시뻘건 문. 아직, 문을 열지도 않았다. 그런데도 태생 5성짜리가 괴로워하고 있다. 이건 정말 말도 안 되는 위력이었다.

['불지옥' 내 테이밍 된 몬스터들이 출동을 준비합니다.]

['불지옥' 문을 여시겠습니까?]

[문은 10분 동안 열 수 있습니다.]

두근-

순간, 가슴이 뛰었다. 저 문이 열리면 펼쳐질 지옥도가 머릿속에 그려졌다. 저 안에 도사리고 있는 위험한 탑의 몬스터들. 그리고 화염의 정수가 뿜어내는 불줄기들. 이 문을 여는 순간, 저것들이 튀어나와 나를 제외한 모든 생명체를 말살할 것만 같았다.

[열지 마라. 위험하다…….]

아그니스의 입에서 피가 움푹 튀어나왔다.

"흐읍."

나는 일단 기운을 내려놨다. 날뛰는 기운들을 다시 심장 속으로 갈무리했다.

[아공간 '불지옥'이 비활성화됩니다.]

동시에 다시 잠잠해지는 공간. 아무래도 스킬 '불지옥' 역시 '섬창' 못지않은 사기인 것 같다.

Chapter 5

시련의 탑 21층.

처음으로 암살형 몬스터가 등장하는 곳이기도 하다.

'21층을 오르는 것만큼 완벽한 대비는 없지.'

매우큰사람 형의 암살족? 얼마나 강할지는 모르겠지만, 탑의 몬스터와 비교하면……. 솔직히 모르겠다. 제대로 정보를 확인한 건 아니니까.

그래도 나는 21층 몬스터들에게 손을 들어주련다. 그만큼 시련의 탑은 지금 넘사벽 수준이다. 솔직히 20층까지 깬 것도 신기한 수준.

'그래도 분명히 암살족의 공격이 느껴졌으니까.'

나탈리의 공격이 분명히 느껴졌다. 원인은 모른다. '아레스의 본능' 때문인지 '만류귀종' 때문인지.

확실한 것은 막을 수 있다는 것. 분명 연습하면 다른 암살족의 공격도 파악할 수 있을 거다.

'안전 수단은 충분하니까.'

'용맹무쌍'도 있고 '불지옥'도 있다. 창으로 막다가 안 되면, 벗어날 방법은 충분하다.

[시련의 탑 21층입니다.]

[임무 유형 - 지하 수로 찾기.]

[던전을 나가 '지하 수로'의 입구를 찾으세요.]

우리는 곧바로 던전에 들어왔다. 21층부터 30층까지는 수(水) 속성. 이번엔 딱히 저항을 올릴 필요가 없다.

저번에도 말했다시피, 탑을 오를 때는 총 4가지 속성 저항만 있으면 되니까.

화염 저항, 냉기 저항, 전기 저항, 독 저항.

우리는 이 중에 화염만 클리어한 상태다.

"오빠, 정말 혼자 들어가려고?"

"응, 은채만 붙여줘."

다행히 21층의 임무 유형은 단순한 길 찾기다. 그리고 우리는 역시나 그 길의 위치를 다 외우고 있다. 솔직히 몇 번 깨다 보면 외울 수밖에 없다. 길을 틀리는 순간, 암살족 수백 마리가 존재하는 그 방 안으로 이동되니까. 내가 들어가려고 하는 바로 그 방.

"아무리 생각해도 거긴 위험한데……."

주예린이 걱정했다.

나는 피식 웃었다.

"먼저 가 있어. 방 하나만 깨고 갈 거니까."

나 없이도 깰 수 있을 거다. 던전 곳곳에 존재하는 '암살족'들을 무찔러야 하겠지만, 길만 잘 찾으면 크게 무리 없는 수준이다. 보호족이 있는 인원들로 암살족을 드러나게만 하면 잡는 건 쉬우니까. 서지호의 '탐지' 스킬도 있고.

"가자, 은채야."

"넵."

은채는 단순히 버프용이다. 던전 방 안까지 같이 들어가진 않을 거다.

주예린 팀을 떠나보내고 우리는 던전 갈림길에 섰다. 왼쪽이 제대로 된 길, 그리고 오른쪽이 잘못된 길이다. 오른쪽으로 꺾는 순간, 수많은 암살족들이 나를 반길 거다.

"조심하셔야 해요, 아저씨."

[요정족 '쉐핀'(★★★★★)의 축복을 받습니다.]

서은채의 버프가 들어왔다. 시간이 조금 느려진 느낌이 든다. 그리고 보니 항상 위험한 작전을 나갈 때는 그녀가 옆에 있는 것 같다. '리치' 때도 그렇고 '플뤼톤' 때도 그렇고…….

쩝, 이거 내 안전을 위해서라도 그녀한테 좀 더 좋은 걸 몰아줘야 하나 싶다.

"여기 기다리고 있어."

"네."

"금방 끝낼 거니까, 걱정 말고."

사실 암살족에 대한 대응을 연습하는 것도 있지만, '불지옥'의 힘을 제대로 보고 싶은 마음도 컸다. 들어가자마자 '용맹무쌍'(勇猛無雙) 켜고, '불지옥' 문을 열어버리면 어떻게 될까.

기대됐다.

"후우."

한번 심호흡을 했다. 괜스레 긴장됐다. 뿔하피나 실베론은 넣어뒀다. 괜히 암살이라도 당해 소멸하면 큰일이니까.

'모든 대비는 끝났어.'

써야 할 스킬들을 정리했다. 들어가자마자 어떻게 할지 머릿속으로 구상은 전부 끝났다. 이제 실행하기만 하면 될 일.

심장이 뛰기 시작했다. 매번 목숨 건 도전이지마는 긴장되는 건 어쩔 수 없나 보다.

"바로 가자."

난 걱정스러운 표정으로 올려다보는 서은채에게 미소 한번을 지어주고, 던전으로 발걸음을 향했다.

[잘못된 갈림길에 들어섰습니다.]

[근처에 '푸른 닌자'(★★★★)가 소환됩니다.]

[근처에 '푸른 닌자'(★★★★)가 소환됩니다.]

[근처에 '푸른 닌자'(★★★★)가 소환……]

수없이 뜨는 메시지. 그리고 동시에 허공으로 사라지는 암살족들이 보인다. 나는 침을 꼴깍 삼킨 채- 창을 꽉 쥐었다.

섬뜩한 느낌.

바로 '불지옥'을 펼칠 수 있었지만, 그러지 않았다. 일단 상황을 더 지켜볼 생각이었다.

보호족 없이도 감을 잡을 수 있어야 하니까. '매우큰사람' 형의 암살족도 만만치 않을 것이기에 미리 대비를 해둬야 한다.

스르륵-스르륵-

'푸른 닌자'(★★★★). 놈들이 내 주변을 빙글빙글 도는 게 느껴졌다. 나는 창을 다시 고쳐잡으며 경계 자세를 취했다.

분명, 놈들도 경계하고 있었다. 내 공격적인 기세에 두려워하고 있었다. 역시 발전된 '베르트랑 스피어'.

아델의 여동생이 말했었지. 이 창술은 패기 빼면 시체라고. 그래서 난 그 패기를 더 살려보기로 했다.

[광전사(狂戰士) 모드를 활성화합니다.]

패기를 살리는 데, 광전사 모드만큼 좋은 게 없지.

"크흐."

시야가 붉어졌다. 동시에 피가 기분 좋게 끓었다. 뭐든 해낼 수 있을 거 같은 자신감이 차올랐다.

"댐벼, 새끼들아."

내 주위를 빙글빙글 도는 수백 마리의 암살족들. 저런 겁쟁이들에게 한 방 먹여줄 좋은 방법이 있다. 놈들이 수비적으로 나오면 땡큐지, 먼저 들어갈 수 있으니.

[‘디스트럭션 쇼크웨이브’를 가동합니다.]

바로 이거다.

“흐읍-”

나는 기합을 내질렀다. 창에 황금빛 기운이 모였다. ‘무명(無名)’이 부르르 떨리기 시작했다.

광전사 기운까지 받은 노란 쇼크웨이브가 전부 다 씹어먹어 주겠다며 울부짖었다.

“후, 어디 조져볼까?”

그리고 에너지를 넓게 퍼뜨린다는 생각으로. 스텝을 밟아 몸을 360도 회전시켰다. 창이 몸과 함께 빙글-돌았다.

수우우욱!

그와 동시에 에너지가 빠져나갔다.

콰가가가!

부채꼴, 아니 원형으로 퍼지는 기의 파동.

-키키키키!

-끼끼끼!

놈들의 웃음소리가 들려왔다. 손끝에 걸리는 감각이 없다. 과연 탑의 몬스터들일까, 이 정도 공격은 손쉽게 피하는 것 같다.

"제법인데."

역시 만만치 않은 놈들이었다.

-키아아아!

내 공격을 기점으로 본격적인 전투가 시작됐다. 놈 중 몇몇이 다가오기 시작했다.

스르륵!

아직 은신이 풀리지 않은 놈들. 나는 그냥 눈을 감았다. 어차피 보이지 않는 거, 맨눈으로 파악하려 하면 헷갈릴 뿐이다. 오직 감각으로만 놈들의 궤적을 예측해야만 했다.

느려진 시간 속. 오른쪽 어깨가 간지러웠다.

'여기!'

곧바로 창을 휘둘렀다.

차앙!

무언가 걸리는 감각과 함께 그 자리를 향해 번개처럼 찔렀다 뺐다.

푸숙!

[크리티컬!]
['푸른 닌자'(★★★★)를 처리합니다!]

오케이, 한 놈 걸렸고.

역시 방어력은 약한 놈들. 위치만 알면 별것도 아닌 놈들이다. 그냥 눈감고 찌른 창에 돼지는 걸 보면.

창! 푸숙! 채앵! 푸숙!

나는 감각대로 몸을 움직였다. 솔직히 내가 어떻게 움직였는지도 몰랐다. 그냥 본능적으로 움직일 뿐. 놈들은 내가 휘두르는 창에 차례차례 죽어 나가기 시작했다.

물론, 드러난 육체를 확인해 보면 다 정확히 급소에 찔린 상태였다.

'이거 해볼 만한데?'

솔직히 놀랐다. 탑 21층이면 기존 층에 비해 난이도가 확- 뛰어야 정상인데, 생각보다 할 만한 수준이었다. 그 정도로 내가 성장했다는 걸까?

아, 맞아! 문득 떠올랐다. 그때 17층에서 나왔던 히든 피스. 그곳에서 겪었던 전투 인형들에 비하면 이곳 닌자들은 거의 하수에 불과했다.

하긴, 암살족이 뭐 그렇지. 은신 후 공격만 깰 수 있으면 이토록 쉬운 몬스터도 없다.

"이제 써볼까?"

나는 눈을 떴다. 감은 이미 다 파악했다. 이제 놈들 전체를 한꺼번에 잡을 수 있을지 확인해야 한다.

채앵! 푸숙!

그 순간에도 다가오는 놈의 칼을 감각적으로 쳐내고 죽였다. 그리고 다시 창을 고쳐잡았다.

능력 '불지옥'.

지금으로선 일행들이 없을 때만 사용할 수 있는 스킬.

아직도 그 위력을 제대로 파악 못 했다. 그리고 이제부터 놈들을 상대로 파악해 볼 생각이다.

'열려라, 지옥의 문.'

쿠구구구!

나는 심장 속에서 날뛰는 기운을 풀어뒀다. 그러자 땅이 흔들렸다. 난 미소지으며 그 기운을 놓아줬다. 통제하려 하지 않았다.

그래그래, 많이 답답했지?

어디, 네 마음대로 날뛰어 봐라. 주변에 죽일 놈들 많으니까, 마음껏. 네 원하는 대로.

[아공간 '불지옥'이 활성화됩니다.]

화르르륵!

불의 기운이 내 통제를 따라 신난 듯 밖으로 튀어나왔다. 광전사 모드 때문인지 뭔가 모르게 말도 잘 듣는 느낌이다.

그와 동시에 주변에 있던 '푸른 닌자'(★★★★)들이 모습을 드러내기 시작했다. 문을 열지 않아도 들어가는 광역 도트딜 때문이었다.

'허어, 이거 완전 암살족 카운터 기술이네?'

곧이어 허공에 시뻘건 문이 생겼다. 마치 개기일식을 보는 듯한 커다란 원형 홀이……

[불지옥' 내 테이밍 된 몬스터들이 출동을 준비합니다.]

['불지옥' 문을 여시겠습니까?]

[문은 10분 동안 열 수 있습니다.]

"그래, 나와서 놀아 봐라."

처음으로 내리는 명령.

끼이이이!

곡성 소리와 함께 홀의 문이 천천히 열리기 시작했다. 문이 열리는 것을 보는 건 이번이 처음이다.

"허억!"

순간, 온몸이 쪼그라드는 느낌이 들었다. 심장이 조여왔고 숨이 턱 막혔다. 엄청난 에너지가 공간을 단숨에 점령했다.

화르르르륵!

곧이어 뜨거운 열기가 공간 전체를 뒤덮었다. 던전과 주변에 있는 물들이 다 증발하기 시작했다. 푸른 닌자들도 고통스러워하며 쪼그라들기 시작했다. 단숨에 익어버리기 시작한 것이다.

'……미친.'

그게 끝이 아니었다. 문에서 뿜어져 나오는 화려한 불줄기와 탑의 보스 몬스터들.

[크아아아아!]

엄청난 괴성들이 공간을 가득 울려 떨쳤다. 마치 내가 탑 한 층을 담당하는 보스라는 것을 알리는 흉포한 음성이었다.

쿠구구구!

오직, 포효로만 던전이 갈라졌다. 닌자들이 모공에서 피를 쏟았다. 이 공간에서 멀쩡한 생명체는 오직 나 하나뿐이었다.

콰가가가!

사자 괴물 만티코어가 화염을 뿜었다. 이프리트가 화염 공을 날려댔으며, 발록이 불의 검을 휘둘렀다. 샐러맨더와 인페르노도 가만있지 않았다. 이미 노출된 암살족들을 잡아먹고 으깼다. 자신들과 상성인 수(水)속성 몬스터임에도 신경 쓰지 않았다. 애초에 보스 몬스터는 일반 몬스터와 격이 달랐다. 압도적인 힘 차이에서 속성의 따짐은 무의미했다.

콰아아아!

['푸른 닌자'(★★★★)를 처리합니다!]

[레벨이 올랐습니다!]

[모든 상태 이상을 회복합니다.]

['푸른 닌자'(★★★★)를 처리……]

시야를 가득 채우는 수십 개의 메시지. 놈들 전부를 처리하는데 무려 10초도 걸리지 않았다. 실로 미친 광역기였다. 레벨도 1이나 올라버렸다.

'……괜찮네, 짜슥들.'

기분이 좋아졌다. 어디 더 잡을 놈들 없나? 곧바로 던전 방을 나갔다. 피가 고팠다. 묵빛 창도 동의하는지 기쁘게 울어 재꼈다.

"……아저씨?"

때마침 기다리고 있는 서은채가 보였다. 그리고 시야가 번쩍였다.

[천사족 '유지넬'(★★★★★)이 당신을 '정화'합니다.]
[광전사(狂戰士) 모드가 비활성화됩니다.]

"……?!"
그렇게 실험이 성공적으로 끝났다.

실험은 한 번만 하는 게 아니다. 확실할 때까지 여러 번 반복하면서 검증과정을 거쳐야 한다.

"아저씨, 안 지치세요?"

눈 밑이 퀭해 보이는 서은채가 옆에서 물어왔다.

"응, 좀 더 연습하려고. 피곤하면 좀 자둬."

"……네."

옆에 있는 켈피에 올라타 눕는 서은채.

벌써 21층에 들어온 지 24시간이 지났다. 나는 계속 방에 들어가 사냥을 했다. '광전사 모드'나 '불지옥'을 쓰지 않아도 상관없었다.

'생각보다 쉽네. 암살족 잡는 거.'

「갓 컴퍼니」의 퍼주기가 효력을 발휘했다. 생각해 보니, 21층이 쉬울 만도 했다. 탑 17층의 히든 피스를 무려 100단계까지 깬 전적이 있지 않은가. 무려 77층을 깼던 '비운'도 3일 이상이나 걸렸던 그 지옥의 난이도를 말이다.

그 당시 21층을 깨던 '비운'. 그리고 지금의 나 '담건호'.

누가 더 세냐고 물어본다면? 지금의 내가 무조건 세다. 말도 안 되는 S급 스킬들로 떡칠을 한 나니까.

그뿐이랴? EX급도 있다. '심연의 눈동자'는 뭐, 사냥에는 별 도움이 안 된다지만 어쨌든-

'이 정도면 형의 암살족에 대항해 볼 수 있겠어.'

준비하려면 확실히 해야지. 나는 계속 갈림길에서 길을 잘못 들며 놈들을 상대해 나갔다. 그리고 확실히 적응해 냈다.

[모찌(Lv.41):오빠, 언제 올 거야?]

[비운(Lv.46):연습 끝났어?]

[모찌(Lv.41):암살족이야, 우리도 벌써 수백 마리 넘게 잡았지…….]

주예린 팀은 이미 출구 앞에서 나를 기다리는 중. 저쪽도 던전 길가에 보이는 암살족들을 통해 충분히 연습한 상태다. 이번 결승에 나 혼자 싸우는 건 아니니까.

[비운(Lv.46):마무리 다 해간다. 곧 갈게.]

[모찌(Lv.41):빨리왕, 힘드러 ㅠㅠ]

"쩝, 이 정도면 됐나?"

이제 눈 뜨고도 기척이 느껴질 정도로 적응했다. 남들이 보면 탐지 스킬이 있다고 생각할 정도의 감각.

나는 켈피 위에서 누워 자는 서은채를 바라봤다. 그동안 안 자고 계속 버프와 힐링을 넣어줬으니 피곤할 만도 하지. 나는 피식 웃으며 출구로 걸어 나갔다.

약 1시간 후, 일행들을 만났고 출구를 나왔다.

[띠링-]
[축하합니다!]
[시련의 탑 21층을 클리어하셨습니다.]

'이거 해볼 만한데?'

21층은 생각보다 쉬웠다. 아무래도 과거에 너무 힘들게 깼던 기억이 있어서 그런지, 엄청 어려운 줄 알았는데 의외였다. 내가 20층대를 너무 과대평가하고 있었던 건가?

'탑 30층까지 남은 기간은 21일.'

이러면, 생각보다 더 빨리 끝낼 수도 있겠다. 이벤트 우승으로 받는 보상이 뭘 지는 모르겠지만, 그게 있다면 더 빨라질 수도 있고.

물론, 30층 악마를 위한 준비는 씨게 해야겠지만.

"다들 고생하셨습니다. 쉬세요."

'터'로 도착한 나는 일행들을 바로 주거지로 들여보냈다. 그러자 비실거리며 들어가는 단원들. 다들 밤새워서 탑을 오른

덕에 피곤했나 보다.

"난 훈련이나 해야겠다."

곧바로 훈련장으로 들어갔다. 그 후, 이번에 느낀 창술을 좀 더 날카롭게 정리했다. 나만 그러는지 몰라도 은근히 떨렸다. 아직도 형의 그 눈빛이 잊히지 않았으니까.

'절대 방심하면 안 돼.'

무려, 7성짜리 몬스터. '사이버'의 힘을 받았을 수도 있다. 어떤 비장의 한 수가 있을지 모른다. 그래서 훈련을 멈출 수 없었다. 계속 갈고 닦아 발전해야 했다. 그래야 지더라도 억울하지 않을 것 같았다.

다음날.

[건호오오오!]

주거지 앞에 쉐넌이 나타났다.

일행들도 이미 모인 상태.

[이제 곧 결승이야! 준비됐지?]

"그래, 알아서 옮겨라."

[물론이지! 우승하러 가즈아아!]

마침내, 결승의 날이 밝았다.

[병아리콩(Lv.27):크으~ 드디어 시작인가? 소수정예 대 소수정예!]

[몬스터콜렉터(Lv.29):애들아, 솔직히 얘기해 보자. 세 명 쪽이 이길까, 일곱 명 쪽이 이길까?]

[병아리콩(Lv.27):으음, 난 세 명?]

[몬스터콜렉터(Lv.29):왜?]

[병아리콩(Lv.27):그냥 두 팀 다 '소수정예' 멤버라는 가정이면, 세 명이 더 강하니까 더 적은 인원으로 찢어놓은 거 아닐까? 그게 밸런스가 맞으니까 그리해놨겠지.]

[몬스터콜렉터(Lv.29):ㄴㄴ 그거 아님.]

[병아리콩(Lv.27):??]

[몬스터콜렉터(Lv.29):구 소수정예 멤버 다섯 명이었던 거 기억 안 남? 일곱 명 쪽이 비운 님이랑 모찌 님이잖아. 실질적으로는 3:2가 맞지.]

[카드값줘체리(Lv.29):ㅇㅈ. 여태 경기도 보니까 두 명이 다 해결하드만. 다른 애들은 걍 병풍임.]

[병아리콩(Lv.27):음, 그런가?]

[아리아리동동(Lv.26):ㅋㅋㅋㅋ 병풍 같은 소리 하네. 제대로 상대할 만한 집단이 안 나와서 그런 거겠지. 무슨, 제대로 보지도 않아놓고.]

[문스터(Lv.33):야, 다들 시끄럽고 일곱 명 쪽이 무조건 이긴다 ㅆㅂ.]

[병아리콩(Lv.27):왜?]

[문스터(Lv.33):날 이겼기 때문이지 ㅆㅂ.]

[병아리콩(Lv.27):;;; 주모~ 여기 병먹금(병신 먹이 금지)요~]

[문스터(Lv.33):ㅆㅂ?]

[조류족성애자(Lv.26):ㅇㅇ 무조건 뽈하피가 이김.]

[병아리콩(Lv.27):? 조류 오빠는 저번부터 자꾸 뭐라는 거야.]

[조류족성애자(Lv.26):뿔하피, 핧핧……]
[병아리콩(Lv.27):;; 여기 이상해.]

[삐빅-]
['아레나 대기실'에 입장하셨습니다.]

"와아아아!"
"우오우오!"

들려오는 환호 소리를 보아하니, 이미 관중석에 인원이 가득 차 있는 듯했다.

나는 전투 준비 하는 일행들을 둘러봤다. 다들 긴장한 눈빛이었다.

"말씀드렸다시피, 보통 사람들이 아닐 겁니다."

이미 형들의 의심되는 증상에 관해서는 일행들에게 이야기한 상태. 물론, 이렇게 주의시키지 않아도 다 알 거다.

4강전에서 저들이 얼마나 강한지 다 같이 봤기 때문. 서은채가 걱정스러운 표정을 지었다.

"혹여 죽게 되더라도 확실히 살아나는 거겠죠?"

"어, 그건 걱정 마."

주예린이 고개를 끄덕이며 말을 이었다.

"경기장에서 죽은 애들 중 멀쩡히 살아 있는 놈 확인했거든."

"……그냥 지호랑 할아버지가 보호족이 없잖아요, 괜히 걱정돼서요. 뭐, 아저씨는 괴물이라 걱정 없지만."

"아니, 죽지 않을 거라 생각하면 안 돼."

주예린이 고개를 저었다.

"네?"

"지금처럼 전부 다 산 채로 간단하게 이길 생각 마라는 거야. 저 오빠들이 PVP를 얼마나 많이 해봤는데. 노련하고 능수능란한 사람들이야. 절대 쉽지 않은 사람들."

"그, 그렇군요."

"뭐, 우리 리더가 더 무시무시한 사람이긴 하지만."

주예린이 날 보고 싱긋 웃었다.

'맞는 말이지.'

피해 없이 이길 거라 생각하진 않는다. 물론 자신은 있다, 그러나 방심은 하지 않을 거다. 무조건 처음부터 온 힘을 다해 싸울 거다.

[자! 각 결승전을 치를 집단들은 경기장에 입장해 주세요!]

사회 요정이 부른 것은 그때였다. 일행들이 침을 꼴깍 삼켰다. 나 역시 모든 몬스터를 소환한 채로 창을 들었다. 그리고 경기장에 들어섰다.

"우와아아!"

"우오오오!"

"소수정예! 소수정예!"

환호하는 관중들.

그리고 그 앞에 형들이 서서 우릴 쳐다보고 있었다.

섬뜩한 시선과 미소. 이제 확신했다. 저들은 내가 아는 형들이 아니다.

"헤이, 오빠들!"

주예린이 나섰다. 아직 경기 시작 전, 대화를 나눌 시간은 충분했다.

"나 모찐데 기억 못 해? 정말 정신이 아리까리 해진 거야?"

주예린의 인사. 그러나 별다른 반응 없이 쳐다보기만 할 뿐. 역시나 못 알아본다. 주예린이 고개를 절레절레 흔들었다.

"이거, 진짜 맛 간 거 같은데, 오빠들?"

"눈동자를 자세히 봐라."

"그러네, 초점이 없어."

소름이 돋았다. 만약 형들이 저렇게 된 게 '사이버'의 소행이라면, 선악을 떠나 「갓 컴퍼니」가 양반인 거다. 죽창 사내는 둘 다 쓰레기라 했지만 어쨌든, 저건 아니다.

"……원상태로 복귀시킬 수 있을까?"

주예린이 부르르 떨었다. 상상한 듯했다. 내가 그 당시 놈의 포탈에 들어갔으면 어떻게 됐을지 말이다.

"자세한 건 따져 물어봐야지."

"갓 컴퍼니한테?"

"어, 레너드한테."

"하……. 오빠들, 만약 구할 수 있으면 구할 거지?"

"……그래야지."

"사이버 개새끼! 음흉한 새끼! 흉악한 새끼! 어떻게 사람을……!"

"자, 이제 준비해라."

그녀의 말을 끊었다. 사회 요정이 손을 들었기 때문이다. 곧 이어 경기 시작을 한다는 표시.

이제 집중해야 했다. 형들을 구하는 건 구하는 거고 일단은 이곳에서 우승해야 하니까.

[자 그럼! 경기~ 시작합니다!]

형들과의 대치. 나는 창을 들었다. 서은채의 버프가 들어왔다.

'선수필승이지.'

처음부터, 진심을 다해야 한다. 실베론과 뿔하피는 아군 몬스터들과 함께 대형을 이룬 상태로 대기하는 중. 일단, 내가 먼저 선두에 섰다.

"하앗!"

땅을 박찼다. 빠르게 줄어드는 거리. 일단 목표는 형들이다. PVP에선 몬스터보단 캐릭터를 조지는 게 장땡이니까.

슈웅!

그때였다. 옆구리에 아릿하게 느껴지는 살기.

'암살족?'

재빨리 허리를 비틀었다.

스윽!

살짝 베인 옆구리가 저릿해졌다.

"크윽."

생각보다 빨랐다. 적어도 '푸른 닌자'(★★★★)보다는 더 빨랐다.

곧이어 은신이 풀리는 암살족. 회심의 암살이 빗나갔다는 것에 놀랐는지 굳은 표정이었다.

"어딜!"

스텝을 밟았다. 그리고 직관적으로 창을 찔렀다. 보이는 암살족은? 그냥 밥이지.

푸숙!

살을 뚫는 기분 좋은 느낌. 그와 동시에 본능적으로 앞으로 한 걸음 더 나아갔다.

스슷!

어쩐지, 뒤가 간지럽더라니.

서둘러 뒤를 돌았다. 암살에 실패한 암살족 한 마리가 더 보였다. 과연, 나한테 두 마리나 붙인 거다.

"별거 없네."

베기에 실패해 균형을 잃은 암살족. 나는 찔러넣었던 창을 뽑아 곧바로 놈을 찔렀다.

푸욱!

비명도 지르지 못한 채 죽는 암살족. 전율이 일었다. 오직 감각만으로 보이지 않는 적을 잡는 기분이라니. 그것도 창 한 번에 한 놈이 죽는다. 말 그대로 일격필살이라 봐도 좋을 정도.

"꺄아악!"

불현듯 서은채의 비명이 들렸다.

'뭐지?'

고개를 잠깐 뒤로 돌렸다.

"지, 지호야! 할아버지!"

서은채의 외침!

상황이 좋지 않았다. 매우큰사람 형의 나머지 암살족이 뒤편에서 할아버지와 서지호의 목을 벤 상태. 어떤 술수를 썼는지는 몰라도 서지호의 탐색에 걸리지 않았나 보다.

"정신 차려! 서은채! 죽은 거 아니니까! 집중해!"

주예린이 소리쳤다. 그녀의 말이 맞다. 사실, 이 정도는 예상했었던 거기도 하고. 어쨌든, 당한 할아버지와 서지호의 몬스터들이 통제를 잃은 상태로 날뛰기 시작했다.

[끄우우우우!]

그때였다. 짐승의 포효가 공간을 크게 울렸다. 전방을 바라봤다. 그러자 상대 팀 매머드가 울부짖으며 발을 올리고 있는 게 보였다. 못해도 5m는 되어 보이는 커다란 덩치.

'제기랄, 광역 CC기.'

놈은 빨랐다. 무슨 판단을 하기도 전에, 쿵! 하는 소리와 함께 몸이 하늘에 떴다. 그리고 떨어졌다.

['스턴'에 걸렸습니다.]

[10초간 움직일 수 없습니다.]

'뭐? 10초?'

너무 긴 시간이다. 보아하니, 앞에서 '곱창사랑' 형이 검기를 준비하는 상태. 그때 4강전에서 보여줬던 그 패턴이 분명했다.

'제기랄, 10초는 너무 사긴데.'

온몸이 굳었다. 움직이려 해봐도 움직여지지 않았다. 단번에 걸리는 걸 봐서는 형들과의 레벨 차도 얼마 나지 않나 보다. 빌어먹을, 이대로 가다간 저 검기에 갈릴 거다.

[천사족 '유지넬'(★★★★★)이 당신을 '정화'합니다.]

그때였다. 서은채의 정화가 날아왔다.

굳었던 몸이 부드럽게 풀렸다.

'어떻게?'

고개를 다시 뒤로 돌렸다. 실베론과 아그니스가 본체로 하늘에 뜬 채로 브레스를 준비하고 있었고, 뿔하피와 유지넬이 나를 향해 날아오고 있었다.

'……그렇군.'

매머드의 광역 CC기는 지상 유닛에게만 효과가 있었다. 날개 달린 몬스터들에겐 소용이 없는 스킬. 하긴 그 정도의 페널티도 없으면, 10초는 진짜 말도 안 되는 사기다.

수우우우!

마침내 '곱창사랑' 형이 칼을 길게 휘둘렀다. 검기가 날라왔다. 그와 동시에 두 드래곤의 브레스도 뿜어져 나왔다.

파즈즈즉! 화르르륵!

부딪치는 두 막강한 기운.

콰아아앙!

거센 폭발음이 퍼졌다. 그리고 등장하는 형들의 멀쩡한 모습. 확실히 검기의 위력은 대단했다. 아무리 숙련도가 낮다 해도 태생 5성의 브레스 두 개를 상대로 견뎌내다니.

'저것도 필살기 느낌인가 보군.'

그게 아니면 설명이 안 됐다. 아마 내 쇼크웨이브랑 비슷한 느낌이거나, 조금 나은 정도? 일 거다.

"하앗!"

나는 목표를 바꿔 달려 나갔다. 적팀의 딜러를 묶어줘야 일행들이 싸우기 편해진다. 그리고 형들 중 가장 딜러 역할을 하고 있는 게 '합체족'인 '곱창사랑' 형이다.

곧이어, 형이 날 응시했다. 불길한 느낌이 들었다.

스르륵-

순간, 시야에서 사라지는 '곱창사랑.'

'어디지?'

심장이 철렁했다. 재빨리 위치를 파악했다. 형의 위치는…… 제기랄, 뭉쳐 있는 아군 하늘 위였다.

"위험해!"

내가 외쳤지만-

콰아아아앙!

칼과 함께 땅으로 떨어진 형의 검격에 아군의 몬스터들이 갈려 나갔다. 비명 소리와 함께 들려오는 주예린의 악다구니.
이어지는 치열한 혈투. 아무래도 나랑 직접 상대하는 것보다
일행들을 먼저 처리하려는 것 같았다.

'이러면 어쩔 수 없지.'

목표는 없다. 그냥 보이는 건 다 부순다.

[광전사(狂戰士) 모드(Lv.3)를 활성화합니다.]

시야가 붉어졌다.

오냐, 다 덤벼라. 우선 가장 꼴 보기 싫은 놈이 보인다. 덩치
만 산만 해가지고 계속 군중 제어기를 넣는 코끼리 새끼. 딱
잡기도 쉽게 덩치도 크다.

나는 곧바로 달려 나갔다. 그리고 오른손에 힘을 줬다. 상황
파악? 그런 거 없다. 압도적인 힘으로 씹어먹어 주마.

['디스트럭션 쇼크웨이브'를 가동합니다.]

뭉치는 에너지.

"뒈져, 개××들아."

형들의 몬스터들이 많은 쪽으로 대충 찔러넣었다. 쏟아지는
에너지와 들어가는 대미지.

콰가가강!

에너지가 폭발하며 폭음이 터져 나온다.

더럽게 아프겠지?

그렇게 생각하니까 기분이 좋아진다. 나는 그대로 달려 나간 채, 코끼리의 몸통에 창을 꽂아 넣었다.

[끄우우우우!]

미친 듯이 울부짖는 놈을 계속 꼬챙이로 찔러댔다. 옆에서 덤벼오는 잡 몬스터들이 보였다. 공격이 한심할 정도로 느렸다.

눈을 감지도 않았다. 최소의 움직임으로 공격을 다 피해낸 후 연속으로 창을 찔렀다.

푸숙! 푸숙! 푸수숙!

그냥 본능적인 움직임. 아델의 여동생이 알려줬던 대로 오로지 공격! 공격! 공격!

[끄우우우!]

-키아아악!

몬스터들이 하나둘 쓰러져 가기 시작했다.

'겨우 이 정도라고?'

'토실토실' 형이 가지고 있던 몬스터 다섯 마리. 생각보다 상대하기가 너무 쉬웠다. 나름 강하게 솟아내는 스킬들도 내 눈에는 너무 느리게만 보였다.

"잘 가라."

이제 남은 마지막 몬스터. 그놈의 미간에 창을 꽂아 넣었다.

푸숙!

"와아아아!"

"우와아아!"

관중들의 환호 소리가 울려 퍼졌다.

"와! 미쳤다!"

"완전 막상막하야!"

"누가 이길까?"

"검 든 사람이랑 창 든 사람 싸움 될 거 같은데?"

"왜, 드래곤 탄 여자도 있잖아."

"글쎄, 칼잡이한텐 안 되지 않을까?"

환호하며 갑론을박 펼치는 관중들. 그리고 채팅방 고인물들 역시 불타올랐다.

[병아리콩(Lv.27):와 비운 오빠!]

[카드값줘체리(Lv.29):ㅋㅋ 내 말 맞지? 구 멤버 다섯 빼면 다 병풍임.]

[아리아리동동(Lv.26):······그러네;]

[병아리콩(Lv.27):그래도 일곱 명 쪽이 우세한 거 아님? 비운 오빠가 순식간에 다 쓸어버렸잖음.]

[아리아리동동(Lv.26):여욱시. 외쳐! 갓 비운!]

[몬스터콜렉터(Lv.29):ㅇㅇ. 객관적으로 봐도 비운 님이 제일 센 듯.]

[카드값줘체리(Lv.29):그건 아직 모른다. 칼 든 분도 만만찮다.]

[몬스터콜렉터(Lv.29):;; 비운 님, 저 움직임 안보임? 저게 인간 피지컬로 가능한 수준이냐?]

[병아리콩(Lv.27):레알 개 멋있음!]

[아리아리동동(Lv.26):와, 저 큰 몬스터가 10초 만에 갈려 버리네.]

[조류족성애자(Lv.26):응, 뿔하피가 제일 셈.]

[병아리콩(Lv.27):닥쳐.]

콰가가가!

쿠아아앙!

시간이 몇 분 정도 흘렀다. 아직도 치열한 격전이 펼쳐지는 경기장 내부. 난장판이 따로 없었다.

솔직히 '토실토실' 형의 몬스터 다섯 마리를 잡을 때까지만 해도 승기를 완전히 가져왔다 생각했다. 그러나 그건 완전한 착각이었다.

1분 전, '매우큰사람' 형의 스킬이 터졌기 때문이다.

구어어어!

그것은 마치 10층의 악마 '아스모데우스(★★★★★)'의 '레이즈 데드'를 보는 듯했다. 무저갱 속에서 올라오는 듯한 울부짖음과 함께 그동안 죽었던 모든 몬스터와 캐릭터들이 되살아났으니까.

서지호도 할아버지도, 그리고 '곱창사랑' 형에게 죽었던 아군의 모든 몬스터들도 우리에게 적의를 가졌다. 물론, 다들 이지를 상실한 상태였다.

'……개 사기 스킬.'

이런 게 특전일 리 없었다. 흉악한 기운. 분명 '사이버'가 간섭력을 소모하여 선물한 스킬일 거다.

'그래. 하나씩 보여줘 봐라.'

비장의 스킬들. 어차피 '심연의 눈동자'로 보지도 못하는 거, 이번 기회에 낱낱이 살펴보자. 나중에 혹시 또 부딪힐 것을 대비해 알아두는 게 좋다.

나는 주변을 돌아봤다. 시야는 아직 붉었다. 광전사 효과가 해제될 때까지는 아직 3분 정도 남은 것 같다.

이것 참, 빨리 끝내야 하는데……

-크와아앙!

문득, 들려오는 소리에 시야를 돌렸다. 나한테 돌격해 오는 '라이'와 '구미호'가 보였다. 순간, 짜증이 일었다. 귀찮았다. 어차피 다 죽어가는 거 '불지옥'으로 다 조져 버릴까 하는 생각이 들었다.

뚜벅. 한 걸음 성큼 내디뎠다. 창을 가볍게 두어 번 휘저었다.

서걱! 스걱!

단박에 갈라지는 '라이'와 '구미호'. 할아버지와 서지호에겐 미안하지만, 이 정도는 한 방짜리 몬스터다.

다시 걸음을 내디뎠다. 그때였다. 눈앞에 '곱창사랑' 형이 나타났다. 멀리서 학살극을 펼치다 이제야 나에게 온 것이다.

"뭐야, 도망 다닐 땐 언제더니, 제 발로 와 줬네?"

"……"

내 말에 대답이 없다. 그냥 공허한 눈동자로 칼을 들 뿐. 주변은 이미 치열한 전쟁터였다. 양측 다 큰 피해를 입어가며 전투 중이었다.

사실, '곱창사랑' 형과 나. 우리 둘의 싸움으로 승패가 결정

날 것이다. 난 당장에라도 튀어 나가 공격하고 싶은 마음을 꾹- 눌러 담았다.

흥분하면 안 된다. 아직 정확히 파악할 수 없는 상대. 신중해야 했다.

'……제길.'

욕지거리가 나왔다. 빈틈이 보이지 않았다. 그래도 주저하고 있을 순 없다. 이제 광전사 시간이 얼마 남지 않았기 때문.

안 되겠다. 그냥 공격해야겠다.

빈틈이 없으면? 공격으로 만들어내면 된다.

"하앗!'

눈을 치뜨며 땅을 박찼다.

목표는 형의 목. 그러나 예상했다는 듯 정확히 그곳을 검날로 막아낸다.

채애애앵!

귀가 찢어질 듯 울리는 쇳소리. 손아귀가 묵직하게 아파 왔다. '무명'(無名)을 상대로 이 정도라니, 저 검도 나름 좋은 무기인 듯했다.

"……아직."

채앵!

생각이 끝나기도 전에 허리를 돌려 두 번째 공격을 가했다. 머리보다 몸이 앞서 반응하는 공격. 그러나 역시 막힌다.

제법이었다.

그렇게 우리는 몇 번의 합을 주고받았다.

채앵! 챵! 챠앙!

패도의 무리를 담은 '베르트랑 스피어'가 내 몸에서 자연스럽게 풀려 나왔고, 형 역시 정체 모를 검술로 맞응수했다.

콰아아앙!

'곱창사랑' 형이 힘으로 내 창을 힘껏 쳐낸 것은 그때였다.

온몸에 전해지는 충격에 목구멍에서 핏물이 솟구쳤다. 보아하니 형의 상태도 그렇게 좋은 것 같지는 않았다.

'대미지가 누적됐어.'

곧이어 형이 거리를 벌렸다. 그 후, 자세를 낮추고 기수식을 취했다. 그와 동시에 검날이 붉게 변하기 시작했다.

"흐읍!"

순간, 숨이 턱 막혔다. 검날에서 막대한 기운이 느껴졌다. 마력이 미쳐 날뛰었다.

이건 마치…… 그래, 내 '섬창'(殲槍)을 보는 것 같은 느낌이었다. 오싹하면서도 섬뜩한 기운.

'이게 비장의 한 수냐?'

심장이 쿵쿵 뛰었다. 원초적인 본능이 내 뇌리에 경종을 울렸다. 머릿속에서 계속 외쳤다. 이건 피해야 한다고. 맞으면 곧바로 소멸이라고.

그러나―

'도망?'

피식 웃었다.

고작 저런 스킬 따위가 무서워서 피한다고?

그럴 리가 없지 않은가. 가슴이 허락하지 않았다. 그래, 어디 발악해 봐라 '곱창사랑'. 다 받아줄 테니까.

"덤벼, ×밥아."

내가 도발하자, '곱창사랑' 형이 자존심 상한다는 듯 검을 휘둘러왔다.

강렬한 기세가 피어올랐다. 격렬한 바람이 귓가를 스쳤다. 그리고 그 검이 나에게 들이닥칠 때쯤-

['용맹무쌍'(勇猛無雙)을 가동합니다.]

나는 5초 무적기를 사용했다.

콰아아아앙!

엄청난 에너지가 공간을 찢었다. 마력이 터져 나와 온 세상을 뒤흔들었다.

그 폭발에 싸우던 다른 몬스터들도 바람에 휩쓸려 버릴 정도였다. 하지만, 나에겐 아무런 타격이 없었다.

바람이 불었다. 피어올랐던 먼지가 정리됐고, 내 모습이 드러났다. 물론, 멀쩡한 모습이었다.

난 싱긋 웃었다.

"다 끝났어?"

내 모습에 흠칫하는 '곱창사랑' 형. 큰 공격을 하느라 몸동작이 벌어진 상태. 역시, 이런 공격은 실패할 때 큰 빈틈을 보이지.

"그럼 이제 내가 갈게?"

난 씨익 웃었다.

눈에는 눈 이에는 이다, 새끼야.

['섬창'(殲槍)을 가동합니다.]

그리고 필살기를 가동했다. 창이 떨리도록 모여드는 엄청난 에너지. 어마어마한 무게의 압박감이 손아귀에 느껴졌다.

광전사 모드와 함께한 '섬창'은 절대 형의 기술에 밀리지 않았다. 몸 안에서 기운이 들끓었다.

'가라, 섬창.'

나는 천천히 손을 뻗었다. 창을 내질렀다.

당황하는 형의 육체에 가볍게 툭- 던졌다.

쿠웅!

그러나 그 파괴력은 가볍지 않았다. 공간이 찢어졌다. 빛이 터지고 검푸른 '무명'의 에너지가 사방으로 범람했다.

배가 알싸했다. 아마 엄청난 에너지가 급속도로 빠져나가서 그런 걸 거다.

"……!"

순간, 정적이 흘렀다. 관중의 환호 소리가 끊겼다. 주변 몬스터들도 싸움을 멈췄다.

짧은 굉음 후, 보이는 광경이 지나치게 처참했기 때문이다.

갈기갈기 찢어진 바닥. 그리고 그 바닥에 뚫린 커다란 구멍. 구멍은 어두워서 깊이를 짐작하기 힘들 정도였다. 당연히, 형은 흔적도 없이 사라진 상태.

과연 명불허전 '섬창'(殲槍). 단일 대상 최고의 필살기다웠다.

"와아아아아!"

"우와아아!"

일순간 함성이 터져 나왔다. 시야 구석의 채팅창도 미친 듯이 올라왔다.

[병아리콩(Lv.27):꺄아아아악! 존나 멋있어! ×발!]

[문스터(Lv.33):미쳤; ㅆㅂ.]

[카드값쥬체리(Lv.29)::;; 한 방?]

[아리아리동동(Lv.26):원래 고수들의 싸움은 한 수 싸움이라 하잖음.]

[몬스터콜렉터(Lv.29):그래서 님은 고수?]

[아리아리동동(Lv.26):시비 ㄴ]

[병아리콩(Lv.27):와, 진심 나 오늘부터 비운 오빠 팬 할래.]

형의 소멸을 확인한 나는 다시 창을 고쳐잡았다. 광전사 모드 끝까지 남은 시간은 약 1분. 아직, 정리할 게 남았다.

상대는 아직 많았으니까.

'토실토실', '매우큰사람' 형의 암살족들. 그리고 스킬로 되살아난 시체들.

"하앗!"

나는 다시 뛰어나가려 했다. 그러나 멈칫했다. 무언가 불길한 느낌이 들었기 때문이다. 뒤를 돌아다봤다.

멀리서 포동포동한 형 '토실토실'이 손을 들었다. 그때 '매우 큰사람' 형이 들었던 것과 같은 느낌.

"설마?"

구어어어!

죽었던 시체가 다시 살아났다.

"미친?"

다시 뒤를 돌아봤다. 힘겹게 죽였던 '곱창사랑' 형이 다시 되살아났다.

아니, 이건 너무한 거 아니야? '사이버' 새끼. 퍼줘도 적당히 퍼줘야지. '레이즈 데드'를 기본 스킬로 퍼주는 게 어딨어.

[10분이 지났습니다.]

['광전사(狂戰士) 모드'가 해제됩니다.]

때마침, 광전사 모드도 풀렸다. 제기랄, 붉었던 시야가 다시 하얘졌다.

[모찌(Lv.41):오빠.]

[비운(Lv.46):별수 없겠는데.]

[모찌(Lv.41):응, 잘못하다 지겠어.]

주예린과 약속했다. 광전사 모드가 끝나기 전까지 마무리 지어지지 않으면 '불지옥'을 소환하겠다고. 팀킬을 할 수도 있으니 이해해 달라고.

사실, 비장의 무기를 보여주는 것 같아 쓰기 싫었는데 이젠 어쩔 수 없다. 뒤에서 노려보는 '곱창사랑'을 다시 감당하기는 무리였다.

"열려라, 불지옥."

나는 조용히 읊조렸다. 그리고 심장 속에 날뛰는 기운을 다스렸다. 아그니스가 알려줬던 대로 천천히 조심스럽게.

[아공간 '불지옥'이 활성화됩니다.]

화르르륵!

곧이어, 공포스러운 문이 생겼다. 화염의 정수와 탑의 몬스터들이 잠들어 있는 지옥문이었다. 뜨겁게 달아오르는 공간. 아군이고 적군이고 모두 고통의 신음을 흘린다.

['불지옥' 내 테이밍 된 몬스터들이 출동을 준비합니다.]
['불지옥' 문을 여시겠습니까?]
[문은 10분 동안 열 수 있습니다.]

자, 이제 마무리할 때가 왔다.

이 공간에서 멀쩡할 수 있는 존재는 나와 뿔하피뿐. 나는 심장 속에서 날뛰는 기운들을 사방으로 풀었다.

끼이이이!

소름 끼치는 소리와 함께 문이 열렸다. 그와 동시에 튀어나오는 탑의 끔찍한 몬스터들.

"×, ×발 저게 무슨……!"

"저런 스킬이 있다고?"

"미친, 밸붕 아니냐?"

"솔직히 그렇게 따지면 계속 부활시키는 저 스킬도 밸붕이지."

"음, 그런가?"

"어? 나나나, 저거 알아! 저것들 시련의 탑 보스들인데?"

"레알? 시련의 탑?"

"진짜?"

관중들의 웅성거리는 소리가 들렸다. 나는 피식 웃었다. 어쩌라고, 꼬우면 너네도 얻던가.

"오빠!"

"건호 씨!"

주예린과 서은채, 그리고 빈서율이 내 쪽으로 다가왔다.

나머지는 이미 다 목숨을 잃거나 걸어 다니는 시체가 된 상태. 신기하게 여자들만 살았네?

"뿔하피."

[응! 지킬게!]

뿔하피가 날개로 일행들을 덮어줬다. 오직 화염 저항 100%인 뿔하피만이 저 괴수들의 화염 공격 속에서 안전할 수 있다.

'됐네.'

이제 진짜 끝. 나는 팔을 한번 휘둘렀다. 형들에게 그 어떤 비장의 수가 있다 해도 이건 못 막을 거다.

"자, 애들아. 놀아라."

그와 동시에-

[크아아아아!]

탑의 보스들이 포효했다. 주변에 존재하는 모든 생명체를 물고 뜯고 태웠다. 눈살이 찌푸려질 정도로 잔인한 살육극.

역시나 '불지옥'엔 형들도 어쩔 수 없었다. '곱창사랑'도 차마 화염 저항을 쌓진 못했는지 고통 속에 몸부림치며 녹아버렸다.

['집단 경쟁전'에서 최종 우승하셨습니다.]

[사망한 캐릭터와 몬스터가 원상 복구됩니다.]

[보상은 추후 정산됩니다.]

곧이어 뜨는 메시지와 함께-

빛무리가 우리를 감쌌다.

['집단 경쟁전'이 종료되었습니다.]

[우승:소수정예]

[준우승:소수정예]

['축제'는 결승과 함께 종료됩니다.]

결승의 종료와 함께 축제는 끝났다. 우리는 다시 '터'로 이동했고 그곳에 멀쩡히 부활해 있는 일행들을 확인할 수 있었다.

"서, 서지호! 괜찮아?"

"으, 응…… 누나."

서은채가 달려가 서지호를 꽉 껴안았고-

"할아버지, 그리고 종현 씨. 괜찮으세요?"

"일단은…… 괜찮은 것 같네."

"나도 마찬가지요."

빈서율과 주예린이 할아버지와 양종현을 챙겼다. 그렇게 잠깐의 시간이 흘렀다.

"……신기한 경험이었소."

"후우, 다시는 겪고 싶지 않을 그런 기억일세!"

내 주거지 앞. 어느새 모여앉은 일행들이 죽음에 관한 이야기를 했다. 대체로 주예린이 물었고 할아버지와 양종현이 답했다.

"헐, 그러니까…… 우리를 공격했을 때의 기억이 있다고요?"

"그렇다니까."

할아버지는 흥분한 상태였다.

"분명 생각과 판단은 다 할 수 있었네. 다만, 몸이 제멋대로 움직였어. 아무리 몸을 통제하려 노력하고 노력해 봐도 소용없었고."

"정확하오. 정말 환장하는 줄 알았지."

형들의 특수 스킬. '레이즈 데드'에 걸렸을 때를 떠올렸는지, 할아버지가 부르르- 몸서리쳤다. 양종현도 마찬가지였다.

"분명, 누군가가 지켜보는 느낌도 들었어요!"

서지호도 끼어들었다.

주예린이 고개를 갸웃했다.

"누군가 쳐다봤다고?"

"지호 말이 맞네. 무슨 끈적하고 불쾌한 시선이 계속 느껴졌었지."

할아버지가 동조했다.

"……그럼 이거."

주예린이 날 쳐다봤다.

나도 눈살을 찌푸렸다. 짐작이 갔기 때문이다. 나도 예전에 느꼈었던 시선이었으니까.

"……완전히 확실해진 건가? '사이버'의 소행."

"쩝, 그렇겠지."

"그럼 오빠들도?"

"똑같은 상태일 수도 있을 거야."

"하이고."

한탄하는 주예린.

나 역시 고개를 저었다.

형들이 채팅을 못 치는 이유. 경기장에서 대답을 못 했던 이유. '사이버'에게 자유의지를 빼앗긴 상태라면 그럴 수 있다.

머리가 지끈거렸다. 이렇게 되면 심각한 문제가 생기기 때문이다.

"이제부턴 조심해야 해."

이벤트가 끝나고 형들이 어디로 갔는지는 모른다. 하지만, 확실한 건 '사이버'의 통제를 받고 있고 언제든 우리를 공격할 수 있다는 사실이다.

주예린도 고개를 끄덕였다.

"그치, 방금까진 이벤트였다 해도 현실에서 만나면······."

"누군간 죽겠지, 반드시."

"하, ×발."

싸워봐서 안다. 나는 산다고 해도, 일행들 전부를 지킬 수는 없을 거다. 게다가, 지금 상태에서 만나면 형들을 죽일 수밖에 없다. 구해낼 방법을 찾지도 못한 채로 말이다.

참 답답한 상황이었다. 이제는 「갓 컴퍼니」에게 무언갈 대가 없이 받기도 뭐 했다. 사용한 간섭력만큼, '사이버'도 형들을 키울 테니까.

주예린이 짜증을 냈다.

"도대체 갓 컴퍼니는 이런 거 말 안 해주고 뭐 하는 거야?"

"이제 운영자를 만나봐야지."

"운영자?"

"응, 아린."

"쉐넌은?"

"걘 보니까 아무것도 몰라. 정보가 그렇게 많이 주어지진 않는 느낌이야."

"그래? 그럼 아린은 어떻게 만나려고?"

"깨야지. 히든 퀘스트."

"탑 30층까지?"

"어, 그럼 저번처럼 나오지 않을까?"

그때 분명 운영자 '아린'이 말했었다.

레너드는 50층에 있다고. 그렇다고 우리가 지금 당장 50층으로 갈 수도 없는 노릇. 방법은 '아린'밖에 없다. 그리고 '아린'은 새로운 히든 퀘스트를 줄 때 나타난다. 난 손뼉을 한 번 쳤다.

"그럼 일단, 방어 대책부터 마련해 봅시다."

탑을 오르기 전에 그것부터 해결해야 한다.

"오케이, 내가 방법을 한번 찾아볼게."

"네가?"

"응, 기다려 봐."

주예린이 눈을 빛냈다.

잠시 후-

"부르셨습니까, 누님!"

"오랜만에 인사 올립니다. 소수정에 형님들. 이번 결승은 정말 인상 깊었습니다. 그나저나…… 뿔하피는 어디에……?"

주예린이 채팅방을 통해 이곳으로 소환한 인원은 둘이었다.

'폭행몬스터즈' 유현동, '조류족성애자' 정태경.

유현동은 아직도 우리 주변에 터를 짓고 있었고 정태경은 저번 예선 이후로 이쪽으로 이사 온 상태란다.

주예린이 그들에게 지시했다.

"앞으로 너희 두 집단이 탑 서쪽 터를 지킬 거야."

명령의 골자는 이랬다.

소수정예의 터를 둘이 반반 나눠 둘러싸라. 철저히 경계하고 날파리들을 쫓아내라. 감당하지 못할 적이 나타나면 채팅 창으로 호출해라.

'……괜찮은데?'

나쁘지 않은 방법이었다. 저들은 우리가 부족한 경계를 제공하고 우리는 무력을 제공해 준다.

그렇게 된다면 저들에게도 나쁠 게 없었다. 지시를 받은 둘은 따로 앉아 상의했다. 아마 두 집단의 협의 아래 터 지역을 나누는 걸 거다.

"그리고 서지호."

나는 서지호를 바라봤다.

"네, 형."

"앞으로 탐지 숙련도 좀 더 올려야겠다."

"아……."

그의 안색이 어두워졌다. 암살족에게 당했던 기억이 떠오른 듯했다.

"경계도 더 강화하고. 저들이 막아준다 해도 일차적이야. 완전히 믿으면 안 돼. 게다가 암살족이잖아. 쥐도 새도 모르게 당할 수 있어."

"넵!"

"그리고 이제 팀을 나눠야 하는데……."

나는 고민했다. 계속 일곱 명이서 다니는 게 맞을까 싶었기 때문이다.

'광전사(狂戰士) 모드', '화염의 군주'.

새로 생겨나는 스킬들이 점점 팀보다는 혼자 다닐수록 강해지게끔 유도되고 있었다. 이번 '불지옥' 소환도 이벤트기에 가능했지, 현실이었으면 쓰기 더 까다로웠을 거다.

그래서 결정했다. 팀을 나누기로. 탑은 무조건 같이 오른다. 대신, 그 안에서 작전은 팀별로 수행한다.

뭐, 이전과 크게 달라질 건 없다.

주예린이 물었다.

"팀?"

"어, 네 팀 그리고 내 팀."

"아……. 하긴, 그렇게 하기는 해야겠네."

역시, 주예린. 따로 설명하지 않아도 찰떡같이 알아듣는다.

나는 마음속으로 내렸던 결정을 입 밖으로 내뱉었다.

"저랑 서은채랑 둘이서 팀입니다."

"오?"

"그리고 나머지 다섯 명이 함께 팀을 꾸립니다."

내 명령에 일행들이 고개를 끄덕였다. 주예린이 말했다.

"플뤼톤 잡을 때랑 똑같네?"

"그렇지, 그게 편해."

"그럼 우리 쪽 힐러랑 버퍼는? 오빠는 뭐, 혼자 무쌍이라 탱커나 디버퍼가 필요 없다고 쳐도……."

그게 문제다. 포지션을 한곳으로 몰았으니까.

난 양종현과 서은채를 바라봤다.

"앞으로 힐러와 디버퍼 포지션은 종현 씨와 은채가 동시에 가져갈 겁니다."

"……동시에 말이오?"

"아직 남은 몬스터 칸수가 있지 않습니까. 비록 오래 걸리겠지만, 앞으로 나오는 몬스터는 반대로 분배될 겁니다."

"아, 그런 식으로."

그럼 포지션을 섞으면 된다. 30층까진 이대로 가도 큰 무리 없다. 저번에 21층 오르면서 느꼈기 때문이다. 생각보다 별거 아니라는 것을. 그만큼 수준들이 높아져 있었다.

"게다가 앞으로의 모든 훈련은 팀별 합동 훈련입니다."

"합동 훈련?"

주예린이 물어왔다.

"팀장은 주예린."

나는 답했다.

"응?"

"네가 맡아."

"오케이. 그러지 뭐."

"특히, 암살족 대처방안에 대해 확실하게 연구해. 최우선이 그거야."

"맡겨만 줘."

정리는 끝났다.

이제 남은 건…… 딱 하나. 결승 보상을 뽑는 일.

[컹호오오오!]

마침 쉐넌이 나타났다. 우승 결산 받는다고 어디 사라지더니, 이제야 도착했나 보다.

[다들 날 목 빠지게 기다리고 있었던 거야? 이거 설레는걸?]

"헛소리 말고 보상이나 내놔."

[칫! 까칠하긴, 여기 있다! 흥!]

쉐넌이 지팡이를 휘둘렀다. 그러자 메시지가 떠올랐다.

[축하합니다. 'GC-202'(★★★★★) 소환 이용권을 획득합니다.]

"오?"

"이건 뭘까요?"

"GC-202?"

일행들에게도 동시에 메시지가 뜬 듯했다.

우승 보상은 심플하게 1개. 집단이 몇 명이든 단 하나의 보상만 주는 듯했다.

이거, 난이도에 비해 보상이 너무 짠데? 그만큼 좋은 거겠지?

나는 카드를 뽑았다.

"일단 뽑아보고 정보확인부터 해보죠."

"이번엔 오빠가 뽑게?"

"어, 확정 몬스터잖아."

원래 '확정 몬스터 소환 이용권'은 확률의 영향을 받지 않는다. 나는 허공에 뜬 카드를 집었다.

[몬스터 소환소가 열립니다.]

[보유 아이템 - 'GC-202'(★★★★★) 소환 이용권.]

[소환하시겠습니까?]

항상 빈서율에게 맡기다 보니, 내가 직접 소환하는 것은 오랜만이다.

"소환한다."

[소환소가 활성화됩니다.]

곧이어 뜨는 메시지와 함께-

번쩍!

-쿠구구구!

-콰르르릉!

땅이 흔들렸다. 하늘이 어두워지고 천둥·번개가 치기 시작했다.

"캬, 역시 태생 5성이라는 건가?"

"이펙트가 엄청 나구만?"

실베론을 소환할 때 봤기에 익숙한 일행들.

[신비한 기운이 공간 전체를 감쌉니다.]

[강력한 힘이 한 곳에 집중합니다.]

[빰빠밤!]
[근처에 전투 잠수함 'GC-202'(★★★★★)가 소환됩니다.]
[등록하시겠습니까?]

뭐지? 전투 잠수함이라고?

나는 순간 문구를 잘못 본 줄 알았다. 「몬스터즈」 10년간 처음 들어보는 종족이었으니까. 아니, 이런 걸 종족이라 할 수 있을까?

고철…… 아니, 튼튼해 보이는 재질의 잠수정이 빛과 함께 드러났다. 검은색 몸체에는 하얀색 글씨로 'God Company-202'라는 글자가 적혀 있다.

아, GC가 갓 컴퍼니의 약자였어? 무슨 직원들이 타고 다니던 거라도 되나?

선체 폭은 약 3m, 전장은 20m 정도로 소형이었다. 그래도 일곱 명은 거뜬히 탑승할 수 있을 정도? 사방엔 총구가 드러나 있었고 꼭대기엔 들어가는 입구가 보였다.

"이게 무슨……."

"잠수함이 여기에 왜 나와?"

"이게 무슨 의미일까요?"

나는 일단 정보부터 확인했다.

[몬스터:'GC-202'(★★★★★)]
[종족:전투잠수함]
[레벨:1 (Exp 0/200)]

[보유 스킬:5/5]

-가속 부스터(Lv.1):10분 동안 엔진을 출력해 약 100노트의 속도를 낸다.(제한:30분에 1번)

-레이저 탐지(Lv.1):주변 은신된 물체나 어뢰를 탐지한다.(제한:10분에 1번)

-자가 수리(Lv.1):타격 입은 잠수함을 자체 수리하고 부족한 어뢰를 충전한다.

-잠수함 전투 체계(Lv.1):유도기능의 어뢰를 여러 표적에 발사한다. (무장중어뢰 5셀, 방어용 어뢰 2셀)

-잠수함 방어 체계(Lv.1):1시간 동안 방어력이 높아진다. (제한:하루에 1번)

'허, 무슨 잠수함에 레벨이 있냐.'

등급이 있는 것 보면 '등급 업그레이드'도 가능한 듯싶었다. 근데, 이걸 누가 등록하지?

"오빠, 일단 들어가 볼까?"

어느새 주예린이 잠수함 입구 위에 올라서 있었다.

아, 등록하지 않아도 탑승은 가능한가 보구나? 그래, 저게 뭔진 모르겠지만 일단 안에 타보자. 생각은 그다음에 하자.

내부로 들어가자 시야가 번쩍였다. 조명이 함실 내부를 비춘 것이다.

'자동화 시스템인가?'

뭔가 지금까지의 몬스터들과 어울리지 않는……. 첨단 디지털 장비들로 꽉- 들어차 있는 함실. 함실은 상부와 하부로 나뉘어 있었고 전방과 양 측면에는 외부를 확인할 수 있게끔 강화유리가 붙어 있었다.

'나름 크네. 근데 이걸 어떻게 사용하란 거지?'

우리는 안으로 들어와 내부 곳곳을 살피기 시작했다.

먼저 하부를 수색하던 주예린과 빈서율의 목소리가 들려왔다.

"생각보다 아담하네?"

"여기 보세요, 언니. 화장실이랑 작은 휴식공간도 있는데요?"

"몇 인실인데."

"한 2인실쯤 돼 보여요."

"그래?"

"네, 생활용품들도 다 비치되어 있어요."

"이거도 주거지처럼 충전되는 형식인가?"

"그건 모르겠어요. 오? 여긴 어디죠?"

"왜, 왜. 뭔데."

"어뢰가 있어요!"

빈서율과 주예린의 대화.

하부는 크게 3개로 구분되어 있었다.

침실, 어뢰발사관, 그리고 축전지실.

나는 혼란스러웠다.

GC의 의미. 마치 「갓 컴퍼니」 직원들이 사용했을 것만 같은 이 잠수함.

'도대체 이들은 뭘까.'

신적인 존재 아니었나? 그렇다면 이런 걸 타고 다닐 이유가 없을 텐데? 아닌가? 이게 더 편하려나?

'······그나저나.'

분명 쉔이 말했었다. 이번 보상으로 쉽게 30층에 오를 수 있을 거라고. 공교롭게도 탑 21층~30층은 지하 수로로 되어 있다. 그럼 수로 밑에 있는 물속 길을 이걸 타고 들어가라는 말인 건데······.

나는 길도 모르고 방법도 모른다. 「몬스터즈」 당시에는 물속으로 다니지 않았었으니까.

"오빠?"

하부에서 수색하던 주예린이 간이사다리를 통해 올라왔다.

"응?"

"조종실 들어가 봤어?"

"조종실?"

"요기 상부 전방에 있던데, 일단, 이걸 어떻게 사용하는지부터 파악해야 할 거 같아."

그래? 그럼 그것부터 해보자.

조종실 앞에 섰다. 모니터와 각종 장비로 가득 찬 공간. 그곳 안으로 발을 뻗었다.

파즉!

전류가 흘렀다.

[삐빅-]

[등록하지 않으면 이용할 수 없습니다.]

[등록하시겠습니까?]

"뭐야?"

일단 뒤로 빠져 취소를 눌렀다. 따가운 통증이 느껴졌다.

"왜?"

"등록해야 하나 보다."

"아."

등록이라……

몬스터 보유 칸에 자리가 하나 남았다지만, 함부로 등록할 수는 없었다. 이 전투 잠수함이 내 전투력에 도움이 되는 건 아니니까. 누가 조종할지도 모르는 거고.

"아저씨! 아저씨!"

서은채의 외침이 들려온 것은 그때였다.

"이리 와보세요! 뭔가 발견했어요!"

"가보자, 오빠."

서은채가 있는 곳으로 갔다. 상부 후미에 보이는 작은 방이 었다. 창고처럼 생긴 공간. 나는 물었다.

"뭔데?"

"여기만 조명이 안 비춰서 들어가 봤는데. 벽에 뭔가 새겨져 있는 것 같아요."

서은채가 어디서 구했는지 모를 플래시로 빛을 비췄다. 그러자 보이는 커다란 도면.

"······이거."

주예린의 눈이 커졌다. 나도 놀랐다.

"77층에서 봤었던 그 설계도?"

"······맞네, 일부지만."

고개를 끄덕였다. 벽에는 시련의 탑 설계도가 새겨져 있었다. 딱 21층에서 30층까지 부분만.

'······이건가? 쉐넌이 말했던 게.'

「갓 컴퍼니」가 준비했다던 선물. 30층까지 쉽게 깰 수 있게 도와주겠다는 그 선물. 그게 이 설계도일 확률이 높았다.

"오빠, 여기 봐. 수로 밑에 29층까지 길이 한 번에 나 있어."

"응?"

"봐봐 깊게 잠수하면, 밑에 물길이 다 이어져 있잖아."

그랬다. 멀리서 보니까 마치 맵핵을 킨 것처럼 탑의 구조가 한눈에 보였다.

사실, 그 당시에는 히든 피스만 확인하고 쓸모없어서 자세히 확인 안 했던 부분이다. 이미 클리어한 상태라 볼 필요도 없었고.

"······이런 게 있었다니."

"이곳저곳 함정이 있긴 한데, 저 길만 이용하면 30층 입구까지 한 번에 뚫을 수 있을 거 같은데?"

탑 한 번에 뚫기. 저층에서 고층까지 한 번에 올라가는 방법이다. 빠른 속도로 클리어 보상만 챙기면서 올라갈 수 있는 방법. 「몬스터즈」에서도 사용해 본 적 있는 방법이다.

탑 80층대를 그런 식으로 깼기 때문이다. 77층의 설계도에 나와 있는 지름길로. 어렵긴 했지만, 빠르게.

다만, 이 방법엔 단점이 있다. 손쉽게 클리어한 층의 경험치를 온전히 먹을 수 없다는 점.

그래도 나쁜 건 아니다. 보상을 빠르게 받아서 몬스터를 늘리고 한꺼번에 성장하는 게 더 효율적이니까. 경험치를 올릴 수 있는 곳이 꼭 탑에만 있는 건 아니다.

"견적 나왔네."

"바로 달리려고?"

"응, 시간도 없는데 29층까지 바로 깬다. 그리고 남은 시간을 최대한 활용해 30층을 준비한다."

"크- 좋네."

히든 퀘스트까지 남은 시간은 21일. 이 잠수함과 설계도만 있다면 30층 준비하는 시간을 크게 벌 수 있을 거다.

"근데 이거 운전은 누가 해?"

이제 가장 큰 문제점이 남았다.

Chapter 6

잠수함을 조종해 본 사람?

혹시나 했지만 역시 있을 리가 없었다. 나 같은 경우는 구경해 본 게 오늘이 처음이다.

주예린이 말했다.

"이거…… 조종할 사람이 등록해야 할 것 같은데요. 혹시 자동차 면허라도 있으신…… 분?"

"……자동차 면허 말이오?"

양종현이 어이없다는 표정을 지었다.

주예린이 한숨을 내쉬었다.

"후, 어쩔 수 없잖아요. 보니까 통로가 좁은 곳도 있고 좀 어려워 보이는 함정들도 있어요. 베스트 드라이버가 아니면 위험할 수도 있다구요."

"그래도 자동차랑은 엄연히······."

"그냥 감각만 있으면 돼요. 별다른 대안도 없잖아요."

감각. 하긴, 지금 믿을 건 그거밖에 없지.

그때, 할아버지가 물었다.

"감각이 있다 해도, 조종법을 모르면 어찌하는가."

"으음, 아직 통제실에 못 들어가 봐서 그런데, 들어가 보면 답 나오지 않을까요? 갓 컴퍼니가 생각 없이 달랑 이거만 줬을 거 같진 않은데요."

"으음······. 일리 있구면."

나는 고민했다. 할아버지는 조경 전문, 양종현은 헬스. 서 씨 남매는 미성년자. 빈서율과 나는 알바생. 주예린은 설계도를 읽어줘야 한다.

'마땅히 할 사람이 없네.'

지원자가 없기도 하고······. 그래서 말했다.

"그냥 내가 할게."

"응? 오빠가?"

"어차피 넌 설계도 브리핑해야 하잖아. 저 창고에서."

"······그렇지."

"딱 채팅창으로 하면 되겠네. 조종실엔 내가 들어가고."

결정은 끝났다. 나는 다시 일행들을 둘러봤다.

"출발은 내일 이 시간에 하겠습니다. 오래 걸릴 수도 있으니 대비는 확실히 하고 오세요."

"알겠네."

"그렇게 하겠소."

일행들이 해산했다.

주예린만 남았다. 어떻게 오를지에 대한 토의를 하기 위해서다. 그녀가 말했다.

"일단 등록부터 해. 어떻게 조작하는지는 그때부터 한번 보자."

"오케이."

우리는 조종실로 다가갔다. 내가 먼저 발을 들이밀자 다시 메시지가 떠오른다.

[등록하시겠습니까?]

"등록한다."

[눈을 크게 떠주세요. 홍채와 안면을 스캔합니다. GC-202가 캐릭터 '담건호'를 주인으로 인식하는 중입니다.]

조종실 안쪽에서 나온 빨간 레이져가 내 몸 구석구석을 비춘다. 그렇게 짧은 시간이 흐르고-

[삐빅-]

['GC-202'(★★★★★)를 등록하셨습니다.]

결국, 내가 등록했다. 몬스터 등록 자리가 좀 아깝긴 했지만, 이것도 나름 태생 5성이지 않은가. 분명 쓸모가 있을 거다.

우우웅!

전투 잠수함이 진동했다. 그리고 곧이어 기계형 목소리가 흘러나왔다.

[2060년형 전투 잠수함 'GC-202'에 오신 것을 환영합니다. 마스터.]

"웅?"

나와 주예린은 놀랐다.

"2060년?"

"뭐야 Ai였어?"

놀란 포인트가 좀 다른 것 같지만, 어쨌든 나는 물었다.

"……GC-202라고 부르면 되나?"

[코드넘버' 202. '코드명' 지니입니다. 편하실 대로 불러주세요.]

"그럼 그냥 지니라고 부를게."

[좋습니다, 마스터.]

"지니야."

[네.]

이거, 뭔가 익숙한데?

"2060년이 무슨 말이지?"

[말 그대로입니다. 마스터. 저는 2060년 갓 컴퍼니에서 제작된 인공지능입니다. 현재는 전투 잠수함에 탑재되어 있지요.]

미친. 진짜로?

좀, 뭔가 말문이 턱 막힌다. 저들이 미래에서 온 걸까? 우리가 있는 곳이 미래인 걸까? 어디, 물어보자.

"그럼 지금은 몇 년도인데?"

[죄송합니다, 마스터. 시간 측정 기계가 파손되어 현재로선 판단할 수 없습니다.]

"……."

첩첩산중이다. 어째 진실에 가까워질수록 더 혼란스러워지는 느낌. 두통에 미간을 찌푸렸다. 그러자 주예린이 팔을 잡아 온다.

"오빠, 걍 설정이겠지."

"설정?"

"응, 원래 몬스터 마다 배경설정 있잖아. 너무 복잡하게 생각하지 말자. 지금 중요한 건 요놈의 조종방법이잖아."

그렇지, 맞는 말이다. 어차피 탑 50층에 가면 '레너드'를 볼 수 있다고 했다. 모든 진실이 풀리는 건 아니라도 그때 가서 놈과 대화해 보면 어느 정도 각이 보일 거다.

나는 다시 지니를 불렀다.

"지니야."

[네.]

"이거 조종은 어떻게 하는 거야?"

[조종방법은 간단합니다. 세부 조작은 제가 다 통제하고 있고 방향 조작 및 스킬 사용만 마스터께서 해주시면 됩니다.]

"그래? 이거 연습 좀 해봐야겠는데."

파즛!

조종실 정면 커다란 모니터에 간단한 조작 설명서가 떴다.

그동안 고민했던 게 허무할 정도로 간단한 조작기였다. 그냥 아케이드 게임하는 수준?

주예린이 말했다.

"내일 22층 수로에서 좀 연습해 보다가 가자."

"오케이."

이곳에서는 연습이 불가능하다. 물이 없으니까.

그녀 말대로 내일 들어가서 하는 게 차라리 낫다. 우리는 잠수함 내부를 몇 번 둘러본 후, 소환 해제 했다.

하루가 금방 지났다. 이제 퀘스트까지 남은 기간은 20일뿐. 우리는 다시 탑으로 입장했다.

[시련의 탑 22층입니다.]
[지하 수로 내 몬스터들을 모두 섬멸하세요.]

'저번에 왔던 곳이네.'

탑 21층의 목적지였던 던전 끝. 그곳에 위치한 지하 수로 입구가 보였다. 21층의 던전 끝과 22층의 초입부는 이렇듯 연결되어 있다.

"몬스터가 보여요."

빈서율이 말했다. 주예린도 답했다.

"설계도에 따르면 여기서부터 잠수함을 소환해야 해. 수로 사이 밑으로 들어가는 거야."

"오케이."

곳곳에 포진한 수(水)속성 잡 몬스터들. 초반인지 잡기엔 간단해 보였다. 굳이 내가 나설 필요도 없을 정도?

그래서 빈서율에게 말했다.

"서율 씨."

"넵. 건호 씨."

"일행들이랑 주변만 간단히 정리해 주세요. 잠수함 안전하게."

"알겠습니다."

정리는 빨랐다. 일행들이 정리하는 동안 잠수함을 소환했다. 그리고 나는 조종실, 주예린은 설계도가 위치한 창고에 탑승했다.

[비운(Lv.46):보여?]

[모찌(Lv.41):ㅇㅇ 잠망경 있다. 나도 전방 훤히 보여.]

[비운(Lv.46):오케, 위치만 알려줘 연습해 볼게.]

잠망경 상태 양호. 채팅창 상태 양호.

잠시 뒤, 일행들 모두가 탑승했다. 이제 출발해야 할 때. 난 심호흡을 했다. 운전은 처음이다. 내 손가락 끝에 모든 일행들의 목숨이 달려 있다. 물론 연습은 하고 진행할 테지만, 그래도 긴장되는 건 어쩔 수 없다.

"지니야."

[네, 마스터.]

"잠수하자."

[알겠습니다.]

우우웅!

크게 떨려 울리는 잠수함 소리.

그렇게 지하 수로 탐험이 시작되었다.

[내부 물탱크에 물을 채웁니다.]

[급잠수를 실시합니다.]

스으으-

지하 수로 아래는 수심이 깊었다. 시커멓게 끝이 안 보일 정도.

주변 역시 컴컴했다. 그래도 수로 밑에 달린 몇몇 조명들 덕분인지, 그나마 위쪽 근거리는 조금 보이는데…….

[모찌(Lv.41):오빠, 이거 상태가 너무 심각한데?]

[비운(Lv.46):하나도 안 보이지?]

[모찌(Lv.41):ㅇㅇ 잠망경에 먼지 낀 거 같아. 이 정도면 설계도 봐도 파악이 힘들어.]

확실히 상황은 심각했다. 일단 잠수는 하고 있는 상태인데, 어느 방향으로 가야 할지 모르겠다. 잠수함에서 나오는 빛은 너무도 미약했다. 마치 눈뜬장님이 된 것 같은 느낌.

'……이거 조작 연습도 해야 하는데.'

잡고 있는 키에 힘이 꽉 들어갔다. 무언가 보이지 않는다는 공포. 그 공포가 생각보다 크게 다가왔다.

조종실 뒤에서 내 모습을 지켜보는 일행들의 안색도 별로 좋지 않았다. 특히 시련의 탑이니까. 평범한 물속이 아니니까.

"어떡하죠?"

빈서율이 걱정스러운 표정을 지었다.

"거 무시무시한 몬스터라도 나오는 거 아니오? 그래도 탑인데……."

"후, 나는 어딘가 부딪힐까 봐 걱정이네만."

웅성거리는 일행들.

식은땀이 났다.

일단 지니를 불러봤다.

"지니야."

[네.]

"앞이 너무 안 보이는데?"

[마스터, 현재 조명 출력은 최대입니다.]

"제기랄."

이 정도면 심해랑 다를 게 없겠는데.

일단, 흥분하지 말자. 침착하자. 분명히 「갓 컴퍼니」가 이 잠수함을 준 데는 이유가 있을 거다.

'이런 곳에서 죽을 순 없지.'

그동안 아득바득 올라오지 않았는가. 지금 시련은 그에 비하면 아무것도 아니다. 냉정하게 생각하자.

'빛이 없으면 빛을 만들 만한 무언가가 있어야지.'

빛, 빛, 빛…….

빛과 그래도 비슷한 속성이면.

화(火) 속성?

"뿔하피!"

일단, 뿔하피를 소환했다.

뿔하피의 '화(火)의 정수' 스킬 레벨은 2. 이제는 '파이어볼' 말고 다른 화염 마법도 다룰 수 있을 거다.

[응! 주인님!]

"혹시, 플래시 비스무리한 마법 가능해?"

[응! 어디에?]

오? 그냥 떠본 건데 된다고?

"저 밖에다가."

[응웅! 해볼게.]

후웅!

뿔하피가 날개를 휘저었다.

번쩌억!

번쩍이는 시야와 함께 생기는 하얀 구슬. 그리고 거기서 뻗어 나오는 환한 빛. 수로 아래 각종 기관과 아름다운 수초, 암석들이 선명하게 보였다.

[모찌(Lv.41):대박! 이거 뿔하피야?]

[비운(Lv.46):ㅇㅇ 아그니스도 좀 보내줘.]

[모찌(Lv.41):오케이, 그래도 다행이네.]

아그니스의 플래시도 가세했다.

번쩌억!

어두움이 사라졌다. 마치 낮 바닷가, 수심 낮은 공간을 지나는 느낌이었다.

"와, 아름다워요."

"이런…… 공간이었어?"

일행들이 감탄했다. 강화유리 밖에 비치는 풍경은 끝내줬다. 반짝반짝 빛나는 크리스털들과 대형 조개, 수북한 산호초들.

뭐야, 여기 바다야?

[모찌(Lv.41):눈앞에 보이는 관문 보이지? 거기로 들어가 봐.]

[비운(Lv.46):오케, 천천히 연습하면서 가볼게.]

[모찌(Lv.41):응.]

나는 키를 움직이며 천천히 적응했다. 조작은 쉬웠다. 내가 움직이는 방향대로 '지니'가 자동으로 세부적인 조작도 해주는 것 같았다.

솔직히 말하면 자동차 운전보다도 쉬웠다.

문은 가까이에 있었다. 꼭 막혀 있는 암석 사이에 끼어 있는 관문.

저 안으로 들어가면 시작인가?

슈우우우-

엔진이 부드럽게 돌아갔다. 프로펠러 역시 돌아갔다.

"와, 건호 씨. 운전이 되게 매끄러운데요?"

"진짜 처음 하는 거 맞아요?"

빈서율과 서은채가 칭찬했다.

그냥 엄청 쉬운데?

"방심하지 말고 앉아서 안전벨트 매세요. 시작은 이제부터입니다."

"넵!"

"네, 아저씨."

분명 주예린이 말했다. 설계도에 표기된 함정들이 무수히 많다고. 절대 방심하면 안 된다.

그렇게, 관문을 조심스레 통과하자-

[띠링-]

[축하합니다!]

[시련의 탑 22층을 클리어하셨습니다.]

"잉?"

22층을 단숨에 깨버렸다.

그리고 곧바로 메시지가 뜬다.

[시련의 탑 23층입니다.]

비밀 통로는 역시 남달랐다. 탑을 깨고 바로 나가지는 게 아닌, 곧바로 다음 층으로 이동된다.

원래 이런 시스템이다. 만약, 끝내고 탑 밖으로 나가고 싶다면? 수로 위로 올라가 미션을 클리어해야 한다.

[비운(Lv.46):뭐야?]

일단, 주예린에게 물었다. 어떻게 관문만 통과했는데 22층을 깰 수 있었는지 묻는 거다.

[모찌(Lv.41):뭐긴, 지름길이지.]
[비운(Lv.46):그래도 22층인데, 12분 클리어는 너무한데?]
[모찌(Lv.41):ㅋ]

뭐야, 그 웃음은. 역시 눈치챘나?

맞다, 사실 궁금한 건 거짓말이고 자랑이다. 채팅창 고인물들에게 보여주기 위한 자랑. 원래라면 22층을 클리어하기 위해서는 3일 정도 투자해야 한다.

수북한 몬스터들. 미로처럼 꼬여 있는 수로.

아니다. 그곳에 있는 모든 몬스터를 '섬멸'하기 위해서는 사실 3일로도 부족하다. 그런데 저 관문을 통과함으로써 탑의 축이 23층으로 넘어가 버렸다. 강제적으로 23층에 옮김으로써 이전 층이 클리어되고 보상까지 들어오는 개념인 것이다.

나름의 버그, 아니, 의도된 거니까 버그는 아닌가?

[병아리콩(Lv.27):?]

[문스터(Lv.33):ㅆㅂ?]

[카드값줘체리(Lv.29):이건 솔직히 구라.]

[병아리콩(Lv.27):미쳤;;]

[아리아리동동(Lv.26):이 시기에 22층인 것도 놀라운데 12분? 그게 가능?]

[병아리콩(Lv.27):동동오빠. 22층 올라 본 적은 있음?]

[아리아리동동(Lv.26):없지.]

[병아리콩(Lv.27):근데 왜 의심함. 그냥 외쳐! 갓 비운!]

[문스터(Lv.33):아니, 인간적으로 랭킹 1위 갱신 보상 좀 받아보자; ㅆㅂ]

역시 예상대로 반응해 주는 고인물들.

나는 피식 웃었다. 이런 반응을 일부러 유도한 이유는 분명했다. 지금 내가 필요 이상으로 긴장하고 있었기 때문이다.

채팅창의 귀여운 반응들을 보다 보면 긴장이 그나마 조금은 풀어지니까.

"후우!"

다시 심호흡했다. 이제 집중해야 한다. 어제 봤던 설계도에 따르면 이제부터가 진짜다.

[모찌(Lv.41):오빠! 여기서부터 부스터야!]

[비운(Lv.46):함정 구간이지?]

[모찌(Lv.41):응, 이번엔 이 구간만 통과하면 돼. 조심해!]

[비운(Lv.46):오케이.]

나는 곧바로 '가속' 페달을 밟았다.

['GC-202'(★★★★★)가 '가속 부스터' 스킬을 사용합니다.]

부우우웅!

잠수함이 크게 진동했다. 그와 동시에 나오는 속력. 무려 10분 동안 최대 100노트(185㎞/h)의 속력을 낼 수 있는 스킬이다.

콰아아아!

순식간에 앞으로 나가는 잠수함. 이제 하나의 함정코스를 지나야 한다. 설계도에는 함정코스라고만 되어 있고 정확히 어떤 함정인지는 나와 있지 않았다.

그래서 더 긴장됐다. 가속이 시작되고 곧이어 기다란 통로가 나왔다. 그리고 그 통로 사이사이에는 위아래로 재빠르게 움직이는 날붙이들과, 커다란 방어형 어뢰들이 보였다.

'저거에 부딪히면 어떻게 될까?'

으으, 상상하기도 싫다.

우선 천천히 통로 안으로 들어섰다.

[모찌(Lv.41):오빠, 앞에!]

"흐읍!"

바로 눈앞에 어뢰가 보인 것은 그때였다.

당황한 나는 바로 키를 왼쪽으로 꺾었다.

"꺄악!"

"꽈, 꽉 잡으시오!"

일행들이 손잡이를 잡았다. 함체가 크게 뒤흔들렸다. 정신이 번뜩 들었다.

'제기랄.'

앞으로 나아갈수록 더 많은 함정과 어뢰들이 보였다. 어떤 어뢰는 우리 쪽으로 날아오기까지 했다. 다시 키를 움켜쥐었다. 이럴 때일수록 더 침착해야 한다.

'오른쪽으로, 이번엔 아래로.'

몸이 붕 뜨고 가라앉는 위험한 드리프트가 시작됐다. 함체가 흔들리고 무언가에 부딪혀도 계속 모니터만 확인했다. 사방의 장애물을 모두 눈에 담았다. 식은땀이 줄줄 흘렀다.

'할 수 있어.'

비록 첫 운전이지만, 이 정도는 해낼 수 있다. 이것도 나름의 전투라 생각하면 된다. '아레스의 본능'이 도와줄 거다.

쿠아아아! 콰가가가!

수많이 쏟아지는 장애물들과 그걸 침착하게 피해 나가는 잠수함.

"으와아아! 이건 미쳤어요!"

"꺄아악! 이걸 어떻게!"

"저, 저런 걸 피한단 말인가."

내 운전에 일행들이 놀랐다. 그들 역시 유리창으로 바깥 상황을 다 지켜보고 있었던 것이다.

"……사실, 운전해 보고 싶다 하려 했는데, 큰일 날 뻔했네요."

조용한 빈서율의 목소리가 들렸다.

나는 피식 웃었다. 왠지 긴장감이 좀 가시는 느낌이다.

콰아앙!

"꺄악!"

"허어억!"

그때였다. 함체가 크게 뒤흔들렸다.

[함체가 손상을 입었습니다.]

[내구도 85/100]

'제기랄.'

어뢰에 맞은 것 같았다. 하긴, 아무리 감각이 좋다 해도 이 많은 걸 어떻게 다 피하겠는가.

[운전 좀 잘······.]

"닥쳐!"

[네, 마스터.]

짜슥이, 이것보다 어떻게 운전을 더 잘해?

그래도 다행이다. 한번 맞으면 끝장인 줄 알았는데 내구도는 있나 보다.

[모찌(Lv.41):오빠! 좀만 더 가면 출구 나와! 좀만 힘내줘!]
[비운(Lv.46):ㅇㅁㄴ!]
[모찌(Lv.41):한, 1분?]

'얼마나'라는 뜻. 바빠서 초성으로 친 채팅인데, 역시 잘도 알아먹는다. 어쨌든, 지금은 앞 상황에 집중해야 할 때!

쿠우우우!

수많은 미사일이 함체를 스쳐 간다. 철퇴, 죽창, 장애물들이 사방을 뒤덮었다. 마치 '총알 피하기'라는 미니게임을 하는 기분. 그러나 난 다 피해냈다.

[잘하시네요, 운전.]

"닥치라니까!"

[네, 마스터.]

집중을 깨는 지니의 목소리에 목청껏 외쳤다.

'하긴, 인정은 해.'

솔직히 엄청난 운전 실력이었다. 함체가 마치 미꾸라지가 된 것처럼 장애물을 요리조리 피해 다녔으니까. 그래서 놀랐다. 나에게 이런 재능이 있었을 줄이야.

"……이, 이거 탑 올라온 중에 제일 스릴있는데요!"

서지호의 떨리는 목소리.

"토, 토할 것 같아."

"이하동문이오."

그리고 1분이 지났을 때- 마지막에 보이는 또 하나의 관문을 통과할 수 있었다.

잔잔한 물속. 다시 함체가 안정을 찾았다.

"해, 해냈어!"

"자, 잠깐 화장실 좀."

"고생하셨소, 리더."

[모찌(Lv.41):나이스 오빠!]

일행들의 환호 소리. 나 역시 긴장이 확 풀렸다.

"허억, 허억."

거친 호흡이 터져 나왔다. 주르르 흐르는 땀을 닦았다. 이미 키 손잡이도 축축한 상태. 그렇게 다리에 힘이 풀린 상태로 축 늘어졌을 때-

[축하합니다!]

[시련의 탑 23층을 클리어하셨습니다.]

벌써 2일이나 흘렀다. 그럼에도 우리는 아직 잠수함 속이다. 계속되는 항해. 끝없는 장애물. 25층, 26층의 루트는 생각보다 길었다.

'아으, 피곤해.'

물론 운전대는 계속 내가 잡고 있다. 많은 관문을 통과했음에도 제대로 쉴 틈이 없었다. 시간이 흐를수록 육체적인 피로가 누적됐다.

확실히 운전과 전투는 달랐다. 이는 '아누비스의 손길' 효과를 온전하게 가져올 수 없기 때문이다. 그 스킬은 상대를 타격해야만 피로도가 사라지는 개념이니까.

'……빌어먹을.'

원래 계획은 이랬다. 장애물 지대와 장애물 지대 사이에서 휴식. 체력 충전 후 다시 통과.

분명 설계도에 따르면 그런 식의 항해가 가능했다. 휴식할 만한 공간들이 제법 많았으니까.

하지만 그건 착각이었다. 그 사이 공간에는 설계도에 그려져 있지 않은 놈들이 등장했다.

처음 보는 신비한 해양생물체. 신화 속에서 나올 것 같은 끔찍한 괴물까지.

[모찌(Lv.41):오빠! 오른쪽에 크라켄!]

[비운(Lv.46):봤어.]

바로 지금처럼 말이다.

"빌어먹을 오징어."

괴물의 등장에 급히 키를 틀어 방향을 전환했다. 그다음 가속 페달을 밟았다. 갑작스러운 방향 전환에 몸의 중심이 흐트러졌지만, 다행히 바닥을 구르지는 않았다.

'이제는 익숙하니까.'

콰아! 콰아아!

오른쪽에서 거대한 연체동물이 발을 뻗어낸다. 놈이 발을 뻗는 타이밍에 계속 방향을 틀어줘야 한다. 그리고 난 그걸 쉽게 해냈다.

[함체 자가 수리 중입니다.]

[내구도 92/100]

[굉장한 운전실력입니다, 마스터.]

몇 대 맞아도 상관없었다. 완전히 파손되지만 않으면 된다. 이렇듯, '지니'가 자동으로 수리를 진행하기 때문이다.

수우우웅!

잠수함이 유려하게 움직였다. 후미를 바라봤다. 아직도 따라오고 있다. 경험상 저놈은 굉장히 끈질기다. 나는 키를 조종하며 옆에 있는 빨간 버튼을 눌렀다.

'이거나 먹고 떨어져, 새끼야.'

[잠수함 전투 체계(Lv.1) '방어용 어뢰' 1셀을 설치합니다.]

투쿵!

지나가던 자리에 어뢰 하나를 깔아놓는다. '방어용 어뢰'는 이처럼 추격씬을 펼칠 때, 시간벌기용으로 딱이다.

콰아아아!

물속에 울리는 폭발음. 과연 태생 5성짜리 잠수함답게 어뢰는 강력했다. 그 강력해 보이던 오징어과 괴물 '크라켄'이 그 한 방에 정신을 못 차렸다. 다리도 몇 군데 찢어진 것 같았다.

'그냥 가야지.'

잡으려면 잡을 수 있다. 그러나 굳이 멈춰서까지 그러고 싶진 않았다. 죽여서 얻는 이득보다 손해가 훨씬 크니까.

'놈을 잡으려면 어뢰를 다 써야 해.'

어뢰는 한정적이다. 충전시간이 길기에 최대한 아껴놔야 한다. 저놈 말고도 해양생물체들은 끔찍하게 많다.

[모찌(Lv.41):와! 이제 완전 전문간데? 나중에 혹시나 지구가 정상적으로 돌아온다면, 조종사로 취직해도 되겠어.]

[비운(Lv.46):무슨…… 후, 그전에 죽겠다.]

[모찌(Lv.41):왜?]

[비운(Lv.46):……피곤해서.]

[모찌(Lv.41):나도. 슬슬 눈깔 빠질 거 같아.]

나는 한숨을 내쉰 채, 뒤를 돌아다봤다. 일행들은 어느새 고속주행에 적응한 듯 여유롭게 몬스터 숙련도를 올리는 중이었다. 공격 스킬들 말고 쿨타임 적은 간단한 스킬들 위주로. 물론, 뭐라도 하고 있으라는 내 지시 때문이다.

"건호 씨, 방금 주행 좋았어요!"

"자네가 고생이 많네."

"이제 쉴 때 되지 않았어요?"

일행들이 응원했다. 그런 점은 참 마음에 들었다.

원래 조수석에 앉은 사람이 잠만 자면 얄밉지 않은가.

그런데 그들은 그러지 않았다. 나름 피곤할 텐데도 잠을 줄여가면서까지 내 집중력을 케어해 줬다.

[비운(Lv.46):도저히 못 참겠다. 잠깐 쉬고 가자.]

그러나 이젠 진짜 한계다.

[모찌(Lv.41):뭐? 쉬었다 가자고? 흠, 그건 좀 부끄러운뎅……]
[비운(Lv.46):……헛소리 말고, 빨리.]
[모찌(Lv.41):오케, 잠깐만. 공간 좀 찾아볼게.]

물론, 지금껏 휴식 없이 쌩으로 달리기만 한 것은 아니다. 하루에 딱 1시간. 휴식할 수 있는 방법이 있다.

[모찌(Lv.41):오빠, 우측 아래 45도 봐봐.]
[비운(Lv.46):봤어.]
[모찌(Lv.41):암석들 보이지?]
[비운(Lv.46):응.]
[모찌(Lv.41):거기 밑으로 가면 빈 공간 나온다.]
[비운(Lv.46):오케이.]

장애물 지대가 아닌 곳. 해양 몬스터들이 있는 자리를 대충 어뢰로 정리하고 그곳에 잠깐 대놓으면 된다.

주예린이 안내한 위치로 이동했다. 그 후, 주변을 살폈다. 다행히 이번엔 잡 괴물들밖에 없었다.

투쿵! 투쿵! 투쿵!

한 발, 두 발, 세 발.

리듬을 타며 발사했다.

콰아아아!

놈들은 약했다. 고작 어뢰 세 발에 갈기갈기 찢어졌다. 물론, 조금 있으면 이놈들은 다시 리젠된다.

"지니야."

[네, 마스터. '잠수함 방어 체계' 작동하실 거죠?]

"응, 부탁해."

휴식하는 방법은 간단했다. 1시간 동안 잠수함 전체를 철갑으로 두르는 스킬. 그 스킬을 쓰면 된다. 철갑은 해양생물체들이 아무리 건드려도 소용없을 만큼 단단하기에 안심해도 좋다. 아니, 애초에 건들지도 않을 거다. 전력을 다 차단하고 기척을 숨기기 때문이다. 아마 멀리서 보면 큰 바위? 정도로 보이겠지.

"진짜 졸려 뒈질 뻔했네."

마침내 키를 놓았다. 정상적으로 자리를 잡았기 때문이다.

'……이제부터 1시간.'

그 짧은 시간에 생리현상을 해결하고 쪽잠도 자야 한다. 주예린도 나도, 항상 이 순간만을 기다려왔다.

"오빠."

주예린도 창고에서 나왔다. 눈빛이 퀭하다. 내 모습도 저럴까?

일행들이 안전띠를 풀고 다가와 격려해 줬다. 하지만 지금은 격려보단 잠이 먼저다.

[마스터, 방어 체계 해제 5분 전입니다.]

"……."

먹먹한 시야. 잠겨 있는 의식 속에서 '지니'의 목소리가 들려왔다. 의식이 돌아온다. 그와 동시에 드는 생각은…….

'어이가 없네?'

분명, 난 방금 눈을 감았다. 그런데 55분이 지나 있다. 도대체 내 사라진 55분은 어디로 갔을까? 제기랄, 마치 타임머신이라도 탄 기분이다.

"오빠아아……."

잠겨서 다 죽어가는 주예린의 목소리도 들려왔다. 그녀도 깨어난 것이다.

그래도 다행이었다. 일반인의 신체였다면 분명 과로로 쓰러졌을 텐데, 그녀도 나도 합체족을 사용한다.

평범한 인간의 체력이 아니었다. 이렇게 몸이 움직여지는 걸 보면 말이다. 피로하긴 해도 할 만은 했다.

"……슬슬 다시 준비해야지."

기운을 냈다.

부스럭거리는 소리에 다른 일행들도 하나하나 잠에서 깼다. 그 모습을 멍하니 지켜보던 주예린이 답했다.

"……ㅆ같다. 이거."

"얼마 안 남았잖아?"

"응, 이제 좀만 가면 수로로 올라갈 수 있는 길 나와."

"거기 올라서 제대로 휴식하자."

현재 위치한 공간 축은 탑 27층. 우리는 27층에서 수로에 올라 제대로 쉬었다 가기로 했다. 과한 피로로 움직이다 보면 위험할 수 있기 때문이다.

'가는 길에 히든 피스도 들러야 하고.'

어차피 들러야 할 거, 한 번에 해결하고 가면 좋으니까.

"건호 씨, 예린 언니. 이거 드세요."

빈서율이 비상식량을 꺼내왔다. 나는 고개를 꾸벅인 후 받았다. 커다란 칼로리 바였다. 맛 대가리는 없지만, 빠르게 식사하기엔 제격인 그런 식품.

으적으적 씹으며 조종실로 이동했다. 이제 곧 있으면 '방어 체계'가 끝난다. 걷어지는 즉시 운전해서 공간을 빠져나가야 한다.

"뿔하피."

[웅웅! 주인님!]

"조명 준비됐지?"

[우웅…….]

뿔하피도 별로 재미없어하는 듯했다.

"훈련한다고 생각하자, 훈련."

[훈려언! 좋지좋지!]

'훈련'이라는 단어에 다시 활기가 차오르는 뿔하피. 꽤나 단순한 녀석이다.

하, 나도 뭔가 운전하면서 훈련할 거리만 있다면 덜 지루하겠는데. 쩝. 그런 게 있을 리 없다.

투웅!

['잠수함 방어 체계'가 종료됩니다.]

[잘 부탁드립니다, 마스터.]

강화유리가 다시 보이고 잠수함에 시동이 걸린다. 주변에 있던 해양생물체들이 놀라서 움찔한다.

"자, 가보자고."

그렇게 다시 항해를 시작했다. 얼마 지나지 않아, 목적지에 도착했다.

탑 27층 지하수로 위. 그곳에 천천히 떠오르는 잠수함.

뚜껑을 열었고, 일행들과 함께 내렸다. 습기 찬 공간이었지만, 그래도 밖이 좋았다.

"하아, 살 거 같소."

양종현이 기지개를 켰다.

"동감이에요. 잠수함 타고 빨리 깬다길래 좋아했었는데. 이게 더 힘들 수도 있겠단 생각이 드네요."

"아니, 잠수함 없이 정석 루트 밟았으면 적어도 2~3주는 넘게 걸렸을 거야. 더 힘들었을 거고. 이 정도면 양반이지."

빈서율의 물음에 주예린이 답했다.

"히익, 그 정도예요?"

"응, 진짜 괴랄한 몬스터들 많아, 여기."

간만에 활기차게 수다 떠는 일행들. 나는 손뼉을 쳤다.

"이곳에서 딱 6시간만 야영하겠습니다. 준비해 주세요. 주변 몬스터들은 제가 정리하고 오겠습니다."

"그럼 난 종현이랑 숙영지를 준비하겠네."

"전 고생한 건호 씨랑 예린 언니를 위한 특제 요리를 준비할 게요."

각자 할 일을 맡아 흩어지는 일행들.

받았던 보상은 굳이 여기서까지 않았다. 어차피 '터' 설치를 못 하기에 '강화소'도 없다. 게다가 하는 일이라고는 잠수함 타는 거밖에 없기에, 그냥 나중에 몰아서 정리하기로 했다.

"마실이나 다녀오자, 뿔하피."

[으웅. 좋아! 주인님.]

이곳은 수(水)속성 몬스터들이 존재하는 던전. 화(火)속성인 뿔하피가 주눅들 법도 한데, 멀쩡하다. 압도적인 힘 차이 때문인가?

나는 뿔하피와 함께 주변을 순찰했다. 나 혼자 사냥을 하려는 이유는 뻔했다. 쌓여 있는 피로도를 좀 날리고 싶었기 때문이다.

그아아아! 키아아아!

마침, 앞에 '랫맨'(★★★★)들이 보였다. 쥐새끼가 인간이 된 느낌인데, 딱 하수구같이 생긴 이곳 수로에 어울리는 몬스터다.

나는 달려 나갔다. 전혀 징그럽지 않았다. 내 눈에는 그저 맛있는 경험치, 아니, 피로회복제들로 보일 뿐이었다. 창을 휘둘렀다.

서걱!

랫맨의 목이 가볍게 잘려 나갔다. 엎어진 목 사이로 피가 줄줄 흘러내린다. 점점 개운해지는 느낌.

[나도! 잡을래!]

푸숙! 푸숙! 푸욱!

날아가는 세 개의 뿔.

뿔 하나당 정확히 한 놈씩 맞은 채로 나동그라졌다.

'할 만한 수준이네.'

그렇게 어렵지는 않았다. 21층 암살족이랑 비슷한 느낌? 수량이 많지도 않았고 인상 깊은 스킬을 쓰는 것도 아니었다.

물론, 그렇다고 깊게 들어가면 안 된다. 수로 중간중간마다 존재하는 필드 보스급 몬스터들은 상대하기 꽤나 까다롭기 때문이다.

그렇게 주변 곳곳을 돌아다니며 랫맨들을 처리했다. 도중에 실베론을 불러 전기찜질 공격도 선사해 줬다. 뿔하피만 너무 편애하면 안 된다. 다 같이 키워야지.

피로도는 완벽히 사라졌다. 역시 희대의 사기 스킬은 '아누비스의 손길'인가 보다. 고작 몇 마리 죽였다고 이렇게 개운할 수가 있다니.

"됐다. 뿔하피."

주변을 깔끔하게 마무리했다.

이제 일행들의 휴식이 끝나면…….

"가야지."

세 번째 히든 피스로.

헬 난이도. 수백 개의 패턴. 목표를 방해하는 막강한 촉수들. 「몬스터즈」 플레이 당시, 내가 기억하는 27층 '히든 피스'의 키워드는 이렇다. 뭐, 난이도는 어렵다지만 하는 방법은 심플하다.

우선 여느 히든 피스와 마찬가지로 27층 수로를 잘 뒤적거리다 보면 숨겨진 장소가 나타난다. 그 장소에 들어가면 커다란 진흙 슬라임이 등장한다. 보통 큰놈이 아니다. 아주 무지막지하게 큰놈이다. 어쨌든, 그놈이 나타나면 우리는 곧바로 잡아먹힌다.

콰득!

해서 죽는 건 아니고- 그때부터가 게임의 시작이다.

슬라임의 뱃속 탐험이라 말하면 편할까?

우리는 놈의 내장 위를 달려야 한다.

미끌미끌할 것 같다고? 돌로 되어 있어서 괜찮다.

어쨌든, 달리는 동안 사방팔방에서 수많은 촉수들이 공격해 온다. 거기에 맞으면 끝장난다.

그렇기에 모든 패턴을 외운 후, 피해내야 한다. 언제까지? 놈의 핵이 보일 때까지. 그다음 놈의 핵을 부수면 '히든 피스' 클리어.

이처럼 말로 하면 굉장히 간단해 보인다. 그러나 실제 그 패턴들을 일행들에게 익히게 할 수는 없었다. 직접 죽어가면서 익히지 않는 이상 완벽하게 습득할 수 없기도 했고 일단은 시간이 없었으니까.

그래서 나와 주예린 둘이 들어가려고 했다. 숨겨진 장소 앞, 일행들 앞에 어떠한 메시지가 뜨기 전까지는 말이다.

[Error! Error! Error!]
[갓 컴퍼니가 개입합니다.]

"뭐야!"

"뭐예요? 갑자기?"

"자네들도 메시지가 보이는 겐가."

"갓 컴퍼니?"

"일단, 기다려 보죠."

일행들이 당황했다. 나 역시 긴장했다. 놈들이 또 어떤 일을 벌일지 감이 안 잡혔기 때문이다. 일단, 그나마 다행인 건, '사이버'의 비정상적 접근 메시지가 아니라는 것?

[갓 컴퍼니로부터 쪽지가 도착했습니다.]

쪽지가 날아왔다.

'흐음…….'

소란스러운 일행들을 보니, 다른 멤버들에게도 도착한 메시지 같았다. 어디 읽어나 볼까?

　-To. 비운 고객님.

　오랜만에 인사 올립니다. 저희가 계획한 플랜대로 잘 따라와 주셔서 정말 감사합니다.

　이에 대한 보답은 나중에 꼭 하겠습니다.

　이번 개입 역시, 첫 번째 히든 피스 당시와 비슷합니다.

　본래 알고 계시던 27층 '히든 피스'의 임무 내용을 변경했습니다.

　뭐라고? 이 새끼들이.

　그럼 내가 아는 정보 하나가 사라지잖아? 촉수 피하기. 나름 자신 있는 종목이었는데.

　나는 미간을 찌푸렸다. 손해 보고 가는 건 싫기 때문이다.

　흥분하지 마십시오.

　이는 분명 비운 님의 집단을 지키기 위한 길입니다.

　우리 집단을 지키는 길?

　최근, 저희 모니터링 결과 비운 님 집단이 '암살족'에 굉장히 취약하단 점을 확인했습니다. 따라서 그 약점을 보완할 수 있는 미션으로 변경했습니다.

역시, 이놈들. 형들이 '사이버'에게 넘어간 사실을 알고 있었다.

부디 당사 측에서 준비한 선물이라 생각하시고 꼭 전 멤버가 함께 들어가시길 당부드립니다. 그리고 저번에 행운 수치 조정 관련 건으로 안내 말씀드립니다.
결과적으로 행운 수치는 조정하지 않았습니다.

뭐야? 왜?

'비운' 캐릭터의 '스킬 뽑기' 행운 수치가 비정상적으로 높은 것을 확인했기 때문입니다.
당사 생각으로는 섣불리 건드는 것보다는 지금 상태를 유지하는 게 비운 님께 더 나은 결과를 가져다줄 것이라 판단했습니다.

아, 그러니까……. 조사 결과, '몬스터 뽑기' 확률은 낮은 대신에, '스킬 뽑기' 확률이 높았다는 건데…….
그러면 건들지 않는 게 난 더 좋다.
뽑하피를 보면 알 수 있듯, 이 게임은 몬스터도 중요하지만 스킬과 스킬 숙련도 역시 중요하기 때문이다.
'몬스터 뽑기'는 빈서율의 대리 뽑기면 충분하다. 쪽지는 계속 이어졌다.

비운 님.

이제 어두웠던 앞이 점점 보이는 심정입니다.

항상 감사하게 생각하고 있습니다.

궁금한 게 많을 거 잘 압니다.

조금만 참아주세요.

자세한 사항은 50층에서 설명해 드리겠습니다.

감사합니다.

From. 갓 컴퍼니 대표이사. 레너드.

'······끝났군.'

주변을 돌아봤다. 일행들의 눈동자를 보니, 아직 쪽지를 읽는 중인 듯했다. 그들에게도 나름 손수 쪽지를 작성했나 보다.

이제 일행들도 대우를 좀 해준다는 건가?

하긴, 이제는 채팅방 고인물들 중 그 누가 온다 해도 우리 일행들에게 못 미칠 수준이니까.

'뭐, 내용은 비슷하겠지.'

대충, 도움 되는 '히든 피스'니 꼭 도전하라는 내용일 거다. 그렇게 조금 기다리자 입구가 하얗게 빛나며 메시지가 떴다.

['히든 피스'의 미션이 변경됩니다.]

[미션은 개인별로 진행됩니다.]

[각각 입장해 주세요.]

"오빠."

주예린이 다가왔다. 일행들 역시 모였다. 다들 걱정스러운 눈빛.

"어떡할 거야?"

"해야지."

갓 컴퍼니의 선물?

무조건 받을 생각이다. 여태 도움 되지 않았던 적이 없었으니까. 게다가 항상 불안했었던 '암살족'에 대한 대비까지 시켜 준다지 않는가. 안 하면 바보지.

'이제 노선은 확실히 정해졌어.'

우리의 주적은 '사이버'. 형들의 상태만 봐도 안다. 게다가 그동안 「갓 컴퍼니」가 마음만 먹었으면 우린 진즉에 죽었을 거다. 지금은 믿고 가는 게 맞다.

"다 같이 하자구?"

"어, 오히려 나보다는 일행들이 더 들어가야지."

"으음……."

"뭔지는 모르지만, 아마 매우큰사람 형의 암살족에 대비시키기 위한 걸 거야."

"……그렇긴 한데."

"위험할까 봐?"

주예린이 고개를 끄덕였다.

일행들 역시 안색이 좋지 않았다. 알 수 없는 공간에 들어가야 한다는 게 두려운 걸 거다. 나 없이 진행해야 한다는 점도 한몫했겠지.

나는 한숨을 내쉬었다. 사실, 지금껏 일행들은 내가 안내하는 정해진 코스만 달려왔다. 온실 속 화초와 같은 느낌. 계속 이대로 갈 수는 없었다.

그래서 말했다.

"위험할지언정 그게 여러분들이 절대 극복하지 못할 정도는 아닐 겁니다."

"그, 그럴까요?"

서지호가 물었다.

난 고개를 끄덕였다.

"응, 갓 컴퍼니는 우리 집단에게 사활을 걸었거든. 그냥 두 번째 히든 피스를 생각하면 편할 거야."

"그 전투 인형 잡는 거요?"

"나도 잘은 모르지만, 그런 거처럼 최소한의 안전장치는 해 뒀을 거라 믿어. 어쨌든, 뭐⋯⋯. 나도 확신은 못 하니⋯⋯."

서지호에게 향해 있던 시선을 다시 일행들에게 돌렸다. 눈을 껌뻑이는 일행들.

나는 말을 이었다.

"딱히 강요하지는 않겠습니다. 도전할 사람은 도전하시고 남을 사람은 남으세요. 단, 제가 말씀드리고 싶은 건, 두려워만 해서는 이 지옥 같은 세상에서 절대 살아남을 수 없다는 겁니다."

내가 무섭다고 탑을 오르지 않았다면? 편의점 당시 거인이 두려워서 뛰지 않았다면? 과연 이 자리에 있었을까? 살아남을 수 있었을까?

물론, 지금도 충분히 강하다. 시스템이나 괴물에게 당하지 않는 이상, 적어도 생존자들에게 비명횡사 당하진 않을 거다. 하지만-

"우리가 강한 만큼, 노리고 있는 놈들도 많습니다. 특히 '사이버'가 조종하는 형들 같은 존재들이요. 그런 자들에게서 자신의 몸을 지키기 위해서는 힘을 얻을 수 있는 기회를 놓치면 안 됩니다. 아, 물론, 선택은 여러분이 하는 겁니다. 저도 갓 컴퍼니를 100% 믿고 있다고 확신은 못 하거든요. 그러니까 제 말은…… 100% 안전할 거라 보장은 못 한다는 말입니다. 죽을 수도 있어요."

혹시나 잘못돼서 죽을 수도 있다. 그렇기에 더더욱 선택은 본인들이 하는 게 맞다. 자신의 목숨이 걸린 일이니까.

"난 그때 당했던 끔찍한 일 다시 겪고 싶지 않소. 참여하겠소."

"나도 마찬가지네."

양종현과 할아버지가 나섰다.

"전 오히려 못 가게 할까 봐 두려웠는데요?"

빈서율이 웃으며 석궁을 들었다.

그리고 보니, 일행 중 오직 빈서율만이 빨리 들어가고 싶어 하는 눈치였다. 예전부터 느꼈는데 점점 나와 성격이 닮아가는 느낌이다.

"……저도 할게요, 아저씨."

"으으…… 혼자는 무섭지만, 그래도 저도 해볼게요. 형."

서씨 남매도 나섰다.

난 다시 주예린을 바라봤다.

"쳇, 다들 위험 불감증이라니까."

"알잖아. 도전이 없으면 얻는 것도 없어."

"휴. 알았어, 알겠다구."

투덜대는 주예린까지.

나는 싱긋 웃었다.

"그럼 입장하겠습니다."

그렇게 우리는 하얀빛을 뿜는 공간으로 천천히 걸어 들어갔다.

솔직히, 난 별로 두렵지 않았다. 그냥 이번엔 어떤 선물을 줄까. 이런 묘한 기대감만 일었을 뿐.

어디론가 이동됐다.

'뭐지?'

눈앞이 컴컴했다. 아무것도 보이지 않는 어두운 공간. 시각이 죽자, 기감이 살아났다.

'이러다 갑자기 뭐라도 튀어나오면?'

순간, 섬뜩한 마음이 들었다. 재빨리 자세를 낮추고 바닥을 더듬었다. 그냥 대리석 바닥 같은데…… 일단 빛이 필요했다.

"뿔하피?"

[이곳에서는 소환수를 소환할 수 없습니다.]

"뭐야?"

깜짝 놀랐다. 「몬스터즈」에서 소환이 안 된다고? 뭔가 불길했다. 그래서 곧바로 창을 꺼내 들었다.

그리고 침묵을 지켰다. 오히려 눈을 감고 기척을 느끼려 노력했다. 마치, '암살족'을 상대했을 때처럼 말이다.

'아무것도 없어.'

정말 아무것도 느껴지지 않았다. 나는 어두컴컴한 공간에서 추측했다. 바람이 일도 불지 않는 걸 보니, 밀폐된 공간인 것 같은데…….

"아, 아."

목소리가 울린다. 그렇게 넓지는 않은 공간인 것 같았다. 나는 천천히 걸었다.

부웅! 부웅!

창을 휘둘러 전후좌우 장애물이 있는지 확인했다. 깔끔했다. 그렇게 천천히 이곳 공간의 구조를 확인하려 할 때였다.

[갓 컴퍼니가 준비한 '히든 피스'입니다.]
[조건:빛이 없는 공간에서 일정 시간 이상 버티시오.]
[보상:클리어 시 '히든 스페이스'로 이동]

빛이 없는 공간……?

두 번째 메인 퀘스트랑 양상이 비슷하게 흘러가는 것 같은데…… 그래서 뭐, 얼마나 버텨야 한다는 거지?

[보상은 단계에 따라 차등 지급됩니다.]
[1일, 2일, 3일, 4일, 5일.]
[이곳에서 시간은 알 수 없습니다.]

뭐야, 이 불친절한 설명은.

보니까 최소 1일부터 최대 5일까지 버텨야 한다는 말인데…….

이거 참, 생리현상은 어떻게 해결하라고. 그래도 항상 그렇듯 비상식량은 품속에 챙겨왔다. 다행이다.

['포기'를 외치면 '버틴 시간' 공지와 함께 '히든 스페이스'로 이동합니다.]
[Tip 탑의 특수층에는 도전자 여러분들을 위한 숨겨진 장소가 존재한답니다.]

역시, 안전장치는 존재했다. 검은색 공간에 떴던 하얀 메시지. 얼마 지나지 않자, 흐릿하게 사라졌다. 그리고 다시 찾아오는 어둠.

'빌어먹을.'

소리가 하나도 없는 공간. 가만히 있으니까 고막이 먹먹하다. 흐음, 이제 뭘 해야 하지? 쩝, 일단 감각부터 파악해 볼까?

쿵쿵거렸다. 미약하지만 돌 냄새와 물 냄새가 풍긴다. 일단,

후각은 살아 있다.

꾸욱-

허벅지를 꼬집어봤다. 미약한 통증과 소리가 느껴졌다. 촉각과 청각 역시 무사하다. 그렇다면-

'시각만 통제했군.'

도대체 의도가 뭘까. 암살족에 대항하기 위한 기감을 늘리는 훈련인가? 그렇다면 적도 만들어야 하지 않나? 그러나 분명 이곳 공간에는 아무것도 없다.

"에휴, 모르겠다."

일단, 자리에 철퍼덕 주저앉았다. 혹시나 해서 채팅창도 켜봤는데 묵묵부답. 초반 메시지를 빼고 볼 수 있는 모든 것을 차단한 듯싶었다.

"이거, 고문하는 것도 아니고."

그냥 기감 스킬이나 탐지 스킬 하나 딱 주면 되는 거 아닌가? 도대체 왜 이런 걸 시키는지 모르겠다.

뭐, 이 과정을 통해 얻는 게 있다는 걸까. 일단, 아무 위협이 없으니 한번 버텨보자.

"……뭐야, 이게."

어두컴컴한 공간.

빈서율이 조용히 읊조렸다.

아무것도 보이지 않는다. 몬스터 소환도 안 된다. 여기가 어떤 생김새의 공간인지 파악도 안 되며, 어떤 생물체가, 어떤 함정이 튀어나올지도 모른다.

빈서율은 섬뜩했다. 온몸의 신경이 예민해졌다. 살짝 스치는 옷자락에도 귀가 쫑긋 섰다. 자신감 있게 들어왔다지만, 솔직히 너무도 무서웠다.

'……건호 씨.'

문득, 그 사내가 생각났다. 눈을 감고 창을 휘둘러 '암살족'을 잡아내던 사람.

과연, 그도 처음엔 이런 느낌이었을까? 이렇게 무서웠을까?

'정신 차리자.'

빈서율은 다짐했었다. 세 번째 히든 피스는 어떤 시련이 오든 꼭 버텨내기로.

'겨우 공포심일 뿐이잖아.'

별거 없었다. 아직 눈앞이 보이지 않는 것 말고는 별다른 위험이 닥친 것도 아니었다.

담건호. 그 사내를 생각했다. 그러자, 신기하게도 마음이 편안해졌다.

항상 놀라운 결과를 보여주는 사람. 말보다는 행동으로 보여주는 사람.

'버텨내야지.'

아마, 그도 똑같은 시련을 받고 있을 거다. 똑같이 무서울 거다. 그리고 또 아무렇지도 않다는 듯 가볍게 해낼 거다.

이번 시련도 마지막 단계까지 깨 내겠지.

그 당시, 전투 인형을 잡을 때도 끝내 100단계까지 해내지 않았는가.

'나라고 못 할 건 없어.'

더 발전해야 한다. 그에게 도움이 되기 위해서는 더 노력해야 한다. 그녀는 자리에 앉았다. 그리고 명상을 시작했다.

그렇게 한 시간이 흐르고 두 시간이 흘렀다. 아니, 정확히 몇 시간이 흐른 지 파악하기 힘들었다. 딱히 세지 않았으니까.

그저 의식이 잠긴 채로 생각에 집중했다. 무언가 하나 주제를 선정해서 꼬리를 물고 꼬리를 물었다. 그렇게 해야 이 먹먹한 공간에서 버텨낼 것 같았다.

그녀가 처음 생각했던 것은 쪽지였다. 「갓 컴퍼니」에게는 처음 받아보는 쪽지. 그동안의 여정을 치하하는 내용들이 주였지만 결론은 그거였다.

무조건 1단계(24시간)만 통과하세요.
그다음은 포기하십시오.
그게 회사가 생각하는 최적의 플랜입니다.

'1단계만 하라고?'

빈서율은 미간을 찌푸렸다. 그 말인즉슨, 2단계부터는 정말 위험하다는 말이니까.

'……도대체 뭐가 나오길래.'

궁금했다. 뭐 때문에 저렇게 겁을 주는 건지.

정말 암살족이라도 튀어나온단 말인가? 아니, 여기서는 어떤 게 튀어나와도 '암살족'보다 끔찍하겠구나.

'건호 씨가 별다른 말 하지 않았던 거 보면, 분명 나에게만 온 쪽지일 텐데.'

혹여 그가 걱정할까 봐, 말하지는 않았다. 사실, 애초부터 「갓 컴퍼니」의 말 따위 들을 생각 없었다는 게 더 정확하겠다.

무조건 끝까지 버텨볼 생각이었다. 보상이 차등으로 지급된다는 말은 버텨내면 버텨낼수록 더 강해진다는 말과 같으니까.

혹여 포기한다 해도 그건 본인의 선택이 되어야지, 「갓 컴퍼니」가 본인의 한계를 정할 수는 없다고 생각했다. 물론, 그녀가 이토록 용감할 수 있는 이유는 따로 있었다.

불가능을 가능하게 만드는 자.

그런 자를 눈앞에서 계속 봐왔으니까.

시간은 계속 흘렀다. 빈서율의 의식은 이미 꿈처럼 가라앉은 상태. 사고의 흐름도 처음보다 많이 빨라졌다.

그녀의 생각은 계속 이어졌다. 본인이 가진 몬스터의 스킬들을 세어보기도 했고 다른 일행들과의 합동 훈련을 떠올리기도 했다.

'고스트 중대장'을 잡기도 했으며 '플뤼톤'을 만나기도 했다. 의식이 뒤죽박죽 흘러가기 시작했다.

슬슬 고통스러웠다. 누워도 보고 앉아도 보고 볼트도 휘둘러봤다. 잠을 자보려고도 했다.

그런데 이상하게 잠이 안 왔다. 마치, 미지의 힘이 잠에 빠지지 못하게끔, 뇌를 자극하는 느낌이었다.

그래서 답답했다. 보이지 않는다는 것이 이렇게 갑갑할 줄은 꿈에도 몰랐다. 숨이 턱 하니 막혀왔다.

다행히 배고프거나 오줌이 마렵다거나 하지는 않았다. 꽤 시간이 많이 흐른 것 같은데 그런 점은 신기했다. 문득, 그녀는 궁금해졌다.

'시간이 얼마나 흘렀을까?'

1단계 클리어 메시지가 나타나지 않은 것 보면, 아직 24시간이 지나지 않았다는 건데…….

이미 체감상 하루는커녕 이틀은 더 지난 것 같았다. 그만큼 좀이 쑤셨다.

순간 덜컥 겁이 났다. 혹시 죽은 건 아닐까? 아니면, 아직 시간이 3시간 정도밖에 흐르지 않은 건 아닐까? 헐, 진짜 그러면 어떡해.

마치 의식이 붕 뜬 느낌이었다. 빛없는 블랙홀 속에 빠져 영원히 표류하는 기분이었다. 아무도 없는 세상에 그녀 혼자 살아남은 느낌이 들었다. 문득, 울고 싶어졌다.

'건호 씨.'

그에게 답을 듣고 싶었다. 아직 그렇게 힘든 거 아니지 않냐며 힘내라는 그의 격려가 듣고 싶었다.

빈서율은 새삼 느꼈다. 여태 그의 존재가 얼마나 믿음직스러웠는지 다시 한번 깨달았다.

그렇게 시간이 더 흘렀다. 계속하여 흘렀다.

입이 근질근질했다. 밖에 나가고 싶었다. 빛을 보고 싶었다. 이미 체감상 일주일은 흐른 것 같았다.

"⋯⋯포."

'포기'라는 단어. 그 한마디만 내뱉으면 '히든 스페이스'로 이동할 수 있단다. 당장에라도 외치고 싶었다.

"⋯⋯기는 무슨, 제기랄."

그녀는 애꿎은 볼트를 휘저었다. 석궁을 쏘고 싶었는데 차마 그럴 순 없었다. 2단계에 어떤 놈이 튀어나올 줄 모르니까. 그래도 긍정적으로 생각하자면,

기감이 점점 좋아지고 있다는 것 정도?

어느 순간, 빈서율은 알았다. 아무것도 보이지 않는데도 분명 느껴졌다.

'이곳은 50평 정도 되는 방이야.'

신기한 감각이었다. 보이지 않는데 볼 수 있다니, 이게 바로 육감인가 싶었다.

문득, 불안했다. 혹시 미쳐서 헛것이 느껴지는 게 아닐까 생각했기 때문이다. 그만큼 오랫동안 아무것도 안 했으니까. 그럴 수도 있겠다 싶었다.

'육감일까, 미친 걸까.'

만약 육감이라면 대단한 능력이다. 정말 그처럼 '암살족'을 상대로 눈감고 상대할 수 있을 거다. 특히 그녀의 주 무기는 석궁이니까. 오기도 전에 처단할 수 있을 거다.

그러나 미친 거라면······.

빈서율은 고개를 털었다.

'부정적인 생각하지 말자.'

[24시간이 지났습니다.]

[1단계를 통과합니다.]

빈서율은 눈을 질끈 감았다. 갑자기 뜬 하얀 메시지가 너무
도 눈부셨기 때문이다. 그리고 다시 눈을 떠 메시지를 확인했
을 때, 절망하고 말았다.

'24시간······? 겨우?'

무슨, 이곳의 시간은 10배로 느리게 흐르기라도 한다는 말
인가? 황당했다. 시간을 보지 못한다 해도, 분명히 알 건 알았
다. 느낄 수 있었다. 적어도 일주일 이상이 흘렀다는 것쯤은.

'절대 24시간 따위가 아니야.'

그녀는 쪼그려 앉았다. 머리를 짚었다. 고통스러웠다. 이 짓
을 무려 다섯 번을 더 해야 한다? 당장에라도 포기하고 싶었다.

'뭘까, 대체 왜 그러는 걸까.'

혹시 사고가 가속화되어 시간이 느리게 흐른다고 착각하는
걸까? 아니면, 뇌를 자극해 잠을 깨우는 이 미지의 힘이 문제
인 걸까?

그렇게 쪼그려 생각에 잠겨 있을 때였다.

슈웅!

무언가 날아오는 소리가 들렸다.

그리고-

푸욱!

허벅지에 무언가가 꽂혔다.

"꺄아악!"

빈서율이 비명을 내질렀다. 엄청난 통증이 몰려왔기 때문이다.

"뭐, 뭐야!"

그녀가 벌떡 일어났다. 허벅지가 저렸지만 신경 쓰지 않았다. 늘어난 육감이 알려줬다. 방금 날아온 것은 화살이고, 근처 10개의 기관이 열렸다는 걸.

거기서 앞으로도 계속 화살이 날아올 거라는 걸.

"미친 새끼들이!"

그제야 빈서율은 「갓 컴퍼니」가 왜 1단계까지만 하라고 강조했는지 그 이유를 깨달았다. 2단계는 보이지 않는 공간에서 화살까지 피해야 하는 거다.

참나, 그걸 사람이 어떻게…….

'……잠깐만?'

생각해 보니, 담건호의 기본 수련법 중 하나다. 볼트 쳐내기. 맨날 본인과 하던 훈련이지 않은가.

"……×발."

빈서율은 가벼운 욕을 날린 후, 다짐했다. 버텨내 보기로. 그리고 허벅지에 꽂힌 화살을 강제로 뜯어냈다.

"끄으윽!"

엄청난 통증이 몰려왔다. 그래도 곪도록 내버려 두는 거보단 이게 낫다. 그나마 합체족 때문에 보통 인간보단 회복력이 강한 편이니 놔두면 자연치유 될 거다.

'혁.'

문득, 소름 돋는 감각이 느껴졌다. 왼쪽 전방 60도에 보이는 기관이 열리는 느낌. 이 역시 분명 육감의 힘이었다.

수우웅!

또다시 날라오는 화살. 빈서율은 그 타이밍에 맞추어 전방으로 굴러 피했다. 그와 동시에 석궁을 들어 기관에 조준했다.

표적을 보지 않고 하는 조준. 그래도 느껴졌다. 이건 무조건 맞는다.

피융!

방아쇠를 당겼다. 볼트가 날아갔다.

티잉!

튕겨 나가는 소리. 분명 맞추긴 맞췄다. 그런데도 소용없는 것 보면, 아무래도 물리적인 공격은 소용이 없는 것 같았다. 그 말인즉슨, 24시간 동안 날아오는 화살을 그저 피해야 한다는 말.

"포……."

포기포기포기포기포기. 당장에라도 외치고 싶은 그 단어. 체감상 절대 24시간이 아니다. 일주일을 가볍게 넘긴다.

그 긴 시간 동안 이 화살을 피할 수 있을까?

'……그라면?'

해내겠지.

"염병."

그녀는 다시 한번 날아오는 화살에 앞으로 굴렀다.

[24시간이 지났습니다.]
[2단계를 통과합니다.]

"허억, 헤엑, 케엑."

빈서율의 온몸이 땀으로 가득했다. 옷은 다 젖었고 입에선 침이 질질 흘러나왔다.

"콜록, 켈록!"

수분이 없어서인지 마른기침도 튀어나왔다.

화살 피하기. 그녀는 결국 해내고 말았다. 사실 도중에 수십, 수백 번이고 포기하고 싶었다. 그러나 그러지 못한 이유는 단순했다.

'아까우니까.'

도중에 포기하면 그동안 버틴 시간이 너무 아까울 것 같았다. 그래서 그녀는 오기로 버텼다.

3단계는 절대 도전하지 않겠다고……. 다시는 만용을 부리지 않겠다고……. 다짐하면서 화살을 피해냈다.

너무 힘들어서 죽을 것 같을 때는 그를 생각했다. 항상 한계까지 본인을 몰아붙이던 그. 그가 얼마나 힘든 길을 겪어왔는지, 이번 시련을 통해 똑똑히 느꼈다. 그렇게 생각하니까 신기하게도 참아낼 수 있었다.

인고와 인내. 그 후에 찾아오는 성취감.

문득, 빈서율은 욕심이 났다.

'3단계는 어떨까.'

그래서 기다렸다. '포기'를 외치지 않았다. 이제는 어두운 공간이 익숙했다. 불편한 느낌이 사라졌다. 눈을 감아도 걷는데 어색함이 없었다.

투쿵!

끼이익!

'……문?'

좁은 공간에 있는 문이 열렸다. 그리고 등장하는…… 괴물은…… 위험했다. 투박한 도검을 들고 있는 돼지머리 형상의 괴물.

빈서율은 본능적으로 깨달았다. 이 이상은 안 되겠다는 걸 직감으로 알았다. 저 괴물과 상대할 수는 있다. 그와도 대련했는데 저런 괴물 하나 못 상대하겠는가.

'그러나 길어봐야 1시간?'

그 이상 버티긴 힘들어 보였다. 특히나 이렇게 보이지 않는 공간에서는 더더욱.

"……포기."

결국, 빈서율은 그 단어를 외쳤다. 더 이상은 용기가 아니라 만용이라 판단했기 때문이다.

[빠밤!]

['히든 피스' 조건이 충족됩니다!]

[조건:'시련의 장' 단계별 클리어]
[보상:'히든 스페이스'에서 단계별 보상 제공]

곧이어 빛이 공간을 감쌌다.
그리고-

['히든 스페이스'에 입장하셨습니다.]
[부디, 그대에게 행운이 따르길.]

일행들이 기다리는 그 공간에 도착할 수 있었다.

빈서율은 눈이 부셨다. 약 48시간 만에 보는 빛. 계속 장님으로 생활하다 갑자기 눈앞에 무언가가 보이니, 이상하게도 뭔가 불편한 느낌이 들었다.

'……끝난 거야?'

'포기'라는 단어 하나에 끝나버린 시련. 무언가 실감이 나지 않았다. 다만, 확실한 건…….

'사고가 다시 느려졌어.'

사고의 가속이 풀렸다. 느리게 흘렀던 시간이 다시 빨라졌다. 극대화되어 있던 감각이 서서히 죽어갔다. 극도로 높아져 있던 집중력이 떨어졌다.

각성되어 있던 육체가 다시 안정화 되어가는 느낌. 다시 정상적인 인간이 된 것 같은 느낌.

"서율아!"

주예린이 외쳤다.

"서율 누나?"

"허허, 무사했구나. 시간대를 보아하니 2단계도 깬 거 같은데. 대단허이."

할아버지가 웃고 계셨다. 마침내 '히든 스페이스'에 도착한 빈서율. 그녀는 감격 어린 표정으로 일행들을 돌아다 봤다. 그리고 생각했다.

'……살았구나. 살았어.'

그와 동시에 안도했다. 눈앞이 다시 보인다는 것, 빌어먹을 화살이 날아오지 않는다는 것, 그리고 이제 더 이상 혼자가 아니라는 사실에 안심했다.

참 기나긴 시간이었다. 참 빌어먹게도 고통스러운 시간이었다.

"고생 많았어."

주예린이 다가와 꼭 안아줬다. 가슴이 뭉클하니 북받쳐 올랐다. 눈물이 주륵 흘러내렸다. 참을 수 있었지만 참지 않았다. 기쁨의 눈물이었으니까.

"흑, 다들 무사한 거예요?"

"그럼, 다들 도착하자마자 울고불고 난리도 아녔어. 하여간, 오빠도 그렇지만 너도 참 대단해."

반기는 다섯 명의 일행들. 빈서율은 주변을 둘러봤다. 한 사람 빼고는 전부 다 있었다. 탑 17층에서처럼, 모두 자리를 펴고 야영하고 있는 상태.

주예린이 말을 이었다.

"다들 1단계까지만 클리어하고 나왔어."

"다, 성공하신 거예요?"

"응, 고생들 했지. 하, 2단계는 진짜 답도 없던데……. 정말 그 화살을 다 피해낸 거야?"

"……네, 진짜 죽는 줄 알았어요."

빈서율이 눈물을 닦으며 말했다.

그리고 이어 물었다.

"그런데 건호 씨는요?"

"……그 양반이 픽이나 왔겠냐?"

"하긴. 그렇겠죠?"

전혀 걱정하는 기색이 없는 그녀들. 그저 한 치의 의심도 없이 믿고 있었다.

"응, 물어볼 걸 물어봐야지."

"……일단, 좀 쉬어야겠어요."

빈서율은 생각했다. 적어도 3일간은 쉴 수 있겠다고.

유명한 눈을 가린 게임 캐릭터가 된 기분이었다.

'어디로 가야 하오.'

만날, 어디로 가야 하나 외치는 기분을 알 것 같았다.

피식- 웃음이 새어 나왔다. 오랜 기간 어둠 속에서 창만 휘두르다 보니 정신이 이상해진 느낌이었다.

퍼걱!

대가리 깨지는 소리가 들렸다. 보이지는 않았다. 그냥 느껴질 뿐이었다.

'이놈이 821······ 아니, 822마리째던가?'

'시련의 장' 세 번째 단계. 그곳에 등장한 몬스터는 '마스터 오크'(★★★★)였다. 돼지머리 형상에 도검을 든 괴물.

'처음엔 참······ 암담했었지.'

기감이 발달해 공간이 느껴진다 해도, 그래서 화살을 피할 수 있다고 해도······. 눈을 감은 상태에서 결투한다는 것은 또 다른 문제였다.

칼이 날아오는 궤적, 놈의 바디 페인팅. 거리 재기. 화려한 스텝 등등.

시야가 보였다면 간단히 파악할 수 있는 사항들을 이제는 오직 감으로 느껴내야 했다.

2단계도 마찬가지 아니었냐고? 아니, 확실히 달랐다. 이것은 섬세함의 차이였다.

단순한 느낌이 아니라 얼마나 더 정교하게 볼 수 있느냐. 단순히 피하기만 하는 게 아닌, 심리 싸움까지 가능한가.

그게 3단계가 나에게 묻는 질문이자 시련이었다.

처음엔 잘 적응하지 못했다. 피하기에만 급급했고 생채기는 늘어만 갔다. 놈의 실력이 나보다 월등히 아래였기 망정이지, 비슷하기라도 했다면 곧바로 '포기'를 외쳤을 거다.

그러나 금방 익숙해졌다. 인간은 적응의 동물이라고 막상

주어진 상황에 생으로 부딪히다 보니 기감이 점점 늘어갔다.

열감지기를 바라보듯 놈의 움직임이 점점 자세히 느껴졌다. 놈의 거친 콧김. 떨리는 피부. 미세한 손가락의 움직임까지.

상황이 역전됐다. 피하기만 하던 공격을 쳐내기 시작했고, 결국엔 때려잡을 수 있었다.

놈을 잡으니 또다시 문이 다시 열렸다. 혹시나 해서 문 바깥쪽으로 나가보려 해봤는데, 불가능했다. 투명한 막으로 막혀있었다.

문에서 다시 오크가 걸어 나왔다. 한바탕 전투 후 또 잡았다. 처음이 어려웠지, 익숙해진 이후엔 할 만했다. 그러자 다시 열리는 문. 계속 잡을 때마다 한 마리씩 등장했다. 그렇게 시작된 오크 무한 잡기.

'이거 개 꿀인데?'

무려 4성짜리 몬스터다. 다른 4성에 비해 강하기까지 하다. 즉, 경험치를 많이 준다는 말이다.

그래서인지 1단계나 2단계에 비해 심심하지는 않았다. 물론, '아누비스의 손길' 효과를 받기에 피곤하지도 않았다.

'……그건 진짜 다행이지.'

'합체족'을 사용할 수 있다는 것. 그것은 꽤나 희소식이었다. 이유는 모르겠지만, 이미 '합체족' 자체를 캐릭터로 인식하는 것 같았다.

시간이 계속 흘렀다. 어느 정도 반복 숙달이 되자 거의 기계화 되었다. 오크 잡는 기계.

조금 지루한 감, 그리고 답답한 감이 있었지만 참을 만했다. 적어도 그 빌어먹을 1단계보다는 나았으니까.

[레벨이 올랐습니다!]
[모든 상태 이상을 회복합니다.]

레벨이 올랐다. 오크를 몇 마리 잡았는지는 어느 기점부터 세지도 않았다. 그냥 문이 열리고 나오면? 대가리에 창을 찌를 뿐이었다.

확신은 생겼다. 이제, 어떤 '암살족'이 오든…… 심지어 S급 스킬로 도배한 6성 '암살족'이 와도 절대 기습에 당하지 않겠구나 하는 확신.

그만큼 잘 보였다. 아니, 잘 느껴졌다. 주변 공간의 생김새와 오크의 움직임이 선명했다. 그렇게 적지 않은 시간이 흘렀고-

[24시간이 지났습니다.]
[3단계를 통과합니다.]

3단계도 손쉽게 클리어했다.

Chapter 7

3단계가 부족한 기감을 좀 더 섬세하게 만드는 거였다면, 4단계는 본격적인 응용의 단계였다. 오크 1마리씩 나오던 게, 이제는 10마리씩 나왔으니까.

크르르!

낮은 울음소리.

놈들이 길길이 날뛰며 달려들었다.

'합격진?'

놈들은 그냥 싸우지 않았다. 일정한 규칙을 가지고 까다롭게 협공했다.

'가지가지 하네, 정말.'

날아오는 칼들을 창으로 힘껏 쳐냈다. 묵직한 충격이 오른팔에 느껴졌다. 검은 오오라와 함께 '무명'(無名) 스플래시 효과가 터졌다.

퍼퍼퍽!

큰 충격에 멈칫하는 놈들. 그러나 단번에 죽지는 않았다. 놈들은 3단계보다 체력적으로도 힘으로도 월등했다.

"크읏!"

날붙이들이 끊임없이 날아왔다. 쳐내기에 급급할 뿐, 놈들을 공격할 타이밍이 나오지 않았다.

'이거 힘겨운데.'

1:1 대결과는 또 달랐다. 완전하게 적응했다고 생각했는데, 또다시 벽이 보이자 뭔가 답답했다. 그래도 확실한 건, 단계가 진행될수록 이전보다 나아지고 있다는 것.

'침착하자.'

나는 놈들의 칼을 쳐내며 생각했다. 먼저, 전투의 흐름을 읽어야 한다. 아직까지 놈들과의 실력 차는 내가 월등하다. 다만, 전 사방팔방에서 공격이 들어오니 신경 쓸 게 많아졌을 뿐.

채앵! 챠앙!

공간을 울리는 쇳소리.

머리를 굴렸다. 일단, 놈들을 잡기 위해서는? 공격을 해야 한다. 하지만 공격을 하게 되면 분명히 내가 다친다.

방어에 신경 쓰지 마라. 공격이 최선의 방어일지어니, 몸이 아프다고 움츠러들지 마라.

문득, 아델 여동생의 목소리가 떠올랐다. 딱, 지금 내 상황. 방어만 하는 상황. 갑자기 짜증이 났다.

'나보고 어떡하라고.'

힐러가 있는 것도 아니고 이놈들만 잡아서 끝나는 게 아니다. 분명 다 잡으면 새로운 놈들이 또 나올 거다.

24시간 동안 무한히 반복하겠지. 사실 그게 아니면 그냥 스킬들을 퍼부어 잡으면 그만이다.

불지옥, 섬창(殲槍), 용맹무쌍(勇猛無雙), 광전사(狂戰士) 모드 등등 전부 다 쿨다운이 차 있었으니까.

그러나 그래서는 안 된다. 단발성 스킬에 의존해서 해결하려고 해서는 안 된다. 뭔가 다른 해결방안을 찾아야만 했다.

채앵! 챠양!

방어, 그리고 공격. 수만 가지 방안이 머릿속에 떠올랐다 사라졌다.

'……잠깐.'

그러다 문득, 떠올랐다. 공격과 방어를 동시에 한다면? 뇌가 빠르게 돌았다. 생각과 동시에 몸이 반응했다.

채앵!

왼쪽으로 날아오는 도검을 쳐냄과 동시에, 놈에게 붙었다. 그리고 허리를 돌려 창을 뒤로 찔러넣었다.

푸욱!

까끌까끌한 가죽을 뚫는 느낌.

"됐어."

그러나 방심하면 안 된다. 놈이 아직 죽은 것도 아닐뿐더러, 뒤에 여러 개의 도검이 날아오고 있다.

"씨×럴."

나는 배를 뚫은 오크 쪽으로 재빨리 붙었다. 놈의 냄새 나는 콧김이 느껴졌다.

후웅!

놈은 뚫린 배가 아프지도 않은 듯, 나에게 검을 휘둘러왔다.

"어딜!"

창을 잠깐 놓고 앞으로 굴렀다. 그와 동시에, 놈의 등 뒤로 삐져나와 있는 내 '무명'(無名)을 다시 부여잡았다. 그리고 힘차게 뜯어냈다.

콰드득!

내장을 다 헤집고 튀어나온 창. 손잡이가 끈적했다. 놈은 즉사.

"후욱."

호흡을 내뱉고 다시 놈들과의 거리를 잡았다. 그렇게 한 마리가 줄었다.

['만류귀종'(S급)의 레벨이 1 상승합니다.]

'엉?'

그때 이후로 처음 보는 메시지. 이 메시지의 의미가 뭘까. 무의 극으로 한 발짝 더 앞서갔다는 걸까?

"오."

순간, 느낌이 왔다. 놈들의 위치. 그리고 공격과 방어를 동시에 진행할 루트들이 그림 그리듯 그려졌다.

생각은 짧았다. 곧바로 튀어 나갔다.

채앵! 서걱!

한 놈의 도검을 쳐낸 후, 그대로 360도 돌려진 창이 놈의 목을 뎅겅 베어냈고-

채애앵! 푸욱! 푸욱!

뒤로 날아온 도검들을 쳐냄과 동시에 놈들의 급소를 두어 번 찔렀다. 비명을 지르지도 못한 채 절명하는 놈들. 이 일련의 순간이 약 1초도 걸리지 않아서 일어났다.

크르르! 크르으!

경계하는 놈들.

난 씨익 웃었다. 고맙다, 니들 덕분에 난 또 한 단계 발전할 수 있었구나. 기쁜 마음으로 창을 들었다. 그리고 내달렸다.

[24시간이 지났습니다.]
[4단계를 통과합니다.]

시간이 흘렀고 4단계도 무난하게 해치웠다. 시간 감각? 괴로움? 그런 감정은 이미 사라진 지 오래였다. 지금 가장 크게 느끼는 감정은……

'냠냠, 잘 먹었네.'

그 엄청난 경험치들을 오로지 나 혼자 독식했다는 즐거움이었다.

'벌써 레벨이 49라니.'

이곳에 떨어지고 나서 레벨이 3이나 올랐다. 나름 고렙이라 요구 경험치량이 엄청난데도 폭렙을 한 거다.

그것도 레벨 50을 얼마 남겨두지 않은 상태.

설렜다. 채팅창 고인물들이 보면 또 기절하겠지? 아니, 일행들이 또 괴물이라 놀릴 거다.

'그나저나 일행들은 어떻게 됐을까.'

2단계부터는 '합체족' 없이 하기 힘들 텐데, 알아서 잘 포기했겠지? 그럴 거라 믿는다. 내가 별말 안 해도 일행들은 언제나 최선의 선택을 해왔으니.

쿠구구구!

'응?'

땅이 흔들린 것은 그때였다.

[5단계를 시작합니다.]
[5단계부터는 무기가 사라집니다.]

"뭐?"

내 묵빛 창 '무명'(無名)이 눈 녹듯 사라졌다.

텅 빈 손아귀. 사라져 버린 '무명'(無名). 무언가 몸의 일정 부위가 떨어져 나간 듯 허전한 느낌이 들었다.

당황스러웠다.

'……뭐야 이건.'

그와 동시에 추가적인 메시지가 떴다.

[청각이 제한됩니다.]
[촉각이 제한됩니다.]
[미각이 제한됩니다.]
[후각이 제한됩니다.]

"……어?"

이질감이 느껴졌다. 분명 내뱉는 호흡과 함께 소리를 냈는데……. 아무것도 들리지 않았다. 목의 떨림조차 느껴지지 않았다. 불안감이 치솟았다.

'……이건 위험한데.'

무기도 없다. 아무 느낌도 안 난다. 어떤 위험이 닥칠지는 짐작조차 가지 않는다. 이건 정말 극도의 위기상황이었다.

'포기해야 하나?'

사실, 그게 제일 현명한 방법이었다. 전혀 예상치 못했던 상황이었으니까. 감각이 없다는 것은 지금 곧장 죽어도 모를 처지라는 거다.

우주에 붕 뜬 느낌. 육체를 빠져나간 영혼의 기분이 이러할까. 나는 아무것도 느껴지지 않는 공허 속에서 생각했다.

오감이 제한된다는 것. 그것이 내포한 의미는 무엇일까. 「갓 컴퍼니」는 왜 5단계랍시고 내 감각들을 전부 제한했을까.

분명히 그들은 생각 없이 일을 벌이지 않는다. 이번 시련만 봐도 각 단계별로 분명히 얻을 것이 있었으니까.

1단계는 기감의 생성, 2단계는 기감의 극대화, 3단계는 기감의 정교화, 4단계는 기감의 일상화,

'그럼 5단계는 뭘까. 설마…….'

4단계의 기감으로도 안 되는 '암살족'이 존재한다는 걸까? 분명 「갓 컴퍼니」는 암살족에 대한 대비책으로 이 시련을 준비했다고 했으니까.

보이지도 않고, 들리지도 않고, 느껴지지도 않는 암살자.

가설이지만 그런 존재가 있을 가능성도 있었다. 그렇다면, 이런 극한의 상황에서 24시간을 버텨내야 그런 존재도 막아낼 수 있다는 건가?

'개뿔……. 그냥 괴롭히고 싶은 거겠지.'

욕이 나왔다. 사실 이건 포기하는 게 맞다. 만약, 내가 아니라 일행 중 한 명이었으면 쌈싸다구를 날리며 말렸을 거다.

그러나 나는 쉽게 포기하기 싫었다. 적어도 도전은 해보고 싶었다. 한번 버텨내 보고 싶었다. 목숨을 건 도전. 그게 여태까지 내가 이 빌어먹을 세상에서 생존할 수 있었던 원동력이자 힘이었으니까.

'일단, 침착하자.'

오감은 없지만, 분명 육감은 살아 있다. 내가 기감이라 이름 붙인 그 감각. 나흘 동안 시련을 통해 얻은 그 감각을 활용해야 했다.

'……홋!'

그리고 지금 이 순간…… 누군가가 등장했다. 나는 심호흡을 하며 집중했다.

'……놈들은 10명.'

4단계랑 똑같이 숫자는 10명이었다. 하지만 뭔가 달랐다. 더 위험해 보이고 날렵해 보였다. 기감이 말해주는 놈들은 한마디로 극악의 난이도.

'버틸 수 있을까?'

시각만 없는 것과 오감이 전부 제한된 것은 확실히 달랐다. 소리, 냄새 등으로 놈들의 움직임을 추측할 수 있었던 것도 이제는 완벽히 사라졌다.

게다가 더 중요한 것. 그것은 내 몸의 움직임이었다. 공격하거나 피하려면 무조건 움직여야 한다. 그런데 그 움직임이 느껴지지 않았다. 즉, 명확한 판단을 할 수가 없었다.

내가 잘 움직이고 있는지, 아니면 미끄러져서 넘어졌는지 등등을 말이다.

'……ㅈ이발.'

결국은 또 벽이 생긴 거다. 솔직히 너무 무서웠다. 이번 시련을 시작하고 나서, 처음으로 느껴보는 제대로 된 공포였다.

'……제길.'

방금 무언가 날아왔다. 고개를 튼 거 같은데 튼 것 같은 느낌이 안 든다. 정말 미치고 환장할 노릇이었다.

내가 다쳤는지, 피했는지 여부조차 알 수 없다. 통증도 없었으니까.

계속 이렇게 싸울 수는 없었다. 무언가 해결책이 필요했다. 이럴 때는…….

'그려보자.'

나는 집중력과 사고를 모두 내 몸에 쏟았다. 가상의 신체를 그리려고 노력했다. 예술에 미친 화가처럼 정신없이 집중했다. 머리, 팔, 다리 등등 보이지도 느껴지지도 않는 신체의 윤곽을 속으로 상상했다. 오직 상상으로만 육체를 관조했다. 모든 사고를 집중해서 그것만 생각했다.

'……아.'

그리고 그제야 느껴졌다. 내 몸이 이렇게 생겼었구나. 관절이 이렇게 움직이고 근육은 이렇게 생겼구나. 해부해 본 적도 없는 몸이 상상 속에서 그려졌다.

이는 참 신비한 감각이었다. 살면서 내 몸을 이렇게 관심 있게 생각했던 적이 있을까? 상상 속에서 뜯어본 적이 있을까? 그와 동시에 무술에 대한 움직임도 떠올랐다.

'베르트랑 스피어'의 움직임. 아델이 가르쳐 줬던 정석적인 자세. 그동안 미묘하게 틀어졌던 부분들이 자연스럽게 와닿았다. 저절로 깨달았다.

'내 체형에 맞는 움직임.'

사실, 베르트랑 가문의 창술도 그 창시자의 몸에 맞춘 무술이다. 펼치는 사람마다 다 다르게 펼쳐질 수밖에 없었다.

지금까지는 못 느꼈지만, 이제는 느낄 수 있었다. 관절을 이렇게 움직였어야 더 효율적으로 힘을 전달할 수 있었겠구나. 각 부위 근육에 힘주는 방식도 다 다르구나.

미묘한 변화였지만, 확실히 달랐다. 그동안은 감각적으로 움직여왔다면, 지금은 머릿속으로 이해하고 깨달았다.

그저 감각적으로 펼쳐왔던 것이 이론으로 정립됐다. 머리가 깨는 느낌이었다.

['만류귀종'(S급)의 레벨이 1 상승합니다.]
['만류귀종'(S급)의 레벨이 MAX에 도달합니다.]

'아!'

순간 소름이 돋았다. 상상하던 신체가 완벽히 고정됐다. 무언가 날아왔다. 고개를 간단히 꺾었다. 느껴지지는 않았지만 확신할 수 있었다.

'피했어.'

허상이 아니었다. 검은 도화지에 그려진 하얀 캐릭터처럼 나는 제삼자의 입장에서 내 육체를 관조할 수 있었다.

10명의 암살자들이 공격해 들어왔다. 표창과 단검을 날리기도 했고 달려들어 칼을 휘두르기도 했다. 그에 비해 나는 무기도 없다. 그러나 피해내기는 쉬웠다.

'미친.'

기묘한 기분이었다. 아무것도 느껴지지 않지만 느껴졌다. 시커먼 공간 속에서 놈들이 정확히 보였다.

스윽!

환청이라도 들리는 걸까, 소리도 또한 또렷하게 느껴졌다. 나는 가벼운 움직임으로 암살족 한 놈의 단검을 뺏었다. 놈은 뺏긴 지도 모를 만큼 빠르고 정교한 움직임이었다.

'찌른다.'

그와 동시에 자세를 취했다. 창이 아니어도 찌를 수 있다. 모든 무술의 끝이 하나로 통한다는 게, 바로 '만류귀종'이었으니까.

푸욱!

거리는 짧았지만, 분명히 들어갔다. 이제는 이 공간 자체가 내 통제하에 들어와 있었다. 놈들의 움직임, 이동 흐름, 공격 방향까지 하나하나 세세하게 그려졌다. 나는 그 사이로 손쉽게 단검을 찔러낼 뿐이었다.

푸욱! 푸욱! 푸욱!

추풍낙엽처럼 스러져 가는 암살자들.

비로소 깨달았다.

'이게 무의 극······.'

개운했다. 시원했다. 답답하게 막혀 있던 벽, 아니 허물을 한 꺼풀 벗고 나온 기분이었다.

이제 남은 것은 한 마리. 나는 빙긋 웃었다. 본능적으로 느껴졌으니까. 이놈이 마지막이자 시련의 끝.

푸욱!

쓰러지는 암살자.

[5단계를 통과합니다.]

[시련이 종료됩니다.]

[수고하셨습니다.]

역시, 5단계는 24시간 제한 없이, 놈들을 처리하는 거였다. 나는 기쁘게 웃었다. 솟구치는 성취감, 그리고 '만류귀종'을 완성했다는 고양감에 기분이 들떴다.

'흐흐.'

5단계에 도전하는 게 정답이었다. 그리고 그 보상은 너무도 달콤했다. 물론, 누가 만약 과거로 돌아가 다시 시도해 보라 한다면? ×발, 그건 절대 못 할 거 같다.

['히든 피스' 조건이 충족됩니다!]

나는 기묘한 빛에 몸을 맡겼다.

빛이 사그라들었고 눈을 떴다. 도착한 장소는 '히든 스페이스'의 검은 방.

허, 정말······. 돌아온 거야?

아무것도 보이지 않던, 마치 어둠의 감옥 같았던 그곳에서 마침내 벗어났다.

"혀, 형!"

"응? 건호 씨?"

"이! 미친 오빠야! 결국, 또 끝까지 한 거야?"

일행들이 기다렸다는 듯 다가와 둘러쌌다. 그리고 내 안부를 물었다.

"……허어."

나는 멍하니 그 모습을 바라봤다. 선선한 공기의 내음새. 살에 닿는 바람의 촉감. 상상이나 기감으로 보는 게 아닌 눈으로 직접 보는 시야.

다시 눈을 감았다. 그래도 보였다, 아니, 느껴졌다. 일행들뿐만이 아니었다. '히든 스페이스' 공간의 생김새가 한눈에 들어왔다.

이 공간의 통제권이 전부 나에게 있었다. 시련의 공간에서 얻었던 모든 능력을 완전히 내 것으로 갈무리한 느낌이었다.

"뭐야, 무슨 세상 다 깨달은 현자처럼 그러고 있어."

주예린이 툴툴거렸다.

다시 눈을 뜨자, 양종현이 물었다.

"으음, 아직 4일하고도 조금밖에 흐르지 않았는데. 혹시 5단계에서 포기한 거요?"

포기는 무슨…….

나는 웃으며 고개를 저었다.

"아뇨, 전부 클리어했습니다."

"저, 정말이오?"

"그럼요."

"허어. 역시 리더는……."

"양 아저씨, 물어볼 걸 물어봐야죠! 이 사람이 어떤 인간인데, 저 봐요. 저번처럼 황금빛으로 번쩍이잖아요."

주예린이 보물상자를 가리켰다.

두 번째 히든 피스 때처럼 때깔 좋게 빛나고 있는 상자.

아 참, 저게 있었지.

'과연 뭐가 나올까?'

천천히 다가갔다.

주예린이 따라오며 말했다.

"오빠, 저거 별거 없어. 그냥 새로운 능력치 주는 거야."

"능력치?"

"응, 제3의 감각인가 뭔가. 서율이만 2레벨이고 우리는 다 1렙이더라."

제3의 감각이라⋯⋯.

나는 걸어가 상자를 힘차게 열었다.

철컥!

터져 나오는 황금빛. 곧이어 기묘한 빛이 공간을 가득 채웠다.

[히든 피스를 개봉하셨습니다.]

[두근 두근!]

[특수 조건을 달성하셨습니다.]

[보상 수준이 '최상급'으로 상승합니다.]

촤르르륵-

올라오는 기분 좋은 메시지. 곧이어 '보상'이 도착했다.

[능력치 '제3의 감각'이 생성됩니다.]
[레벨이 MAX에 도달합니다.]

"아……."

보상은 별거 없었다. 그냥 능력치만 수치화해서 장착된 것일 뿐, 이미 얻을 건 시련의 공간 안에서 다 얻은 거였다. 주예린이 빙긋 웃었다.

"그치? 오빠는 레벨 몇 나왔어?"

"나, MAX."

쿨하게 밝혔다.

주예린의 눈이 휘둥그레졌다.

"와, 미친! 그런 레벨도 있어?"

"허, 역시 리더는……."

"대단해요."

일행들도 감탄했다. 어쨌든, 이로써 확실해졌다. 우리 멤버는 이제 '암살족'을 두려워할 필요 없다.

그 어떤 존재가 와도 내 기감을 뚫지 못할 테니까. 나는 일행들을 둘러다 봤다.

"다들 그동안 많이들 쉬셨나요?"

그러고는 빙긋 웃었다. 일행들이 고개를 끄덕였다.

"네, 아저씨!"

"많이 쉬었네. 자네가 걱정이구먼."

"응, 쉬다가 지루해 뒈지는 줄 알았어."

"후우, 그렇단 말이죠?"

다행히 컨디션들은 최상인 것 같았다. 나는 하얗게 빛나는 출구를 바라봤다.

"그럼 이제 슬슬 채비하시죠."

30층까지 남은 시간은 약 14일. 기쁨은 잠시 접어두고, 이제는 앞으로 나아가야 한다.

시야 좌측 하단에 메시지가 떠올랐다.

[모찌(Lv.41):요기 갈림길에서 좌측.]

[모찌(Lv.41):그다음 우회전.]

[모찌(Lv.41):오케이, 여기서부터 또 함정 구간이다.]

[모찌(Lv.41):으왓! 잠깐! 너무 빨리 달리는 거 아니야?]

쑤아아아!

가속 페달을 밟자, 전투잠수함이 매끄럽게 나아갔다. 나는 키를 여유롭게 조작했다. 함정 구간을 통과하는 데 있어, 일말의 긴장감도 없었다.

'이 정도야 껌이지.'

원래 함정 구간에서는 초긴장 상태여야 정상이다. 아무리 잠수함에 실드가 있다 해도 조심해야 하니까.

장애물에 한 대 맞는 건 별다른 타격 없다. 고작 내구도 몇 개 까이는 게 다다.

하지만, 저 장애물 구간에서는 한 방이 한 방이 아니다.

충격의 반동으로 함체가 흔들리면, 또 다른 장애물의 연타가 이어지게 되고 그러다 보면 내구도가 전부 까이는 건 순식간이다. 한 번의 실수로 일행 전부의 목숨이 위태로워질 수 있다는 말이다.

그러나 이제는 상황이 달라졌다. 수중 공간. 즉, 잠수함 밖의 상황이 생생하게 그려졌다. 철퇴의 움직임, 해양 생물체의 위치, 그리고 날아오는 어뢰의 궤적까지…….

눈으로 보지 않고도 파악할 수 있었다.

그뿐이랴? 어떻게 피해야 할지, 어떤 곳으로 가야 효율적일지 본능적으로 머릿속에 그려졌다.

그저 그 느낌대로 키를 돌릴 뿐, 큰 집중력이 필요하지도 않았다.

'……이게 만렙의 효과.'

스킬「만류귀종」, 능력치「제3의 감각」.

확실히, 둘의 시너지 효과는 대단했다.

[마스터, 믿을 수 없습니다. 무슨 운전 실력이 이렇게 날로…….]

지니가 감탄했다. 일행들도 입을 벌린 채, 강화유리 바깥 광경을 쳐다보고 있었다.

슈우우웅! 쿠와아아!

수중은 그야말로 전쟁터가 따로 없었다. 빈틈없이 쏟아지는 폭격과 촘촘히 구성되어 있는 장애물들. 조금이라도 실수하면 바로 갈려 나갈 듯 위험해 보였다. 그러나 잠수함은 평화로웠다. 맞을듯하면서도 절대 맞지 않고 여유롭게 빠져나갔다.

"후, 언제 봐도 적응 안 되네요."

자리에서 안전바를 꽉 잡고 있는 빈서율이 말했다. 양종현이 고개를 끄덕이며 답했다.

"난 이제 포기하려 하오."

"뭘요?"

"리더를 이해하는 것."

"정말요. 저도 주변 상황이 다 느껴져서 하는 말이지만, 이건 진짜 말도 안 돼요. 어떻게 저걸 다 예측하고 피하지?"

"그러니까 괴물 아니겠소?"

안전석에 앉아 대화하는 일행들. 요즘 들어 일행들의 주제가 맨날 저거다. 같은 인간이 맞냐, 혹시 외계에서 온 존재 아니냐, 아니면 갓 컴퍼니 직원 아닐까 하는 이야기들.

물론, 난 평범한 인간이다. 그저 이 빌어먹을 세계에서 죽지 않고 끝까지 살아남고 싶은 그런 평범한 소시민.

'이제 정말 얼마 남지 않았어.'

이곳의 위치 축은 탑 29층. 27층부터 쭉 달려온 길은 전 층에 비해 그렇게 길지 않았다.

마치 초반부처럼 짧았다. 대신 그만큼 장애물의 농도가 짙어졌다. 난이도도 확 올랐다.

만약, 제3의 감각을 익히지 못했다면 이곳을 통과할 수 있었을까? 싶을 정도였다.

[모찌(Lv.41):오빠! 여기서 위로 올라가! 거기가 수로야!]

우리의 목적은 29층의 수로. 곧바로 30층에 도전할 수는 없기에, 29층을 클리어하고 잠깐 탑 밖으로 나갈 생각이었다. 정비도 하고 훈련도 해야 하니까. 나는 메시지 로그를 다시 한번 확인해 봤다.

[시련의 탑 29층]
[은밀한 암살자들을 피해 지하수로 끝에 도달하세요.]

탑 29층의 목표는 간단했다. 수로 끝에 있는 커다란 30층 보스방 앞까지 도달하는 것. 얼마 지나지 않아 잠수함이 수면으로 떠올랐다.

"후우, 찌뿌둥하네요."

"얼마 안 있었다고 좀이 쑤시는군."

"오랜만에 주거지에서 씻고 푹 자고 싶다."

기지개를 켜며 스트레칭하는 일행들.

나는 잠수함을 소환 해제하고 수로 위로 올라섰다. 주예린이 다가왔다.

"여기가 딱 29층 중간지점이야."

"더 가야겠네."

"그래야지."

작전은 필요 없었다. 29층에 존재하는 것들은 모두 수(水)속성 암살족. 놈들을 처리하며 수로를 걷기만 하면 끝이었다.

'이제 암살족은 밥이니까.'

일행들 걱정도 필요 없었다. 빈서율 2레벨, 나머지는 1레벨. 나도 전부 경험해 본 경지라 정확히 알았다.

일단 기감이 생겼다는 것. 그것만으로 암살족에 대한 대비는 충분했다.

'이제 보호족 없어도 되겠네.'

일행들은 몰라도 나는 필요 없다. 이건 완전 개이득이었다. 원래 필수로 들어가야 할 몬스터 '보호족', 그 한자리를 다른 더 좋은 것으로 메꿀 수 있다는 뜻이니까.

"가시죠."

나는 눈을 감았다. 그리고 걸었다. 대충 파악해 본 결과 반경 1㎞ 내에 존재하는 모든 생명체가 생동감 있게 느껴졌다. 생명체뿐만이 아니라 공간의 구조지 명확하게 볼 수 있었다.

이는 미친 감각이었다. 이 정도 되면 불편하다든가, 기력이 빠진다든가 해야 하는데 그런 부작용도 없었다. 그저 편했다.

'확실히, 이제 서지호는 필요 없겠어.'

나 혼자서도 정찰 및 탐지가 완벽하게 이루어졌다. 그럼 서지호는 어쩌냐고?

괜찮다. 나와 서은채가 있는 팀에 필요 없다는 거지, 주예린 팀에는 꼭 필요하니까.

기감 2단계로도 파악하기 어려울 만큼 월등한 암살족이 등장하면, 서지호의 '탐지' 스킬이 꼭 필요하다.

우리는 계속 수로를 걸었다. 안전을 위해 주예린과 빈서율이 전방, 그리고 내가 후미에 위치했다.

스르륵! 스르릇!

그때였다. 전방에 암살족들 수십 마리가 나타났다. 미약한 소리였지만 내 기감에는 확실히 잡혔다. 몇 마리인지, 놈들의 무기가 뭔지, 어디에 자리 잡고 있는지……. 그냥 바로 눈앞에 있는 것처럼 명료하게 보였다.

'일단 지켜볼까?'

난 굳이 창을 꺼내지 않았다. 일행들의 '암살족' 대비 실력을 보고 싶었다.

철컥!

역시, 감각 2단계.

빈서율도 놈들의 등장을 알아챘는지, 곧바로 볼트를 장전했다. 그 후, 놈들을 조준했다.

슈융! 슈융! 슈융!

빈서율은 서서 쏘지도 않았다. 계속 걸어가면서 조준 사격했다. 그리고 결과는.

'백발백중.'

키이엑! 키에에엑!

은신하고 있던 놈들이 전부 모습을 드러내며 쓰러졌다. 볼트 한 발당 한 마리씩, 허물어지듯 쓰러졌다. 보아하니, 전부 급소에 꽂혀 절명한 상태. 주예린이 감탄했다.

"……애도 괴물이야 뭐야?"

"다들 괴물화 되어가고 있군……."

양종현도 답했다.

나는 그 모습을 보며 속으로 생각했다.

'이거 다들 수준이 너무 올랐어.'

탑이 탑 같지가 않았다. 마치 70층을 깨고 잠깐 저층으로 나들이 온 것 같은 느낌. 본래는 이 암살족 구간 역시 헬 난이도여야 한다. 보호족 몇 마리로는 한계가 있을 만큼 많이 등장하니까.

크와아! 크르르룽!

다른 일행들도 가만히 있지는 않았다. 각자의 몬스터들을 소환하여 사냥에 나섰다. 옆에 있던 뿔하피가 물어왔다.

[주인님! 우리는?]

"우린 좀 쉴까?"

[왜?]

"상대하기엔 너무 수준 낮잖아. 우리가 그럴 짬이야?"

아, 물론 실베론은 일행들에게 합류해 열심히 사냥 중이다. 늦게 소환된 만큼 더 열심히 해서 숙련도를 쌓아야 하기 때문이다.

[짬? 짬이 뭐야?]

"으음, 뿔하피가 실베론보다 훨씬 더 선배라는 거야."

[선배?]

"더 대단하다는 거지."

[헤헷! 좋아!]

사냥은 계속됐다. 일행들은 기대보다 더 잘 싸워줬고, 곧이어 시야에 수로 끝이 보이기 시작했다.

"다 왔네. 생각보다 더 빨리 왔다."

주예린이 말했다. 수로 끝에는 커다란 문이 존재했다. 항상 봐왔던, 악마가 새겨져 있는 그 문. 빈서율이 물었다.

"저기가 보스 방인가 보죠?"

"응, 저 앞에 서면 29층 클리어."

"간단하네요."

문을 쳐다봤다. 저곳이 바로 30층의 보스, 악마족 '크로셀'(★★★★★)이 거주하는 곳.

'놈도 진짜 답 없지.'

하지만, 이제는 가능성이 보인다. 그만큼 일행들의 수준이 올라왔다. 이제 남은 기간은 14일. 충분히 해볼 만한 시간이다.

"그럼 갈까요?"

우리는 계속 걸어나갔다.

[축하합니다!]

[시련의 탑 29층을 클리어하셨습니다.]

클리어 메시지와 함께 빛이 감쌌고, 그렇게 간만에 탑 바깥 공기를 마실 수 있었다.

'터'에 도착했다. 뿔뿔이 흩어진 일행들은 각자 정비를 시작했다.

우선, 제일 먼저 한 것은 목욕. 오랫동안 씻지 못해 꿉꿉한 육체를 깔끔하게 씻어냈다. 그 후에 따끈한 탕에 몸을 담갔다. 주거지를 만들고 나서 처음 들어와 보는 탕.

"으으, 좋다아."

화염 저항 MAX임에도 불구하고 따뜻한 기분이 느껴졌다. 아무래도 육체가 고통으로 인식하지 않는 이상, 이 정도의 온도상승은 느낄 수 있는 것 같았다.

나는 눈을 감았다. 일행들의 움직임이 느껴졌지만, 감각을 죽였다. 지금은 다른데에 집중해야 할 때.

'우선 돈부터 정리해 보자.'

939,000골드. 많이도 모였다. 퀘스트 클리어 보상 및 탑 전적 갱신 보상. 그리고 '하우징 마스터' 업적 효과(건물 특수효과 ×150%)로 날마다 15,000골드씩 가져다주는 골드광산 덕분일 거다.

'더 모아야지.'

50층 이후 열릴 VIP 상점. 그때를 위해 계속 쌓아놔야 한다. 사실 진정한 '거래소'의 위력은 저 VIP 상점에 있으니까.

'그다음은 탑 보상들.'

22층부터 29층까지의 클리어 보상.

휴식 후, 일행들과 함께 정리하기로 한 그 보상들을 머릿속으로 정리해 봤다.

"크으······."

보상 역시 꽤나 많이 쌓였다. 이게 각자 보상이니, 곱하기 7을 하면 정말 어마어마한 양. 아마, 정리하려면 시간이 좀 걸릴 거다.

다음 날 아침.

간만에 휴식을 취하고 간단한 식사를 마쳤다. 그리고 자연 스레 만들어진 광장으로 모였다. 저번 대공사 때 열심히 디자 인해 놓은 그 광장.

"드디어 대망의 시간이 왔네요."

빈서율이 빙긋 웃었다. 일행들이 침을 꼴깍 삼켰다. 이미 그 녀에게 모든 소환 이용권을 넘긴 상태.

지금부터 뽑기 파티의 시작이다.

광장 한가운데. 빈서율 주변에는 영롱한 빛을 뿜어내는 카 드들이 떠 있었다.

"이렇게 각 잡고 뽑아보는 건 오랜만이네요."

"대전 지하철역 이후로 처음이죠."

탑 등반 후 자잘하게 뽑은 적은 있다. 하지만 단언컨대 이렇 게 많은 최상급 몬스터 소환 이용권은 처음이었다.

상급 210개, 최상급 63개.

"허허- 서율이라면 5성도 노려봐도 되지 않겠나?"

"에이, 할아버지 5성은 고려하는 거 아녀요. 절대 안 나와요."

주예린이 단호하게 고개를 저었다.

사실 그렇긴 하다. 전 서버 통틀어 1년에 10개 나오면 많이 나 왔다 하던 게 태생 5성이었으니까. 지금 우리 집단도 마찬가지다.

레드 드래곤, 실버 드래곤, 전투 잠수함.

이렇게 총 3개의 태생 5성이 있다지만, 이 중에 정당한 확률로 뽑은 몬스터는 단 하나도 없었다. 다 특전이나 확정 5성 권을 통해 뽑은 거였다.

"흐음, 내 생각은 다르다네."

할아버지가 고개를 저었다.

"네?"

"자네는 처음 왔을 때, 4성도 절대 안 나올 거라 하지 않았나."

"……그건 그렇지만."

"뽑는 사람이 서율이란 걸 잊지 말게. 서율인 평범한 사람이 아니야. 건호와 다른 의미의 괴물이지."

뭐야, 또. 대화 흐름이 왜 이래?

"쩝……. 하긴, 서율이는 진짜 저도 모르겠어요. 혹시나 진짜 뺑-하고 터뜨릴 수도."

뭐, 사실 나도 기대 중이긴 하다. 그녀는 내가 「몬스터즈」 10년 동안 봐왔던 어느 유저들보다 운 좋은 축캐였으니까.

빈서율이 카드 하나를 집었다.

"그럼 상급부터 갈까요?"

"달리시죠."

"넵!"

곧이어 단체 뽑기가 시작됐다. 파파파팟! 하고 연달아 터져 나오는 빛. 나는 심연의 눈동자로 나오는 몬스터를 정신없이 확인했다. 그렇게 1분쯤 지났을까-

'오케이, 합체족 1개 건졌고.'

50개쯤이었던 것 같다. 2성짜리 합체족 하나가 나왔다.

번쩍! 번쩍!

뽑기는 지속됐다. 등장하는 몬스터에 대한 소식은 오직 나밖에 모른다. 일행들은 단체 뽑기라 메시지가 등장하지 않고 빈서율은 빠른 오픈을 위해 10장씩 확인도 안 하고 넘겼다.

번쩍! 번쩍!

쏟아지는 1성부터 3성까지의 몬스터들. 4성은 아직이었다.

'……이제 나올 때쯤 됐는데.'

무려 상급 210장이다. 평소 빈서율의 확률로 봤을 때, 한 마리쯤은 나와줘야 정상이다. 라고 생각할 찰나, 역시 평소와 다른 빛이 주변을 휘감았다.

[신비한 기운이 공간 전체를 감쌉니다.]

[빠빠밤!]

[근처에 천사족 '루시리스'(★★★★)가 소환됩니다.]

'오!'

142번째 소환. 그녀가 기어코 해내고 말았다.

"나이스! 서율이!"

"오오, 또 천사족이다!"

"허허, 좋구먼!"

빈서율이 숨을 골랐다. 굳었던 입술에도 다시 미소가 폈다.

이제는 당연한 결과라 생각하면서도 혹시나 했나 보다. 안심하는 걸 보니.

'귀엽긴.'

나는 피식 웃었다.

번쩍! 번쩍!

소환은 멈추지 않았다. 기쁨은 소환이 전부 끝나고 누리면 되니까. 나 역시 계속 분류했다. 눈알이 빠질 것 같았다.

'별거 없네.'

아직 쓸 만한 몬스터들은 없고, 다 재료행이었다. 사실, 예전 같았으면 애정 가지고 키워볼 만한 몬스터들도 있었다.

하지만, 요즘은 너무 퍼 받다 보니, 눈이 높아진 상태. 이젠 태생 4성이 아니면 눈에 차지 않는다.

'어?'

그때였다. 다시 한번 기적의 빛이 터져 나왔다. 한…… 200번째 소환쯤이었던 것 같다.

[신비한 기운이 공간 전체를 감쌉니다.]
[빰빠밤!]
[근처에 마녀족 '바토리'(★★★★)가 소환됩니다.]

'크으.'

온몸에 이는 전율. 두 번째 태생 4성의 등장이다. 역시 빈서율, 여태 뽑은 4성만 몇 개야? 이제는 하나하나 따져 세기도 힘들 정도다.

그렇게 4성을 둘 뽑고 나서 어느덧 210장 소환을 완료했다. 결산은 나중에 하기로 했고 빈서율은 곧바로 최상급 카드를 골라잡았다.

"최상급 63장은 다들 직접 확인하실 거죠?"

그녀가 물었다. 단체 뽑기를 하지 않고, 하나하나 뽑겠다는 말이다. 일행들이 격하게 고개를 끄덕였다.

"난 그게 좋네. 궁금하기도 하고 심심하기도 하거든."

"동감하는 바요."

"서율아! 5성! 5성!"

뭐야, 주예린은. 아까는 5성 절대 안 나올 거라며?

"그럼 하나하나 깔게요."

이제 올 것이 왔다. 기대감에 심장이 뛰었다. 설 다. 5성이 가능한 최상급이지 않은가. 솔직히 5성은 바라지도 않는다. 그냥 4성 한 두어 개만 더 나와줬으면 좋겠는데…….

[두근두근!]

[소환소가 활성화됩니다!]

[근처에 곰족 '흑베어'(★★★)가 소환됩니다.]

[근처에 요정족 '엄지'(★★★)가 소환됩니다.]

[근처에 늑대족 '은갈퀴'(★★★)가 소환……]

'으으, 역시.'

시야를 3성으로 가득 메우는 메시지들. 5성은커녕 4성도 보이지 않았다. 시간은 계속 흘렀고 뽑기는 계속됐다.

주예린이 물었다.

"오빠, 지금 몇 개째야?"

"방금까지 51개."

"헐. 63개니까, 12개밖에 안 남았네? 그동안 3성밖에 안 나온 거고?"

"어, 원래 그게 당연한 거잖아."

"……쩝, 그래도 최상급인데."

역시, 인간의 욕심은 끝이 없는 걸까. 4성 두 개만으로도 충분히 감사한 일인데, 다들 실망한 기색이었다. 빈서율의 표정도 좋지 않았다. 방금 두 개를 더 깠고, 이제 남은 카드는 약 10장 정도.

[근처에 조류족 '팔색비둘기'(★★★)가 소환됩니다.]
[근처에 유니콘족 '포르츠'(★★★)가 소환됩니다.]

"히잉, 잠깐 쉬었다 할까요?"

결국, 빈서율이 카드를 놓았다. 허공에는 오직 8개의 카드만 남아 있었다.

"괜찮아요, 서율 씨."

나는 빈서율을 달랬다. 그녀의 마음이 이해는 갔다. 항상 웃으며 뽑지만, 나름 부담을 느끼고 있는 거다.

가지지 말라고 해도 어쩔 수 없겠지. 이곳은 게임이 아닌 목숨이 걸린 전쟁터니까. 본인의 손가락에 단체의 흥망이 걸릴 수도 있는 거니까.

"서율 씨."

"……네?"

"저, 3성으로만 탑 90층 이상 올라간 사람입니다. 높은 등급이 있으면 좋은 건 사실이지만, 그렇게까지 필요한 건 아니에요."

"그래, 서율아. 지금까지 3성만 주구장창 나온 데는 이유가 있을 거야. 보통 이런 걸 우리는 제물이라 하거든? 지금까지 추세를 봤을 때, 이건 분명히 5성이 나온다는 징조……. 아얏! 왜 때려!"

주예린에게 꿀밤을 먹이자 그녀가 비명을 질렀다.

"넌 왜 또 부담을 주고 그러냐?"

"몰라, 난 믿을 거야 믿는다고! 빈서율! 뽑기 여신 빈서율!"

태세 전환된 주예린.

나는 그런 그녀를 등 뒤로 밀어 넣고 빈서율에게 말했다.

"그냥 걱정 마시고 더 뽑으세요."

"……네? 네, 알겠어요."

그리고 마저 나오는 3성짜리 몬스터들. 역시, 이변은 없었다.

주예린이 울상을 지었다.

"이제 딱 한 장 남았네요……."

"허허- 별수 있겠는가. 그동안 운을 많이 쓴 게지."

할아버지가 너털웃음을 지었다.

양종현도 나섰다.

"다들 몰라서 그러는 거요. 전혀 아쉬워할 필요 없소. 태생 4성 얻는 게 쉬운 줄 아나."

"맞아요, 언니."

서은채도 동조했다.

주예린 혼자 엎어져 침울한 표정으로 고개를 절레절레 흔들고 있을 뿐이었다.

"안 돼, 최상급인데……. 다 3성이라니. 흐윽, 믿을 수 없어. 재물도 분명 바쳤는데. 게다가 다른 사람도 아니고 서율이잖아. 서율이……."

얘가 오늘따라 왜 이러지? 평소 모습답지 않게 좀 이상하다.

"호들갑 떨지 말고 일어나라."

"아냐! 아직 희망은 있어!"

"됐다. 무슨 드라마나 소설처럼 딱 하나 남겨두고 5성이라도 튀어나올 것도 아니고. 아니, 소설이라 해도 그건 너무 작위적……."

콰르릉!

그때였다. 천둥소리가 들려왔다. 그와 동시에, 마른하늘에 먹구름이 끼기 시작했다. 그리고 빈서율의 카드에서 사방으로 터지는 전류.

"저, 저 전류는……?"

주예린이 외쳤다. 일행들의 눈도 휘둥그레졌다. 그래, 기억난다. 드래곤 로드 실베론을 소환할 때도 저 전류가 튀었었지.

그렇다는 건-

[신비한 기운이 공간 전체를 감쌉니다.]
[강력한 힘이 한 곳에 집중합니다.]
[빰빠빰!]
[근처에 나무족 '세계수 위그드라실'(★★★★★)이 소환됩니다.]

to be continued